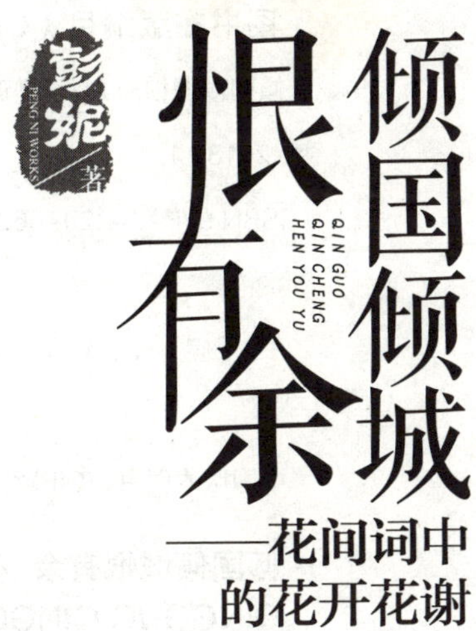

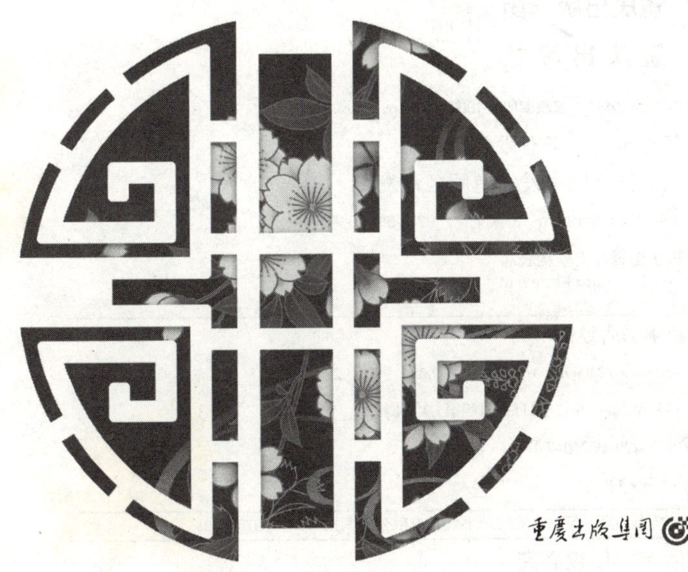

重庆出版集团 重庆出版社

图书在版编目（CIP）数据

倾国倾城恨有余：花间词中的花开花谢 / 彭妮著. – 重庆：重庆出版社, 2013.11

ISBN 978-7-229-06250-7

Ⅰ. ①倾… Ⅱ. ①彭… Ⅲ. ①散文集 – 中国 – 当代Ⅳ. ①I267

中国版本图书馆CIP数据核字(2013)第015509号

倾国倾城恨有余: 花间词中的花开花谢
QINGGUO QINGCHENG HEN YOUYU
HUAJIANCI ZHONG DE HUAKAIHUAXIE
彭　妮　著

出 版 人：罗小卫
责任编辑：李　子
责任校对：杨　婧
装帧设计：九一设计

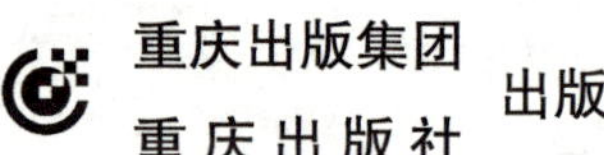

重庆长江二路205号　邮政编码：400016　http://wwwcqphcom
重庆升光电力印务有限公司印刷
重庆出版集团图书发行有限公司发行
E-MAIL:fxchu@cqphcom　邮购电话：023-68809452

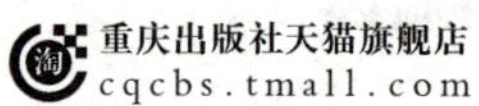

全国新华书店经销

开本：880mm × 1230mm　1/32　印张：9.25　字数：204千

2013年11月第1版　2013年11月第1版第1次印刷

ISBN 978-7-229-06250-7

定价：32.00元

如有印装质量问题，请向本集团图书发行有限公司调换：023-68706683

目录

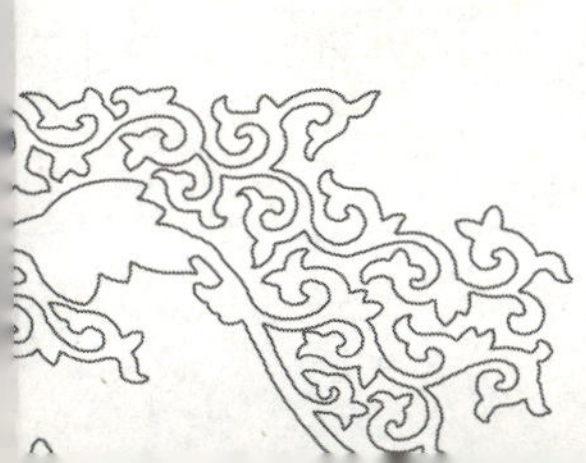

目录

第一章 花之情·忆昔花间初识面

忆昔花间相见后

忆昔花间相见后，只凭纤手，暗抛红豆。人前不解，巧传心事，别来依旧，孤负春昼。碧罗衣上蹙金绣，睹对对鸳鸯，空裛泪痕透。想韶颜非久，终是为伊，只恁偷瘦。

（欧阳炯《贺明朝·忆昔花间相见后》）

一对尘世间的红男绿女，一次偶然的邂逅，便演绎了一场亦如彼岸花一般的美丽情愫。情不问因果，缘却注定一生。彼岸花，花开千年，叶落千年，生生世世，花叶永不得见。

五代宋初词人欧阳炯，以他惯有的香艳秾丽之笔，在《贺明朝》里，深情款款地诠释了一场机缘巧合而又浪漫悱恻的三生情缘。

两首《贺明朝》，宛若两个相爱情人的诗词唱和。词中溢满了他们初遇时的惊艳与美妙以及相爱不能相守，只能在漫长的岁月里，花开彼岸，两两遥遥相望的凄戚与哀伤。

分离疼痛了思念，唯有回忆可以稍作慰藉。在彼此深深浅浅的思念里，他们做着相同的梦，沉溺在华丽的回忆中，怀念花间初遇时的刹那惊鸿，怀念纵横阡陌、欲罢不能的切切浓情。

罗袖盈香，月落星稀，思念如茫茫夜色，迷雾般笼罩着女孩满盈思念的心扉。紫陌红尘，不知是怎样的缘，笃定了今生，她与他，只

能长长久久地隔岸相望。

风住尘香，回首眸望，绰约中仿佛又见那曾经真情缱绻的魅影，错落在时光的罅隙里遁远飘摇。星光历乱，岁月沉寂，蓦然回眸的惆怅，在思忆的边缘蔓延……

“忆昔花间相见后”，还记得他们在馥郁芬芳的花间不期而遇，俊逸倜傥的他，令她顿生爱慕，少女的情窦，若花间浸润的蓓蕾，含羞初放。

在他们眼波流转的交会中，她对他暗送秋波，眉目传情。她的一颦一笑，无不传递着对少年的钟爱。

“只凭纤手，暗抛红豆”，这栩栩如生的意象，生动地描摹出少女春心荡漾，向少年“巧传心事”“暗抛”情丝的羞怯模样，活脱脱展现出一幅思春少女遇见自己倾慕的男子后大胆示爱、芳心暗许的可爱情景。

“红豆”自古被喻为相思之物，隐蕴着爱的纯真与深切，承载着人们遥远的相忆相思。在古诗词里，不乏类似的佳句，如王维的“红豆生南国，春来发几枝？愿君多采撷，此物最相思”以及牛希济的“红豆不堪看，满眼相思泪”，温庭筠的“玲珑骰子安红豆，入骨相思知不知”等等。

都说哪个男子不善钟情，哪个女子不善怀春，更何况在姹紫嫣红、碧草茵茵的花丛陌上？氤氲在芳菲的花香里，娇媚的窈窕淑女遭遇潇洒的翩翩少年，那种“疑是玉人来”的神奇感觉，势必令他们于花间涟漪出无法抑制的爱意，双双坠入爱河。

茫茫人海，于时间的荒芜中遇见了生命中最爱的那个人，两情相悦，这样的缘分，是何等的难得，何等的弥足珍贵。他们彼此吸引着，深爱着，缠绵着，祈望有一天能执子之手，与子成说、与子偕老。

然而，残酷冷漠的现实，却不能成全他们的爱情，将他们无情地拆散。相爱不能相守，心却牢牢地系在一起，“别来依旧”。

没有心爱之人的陪伴，对于美丽的女孩来说，纵然是良辰美景，也空自虚设。她只能在苦涩而无尽的思念中，掩埋青春年华的曼妙时光，“孤负春昼”。

霓裳上绣着的“对对鸳鸯”，触动了女孩最敏感、最脆弱的心尖。一时间，那折磨人心的相思又肆无忌惮地撕咬着她，“空裛泪痕透”，眼泪湿了胭脂，湿了衣襟，更湿了女孩那颗落寞的芳心。

“身无彩凤双飞翼，心有灵犀一点通”。“忆昔花间”已成为她生命里抚慰伤痛的唯一良药，而这于他，又何尝不是如此？

在他眼中，她是世上最美丽的女孩，她娇羞的容颜和灿烂的笑靥早已深锁在他心中那一袭定格的温柔里，今生今世，难以忘却。

忆昔花间初识面，红袖半遮妆脸。轻转石榴裙带，故将纤纤玉指，偷拈双凤金线。

碧梧桐锁深深院，谁料得两情，何日教缱绻。羡春来双燕，飞到玉楼，朝暮相见。

（欧阳炯《贺明朝·忆昔花间初识面》）

“忆昔花间初识面”。在花间初次遇见她时，那魅人的惊艳令他难以遏制地把目光流连于她。只见她“红袖半遮妆脸”，人面如花面，娇羞难掩。她娇柔的翩翩身影，轻盈地穿梭于花丛之中，裙袂飞舞，仿似与花争艳，“轻转石榴裙带”。

顾盼之间，他对她爱慕的眼光，她已读懂。她“纤纤玉指”羞涩地轻拈罗裙上的“双凤金线”，用她的眼波与姿态，无声地回应着他投去的那双写满爱意的眼神，爱已悄然地在他们之间碰撞出不灭的火花。

相爱容易，相守太难。“相见时难别亦难”，聚散之后，更有离情浓。

分离后的她被囹圄于深闺，庭院深深深几许，“碧梧桐锁深深院”，不知何年何月，才能再与她相见，与她相依相伴，“缱绻”不离分。

一句“何日教缱绻”流露出他们爱之深切，爱之难舍，那份真情就如韩愈的“临当背面时，裁诗示缱绻”一样，令人感动欷歔。

不能与爱人想见，只能无奈又孤独地望着天上成双成对、自由翱翔的燕子，“羡春来双燕”，但愿自己也能像大雁一样，能飞到伊人的“玉楼”与她朝朝暮暮，长相厮守。

流年如花，花落如雨，缘的味道从摇曳的花枝上滑落，舞尽风艳，终是花影阑珊，琉璃尽碎。短暂的相爱，却要付出一生的守望，或许这就是爱，这就是爱的缘。“为伊消得人憔悴”，只为追逐彼岸灼灼盛开的那一抹醉人的幽香，只为将整个生命的旖旎都寄于一场没完结的爱，纵然是风华零落，也依然无怨无悔。

恩重娇多情易伤

恩重娇多情易伤，漏更长，解鸳鸯。
朱唇未动，先觉口脂香。
缓揭绣衾抽皓腕，移凤枕，枕潘郎。

（韦庄《江城子》）

韦庄是唐末五代的诗人、词人，与花间派的重要词人温庭筠齐名，并称“温韦”。韦词清新流畅，情凝词中，“语淡而悲，不堪多读”（许昂霄《词综偶评》），读罢，浸沉肺腑，久久难以弥散。尤其是他的闺情词，精美的词藻与闺中美人浑然一体，见词若见人，风韵雅丽臻于极致，亦如他的《江城子》。

《江城子》还有个很好听的名字，就是《水晶帘》。提到水晶帘，就不得不想到李白的诗《玉阶怨》：“玉阶生白露，夜久侵罗袜。却下水晶帘，玲珑望秋月。”诗中讲述了一个女子在秋夜独立玉阶，冰凉的露水浸湿罗袜。秋凉的凄戚之景，令她因思念情人而悲苦的心更加悲凉，心怯怯，“却下水晶帘”，对着清冷的月光，玲珑心事悠悠荡开，相思难了。

传说水晶是天使的眼泪，晶莹而剔透，像极了旧时的女子那颗清纯明净的水晶玻璃心。她们把生命中所有的希冀，都寄托于一场不可预期的爱情，因为太过多情，太过娇柔，太过沉溺，所以极易受伤。

多情总被无情恼，昙花绽放之后，注定是一场千回百转、余情未了的相思与等待。

韦庄的《江城子》以一个女子的口吻，道出男欢女爱的香艳情景，是《花间集》中较为妖冶顽艳的作品。词中如果没有第一句，读起来也只不过是一首写男女云雨的艳词罢了。然而一句“恩重娇多情易伤”，从一开始就给此首词蒙上了一层伤感而幽怨的深沉与凝重。那种因男女欢情油然而生的一丝轻浮，刹那间便荡然无存，而且为下面的欢爱情景作了含蓄而巧妙的铺垫，正如《蕙风词话》所评：“此词非于情中极有阅历者不能道。”

“解鸳鸯”“朱唇”“口脂香”“移凤枕”“枕潘郎”几个细微的动作和炼字遣词，便将词中佳人的美丽多情描画得生动而逼真，男女云雨之情也写得温柔而含蓄，不失分寸，不伤大雅。虽是艳词，但语言、描写都非常精妙，就如汤显祖所言：“全篇摹画屏境，而咏赏其流连狼藉，言简而旨达矣。”

自古多情空余恨，好梦易醒。“天若有情天亦老”，更奈凡尘俗世。彼时的她还是一个娇媚倾城的绣幌佳人，带着那些花季里在心底编织了无数次的绮丽梦想，走出寂寞的深闺，走进了另一个人的生命。从此，他就是她的世界，是她生命的全部，她所有的爱和情都融进了他的灵魂与肉体。

初嫁的时光是欢悦而甜蜜的。他们朝夕相处，相亲相爱，如胶似漆。然而，世事无常，人生多舛。世间太多的事不由我们去思量，去掌控，美好的时光总是如繁华春梦，太美，也太匆匆。兜兜转转，终归是逃不过“无可奈何花落去”的无奈与惘然。梦一般的美好生活才刚刚开始，情郎就要因公务而远走他乡。

临别前的夜晚，月光如流水，漫过碧纱珠帘，泻入温软的香闺，朦胧了离别的惆怅。玲珑的烛光燃烧成滴滴清泪，熔成一摊幽怨的感伤。迷情与忧伤交融，流淌在香柔兰房的每个角落，角落里那属于秋天的寂寥正在悄然地滋长。

一个恩重如山，一个娇媚多情，离别前醉人的情境从来都更加伤情。漫漫长夜，“漏更长”，两情相悦，爱意绵绵，一晌贪欢。他们忘情痴缠，及时行乐，“解鸳鸯”“朱唇未动”，那唇上的幽香，早已令情郎意乱情迷，欢情难抑。他们几近缠绵，云雨万千，愉悦之至。他温柔地“缓揭绣衾抽皓腕”拥她入怀。她“移凤枕”，娇羞地“枕潘郎”的“皓腕”，恨不得时间永远地停留在这一刻，永远地枕臂入眠，从此不再醒来。

潘郎指的是晋代的潘岳，也就是潘安，小名檀郎。潘安姿仪俊美，故人们常说“貌若潘安”。据《晋书·潘岳传》记载，“岳美姿仪，辞藻绝丽，尤善为哀诔之文”。年轻时常常挟弹出游，在洛阳的大街上，常有倾慕他的女子簇拥着围观他，并纷纷抛果子给他，一时“掷果盈车”，满载而归。后来，人们常常用“潘郎”或者“檀郎”泛指年轻俊美的男子，也成了女子对情郎的美称。尤其是檀郎，常常被用在一些香艳的词里，用来娇嗔地称呼情郎，如李煜的“烂嚼红茸，笑向檀郎唾”和李清照的“笑语檀郎，‘今夜纱厨枕簟凉’”等等。

聚也依依，散也依依，深浓的柔情和分离的忧伤在浓重的鬓发间“狼藉”，在愁楚的“黛眉”间迷离。熄灭了摇曳的烛火，挥霍完一夜的痴缠，泪眼相看无语，迟迟不愿说再见，纠结着直到天亮，但终归是要“出兰房，别檀郎”，任万缕情丝在湿润的眼波里，画上无奈的句号，所有的温情，只待他们于分离后的朝朝暮暮来咀嚼回味。

星光依稀，露冷月残，莺燕啼鸣，那空寂中的声声啼叫，仿佛在催促情郎快快起程。眼看着他的身影将从她那深情的眼眸中消失，远去，她心如刀绞。留不住爱人的脚步，只能任由忧伤泛滥，任由眼泪流淌。幽幽沉迷的夜晚，像是一场未完结的梦，宿梦醒来，只看到爱人远去的背影。

“多情自古伤离别”，离愁别绪恍若一阵萧瑟的风，在爱人离去的那一刻，骤然吹起，吹皱了心间一池清冷的春水，吹落了花季盛开的娇美，更吹散了两颗紧紧依偎的心。柔情退却了娇艳，生命浸染了悲凉，相聚无期，草木摇落，落花归尘，“多情只有春庭月，犹为离人照落花”。

此情谁得知

宝函钿雀金鸂鶒，沉香阁上吴山碧。杨柳又如丝，驿桥春雨时。

画楼音信断，芳草江南岸。鸾镜与花枝，此情谁得知？

（温庭筠《菩萨蛮》）

与其说这是一首词，不如说是一幅充满江南吴越风情的山水画，画中是浓得化不开的绮思异彩，以艳词秀句出之，撩起细微波澜。从楼里方寸之间奢华的“宝函”、“钿雀”、“金鸂鶒”、“沉香”、“鸾镜”、“花枝”，忽而流向楼外清新自然的“吴山”、“杨柳”、“驿桥”、“春雨”、“芳草”、“江南岸”。视觉上匆匆的流转，映衬出一位江南贵族女子，空虚落寞，凭栏远望，思念远方爱人，“过尽千帆皆不是”的幽怨与惆怅。

春日的早晨，女子斜倚在绣着美丽“钿雀”和“金鸂鶒”的华贵“宝函”香枕上，有些百无聊赖。她懒懒地起身梳洗后，独自登上清冷的沉香阁楼，倚栏远眺。

江南吴越，远山叠嶂，碧绿连天。春风吹拂着如丝的杨柳，袅娜地漫天飞舞。绵绵春雨淅淅沥沥，朦胧了远处伫立的“驿桥”。杨柳岸、驿桥边、烟雨凄迷，俨然一幅浓墨的离愁别绪，怎不勾起她回想当初与情人桥上送别的悲凉情景，那一幕，仿佛历历在目。

“杨柳又如丝”。一个“又”字，十分传神地道出眼前的情景，亦如上次与情人分别时的情景一样伤感悲戚，悱恻缠绵。晚清词学家陈廷焯在《云韶集》里评曰：“只一‘又’字，多少眼泪，音节凄缓。”

眼看着“春风又绿江南岸”，远去的情人却一去不返，了无音信，只留下自己一个人，独守空楼，痴痴地面对“鸾镜”与头上插着的“花枝”，兀自寂寥，这无法言说的孤单、思念、等待，这伤怀的幽幽春愁，又有谁人能知，谁人能懂！

这首词出自晚唐著名诗人、词人温庭筠的精雕细琢。温庭筠不愧是花间词的鼻祖，他的词香软密丽，隐约细致，常常营造出一种似梦似幻、如痴如醉、颓废伤感的神秘悱恻之美，这种美既幽远又艳丽，既清澈又朦胧，隐约中裹挟着一丝摄魂的魅惑。清代词人张惠言在《词选》里说：“唐之词人，温庭筠最高，其言深美闳约。”

温庭筠的《菩萨蛮》可谓是他词中的精品，词论家周济曾赞叹曰：“温庭筠《菩萨蛮》十四首是词史上里程碑式之巨制。”他的《菩萨蛮》多写妇女的闺情绮怨，一首首细细品味，就如同观赏艺术长廊的画展，雕镂满眼。无论哪一首，信手拈来，都是一幅极其精美的彩画。

温庭筠擅长化景物为情丝，惹人无限遐想，又如《菩萨蛮·水精帘里颇黎枕》：

水精帘里颇黎枕，暖香惹梦鸳鸯锦。江上柳如烟，雁飞残月天。

藕丝秋色浅，人胜参差翦。双鬓隔香红，玉钗头上风。

晶莹剔透的“水精帘里”，细腻滑润的玻璃枕上，闺中的女子躺在温暖的鸳鸯被里，恬然入梦。屋里的缕缕暖香，散发出醉人的幽香，迷离了佳人的相思美梦。“水精帘”、“颇黎枕”、“暖香”、“鸳鸯锦”，一串美轮美奂的 词，在女子的香闺里，十分温软地墨染开来。

初春，江水如蓝，杨柳飞絮，“柳如烟”，雾霭袅绕。向晚，残月悬空，鸿雁北飞。美人着一袭藕黄色的罗裙，头上飘摇着象征春天来临的袅袅春幡，双鬓戴着娇艳的花朵，金钗随风晃动，袅袅婷婷地款款而行。

在古代的“人日”，人们有戴“人胜”的习俗，人胜是一种头饰，用五彩的丝帛、丝绸之类剪彩做成幡胜[1]佩戴在头上。

“参差”在形容美人的时候，是一个极形象美妙的词，隐含一种风姿绰约的韵味，白居易在《长恨歌》里就用到了这个词：“雪肤花貌参差是”，美人那婀娜的身姿立刻就生动地浮现眼前。

帘内是“暖香惹梦”的香软温馨，帘外是“柳如烟”的雁掠残月。一近一远的画境，暖色与冷色的辉映，杂置意象，任其自然交融，透出绮丽之美，恍若一首意识流派的朦胧诗。在意象若即若离的脉络里，词中没有一个情字，却令人蓦然间看到一位为情迷茫惝恍的女子孤独寂寞的娟影。

“帘内之清秾如斯，江上之芊绵如彼。千载之下，无论识与不

① 幡胜：一种用金银箔纸绢剪裁制作的装饰品，有的形似幡旗，故名幡胜。

识，解与不解，都知是好言语矣。”（俞平伯《诗词偶得》）如此精妙的“好言语”，在温庭筠的另一首《菩萨蛮》里，更是好得令人意犹未尽，回味无穷。

小山重叠金明灭，鬓云欲度香腮雪。懒起画蛾眉，弄妆梳洗迟。

照花前后镜，花面交相映。新帖绣罗襦，双双金鹧鸪。

（温庭筠《菩萨蛮·小山重叠金明灭》）

这是一幅非常柔美且精致富丽的画面：彩绘屏风曲曲折折，如山峦叠翠，朝霞映照，波光点点，闪闪烁烁，惊扰了半梦半醒的美丽佳人。乌黑的“鬓云”散落下来，遮掩了娇嫩如雪的“香腮”。佳人慵懒地起床，缓缓梳洗、“弄妆”、簪花、画眉、点朱唇、抹胭脂……打扮得娇媚动人。

簪花的佳人于“前后镜”前，摆弄着丰盈的身姿，孤芳自赏，照前照后。镜中的她，“花面交相映”，人面如花面，姣美动人，透着几分“瘦影正临春水照，卿须怜我我怜卿”的顾影自怜。

古时的女子大多喜欢簪花，喜欢与花媲美，免不了有些许自恋，就如李清照的“怕郎猜道，奴面不如花面好。云鬓斜簪，徒要教郎比并看”，那种女儿家娇俏任性的小心思，簪花之处，尽显玲珑。

崭新名贵的霓裳裙袂，绣着金色的“鹧鸪”，它们成双成对，恩恩爱爱，令独处深闺的佳人，不禁触景生情，徒生“女为悦己者容”

的失落与孤寂，终为情困。

这首《花间集》的开卷小令，竟像是一幅绮靡的唐代仕女图，画中屏风、“小山”、朝霞、美人、“鬓云”、“香腮”、脂粉、画笔、镜子、“罗襦”、绣花、“鹧鸪”……色彩纷呈地描摹于画上，让人们在美艳的意象中，看到了一幅相思等待中的贵族丽人，风情万种却又孤单寂寞、郁郁寡欢的闺情画。

品温庭筠的词，犹如品一幅幅幽深精艳的彩绘，画中之物，蕴涵着人情冷暖，人世沧桑；画中之人饱尝爱恨情愁，孤苦幽怨。但无论词藻多么的惊艳秾丽，铺陈如何的奢侈华丽，终是离不开一个闺中情字。人世间，有多少爱不能厮守，有多少情无法言说，“此情只待成追忆”。烟雨时，杨柳岸，雁过也，月满西楼，情归何处，“此情谁得知”？

晚逐香车入凤城

晚逐香车入凤城。东风斜揭绣帘轻。慢回娇眼笑盈盈。

消息未通何计是，便须佯醉且随行，依稀闻道“太狂生”！

（张泌《浣溪沙》）

倘若世间男子的风流多情都如“关关雎鸠，在河之洲，窈窕淑女，君子好逑”这般愉悦纯洁，那么晚唐张泌的这首《浣溪沙》就更多了几分年少轻狂的率真与执著。就如《栩庄漫记》评曰：“子澄（张泌）笔下无难达之情，无不尽之境，信手描写，情状如生，所谓冰雪聪明者也。如此词活画出一个狂少年举动来。”

春日郊野的傍晚，彩霞满天，繁华盛开，芳草萋萋。赏春的达官贵人们玩至日落，才依依不舍地收敛玩兴，纷纷驾着香车宝马，踏上了返城的路。在漫天飞扬的尘烟里，只见一辆华丽的香车，在车水马龙的驿道上，像是驰骋在轻尘无忧的天地里，迤逦而行。车窗的纱帘隐约透出一位丽人的媚影，一位骑着骏马的翩翩少年紧随其后，“晚逐香车”。

虽然是隔帘觊觎到一个朦胧的影子，或许出于好奇，也或许是笃定那华美的香车里一定是一位美丽的女子。少年的心莫名地涌起阵阵悸动，仿佛与千万人擦肩时，忽然嗅到一股若有若无、似真似幻的暗香，心顿时如蔷薇绽放，柔软而旖旎。他信马由缰地逐车而行，想象着在这夕阳西下的浪漫时刻，与车中的佳人有一份美丽的邂逅。

任由心事在斑斓里泛着轻浅的幽香。少年小心翼翼地追随着佳人的倩影，唯恐在某个岔路口抑或某个拐弯处，佳人不见了踪影，只留下一片绝尘的落寞与空虚。

都说佳偶天成，此刻，老天似乎读懂了少年的心思。一阵“东风”轻轻地“斜揭绣帘”，撩开了与佳人难以逾越的幕帘，更撩开了佳人神秘的面纱。只见她貌若天仙，翩若惊鸿，一双“盈盈”的“娇眼”含娇含笑，朱唇翕合，娇憨妩媚。她“慢回娇眼”，回眸一笑，顷刻间令沉醉的少年顿悟“一笑倾人城，再笑倾人国，宁不知倾城与倾国，佳人难再得”的那种迷离而无措的茫然。

那勾魂的一个嫣然回眸，暗送秋波，令少年早已是心醉神迷，心下忙乱。虽然是眼波传情，但毕竟还没机会和佳人说上只言片语，“消息未通”，该如何是好？在郊外的路上，车多人杂，尚能略微造次轻狂，追逐而行，可眼看着马车已进城，又怎好意思肆无忌惮地跟着佳人的马车继续前行？

少年焦急地逡巡于车后，有些踯躅，有些为难。突然，他情急生智，“佯醉且随行”，这假装的醉，自然能掩人耳目，掩去了少年追逐香车的尴尬与轻佻，但岂能瞒得过车中的美人？少年“依稀”听到美人娇嗔的骂声“太狂生”。

当潇洒轻狂的少年遇到貌美若花的美女，一个大胆追逐，一个暗递芳心；一个佯装醉态、执意追随，一个佯装恼怒，嗔骂轻狂。在这一来一回的姿态眼神的交会里，一对陌生的男女，竟从彼此的心间碰撞出爱情的火花，一见钟情。

这种你情我愿、遮遮掩掩的爱情把戏，张泌于词中妙趣横生地一一戳穿，令人读罢忍俊不禁。后来北宋词人周邦彦也在《解语花》里沿用了此词的意境："钿车罗帕，相逢处，自有暗尘随马。"

在近代，鲁迅曾幽默诙谐地把这首词翻译成白话文，取名为《唐朝的钉梢》，鲁迅在文中写道："上海的摩登少爷要勾搭摩登小姐，首先第一步，是追随不舍，术语谓之'钉梢'。'钉'者，坚附而不可拔也，'梢'者，末也，后也，译成文言，大约可以说是'追蹑'。……这分明和现代的钉梢法是一致的。倘要译成白话诗，大概可以是这样：夜赶洋车路上飞，东风吹起印度绸衫子，显出腿儿肥，乱丢俏眼笑迷迷。难以扳谈有什么法子呢？只能带着油腔滑调且钉梢，好像听得骂道'杀千刀！'"（鲁迅《二心集》）

原本意境优美的一首词，被鲁迅这一幽一默的恶搞，变得有些滑稽了，但这丝毫不影响欣赏张泌清雅的词风。他的风格介于温庭筠与韦庄之间，更倾向于韦庄。张泌的描绘细腻流畅，清俊委婉，如况周颐所言："其佳者能蕴藉有韵致，如《浣溪沙》诸阕。"如他另一首《浣溪沙》，依然是描写陌上出游，依然是风光无限，柔情无限：

马上凝情忆旧游，照花淹竹小溪流，钿筝罗幕玉搔头。

早是出门长带月，可堪分袂又经秋。晚风斜日不胜愁。

（张泌《浣溪沙》）

这是一首十分香艳的词，但词人却将男女欢爱、卿卿我我之情写得颇为含蓄，只渲染出两个相爱的人心灵的追忆与呼唤，使得原本有些香艳的词，少了些许的脂粉气，从而使欢情也得到了美的升华。读起来婉丽空灵，不落窠臼，情感波澜起伏，别是一番风味。

一位潇洒的翩翩公子，骑在骏马上，春衫飞舞，在春日的陌上，缓缓前行。一路上，百花盛开，花香露浓，仿似花光铺路，凉亭楼榭，花竹掩映，小溪潺潺。这旖旎的风光，却没有引起公子观赏的情趣。他眉宇深锁，深陷的双眸里荡着“凝情”深重的眼波。原来他故地重游，春光依旧，佳人却不在，睹物思人，此情此景，唤起了他“忆旧游”，怀念起昔日与他欢悦缠绵的那位美丽佳人。

那时的佳人，貌美如花，娇俏可人。她的纤纤玉手拨弄着钿螺镶嵌的琴筝，发出空灵而曼妙的旋律。微风拂许，那盈香的衣袖，随着旋律的起伏跌宕，在她的身旁翩翩飞舞。对他的爱，对他的情，在这行云流水间，表现得淋漓尽致，令他痴迷恍惚。在罗帷掩映、熏香飘逸的床橱，他为她轻解罗衣，从她秀发上取下拢发的玉簪，那乌黑而靓丽的头发，像瀑布一样飘泻而下，令她愈发地妩媚动人。他们忘情痴缠，尽情享受那仿佛永远也化不开的浓情蜜意。

为了自己的前途，他不得不离开佳人，孤身羁旅，四处漂泊。为了能早日衣锦还乡，与佳人团聚，他总是残月还未退去，晨曦微露，天色昏暗，便开始出门奔波。一个人漂泊的日子是那么漫长，走过了一季又一季，那分离的愁苦，直教人难以忍受。尤其在这“晚风斜日”的笼罩下，凄冷的景色，倍添离觞，令思念中的多情公子“不胜愁”。

千般柔情，万般爱，终是抵不过别离的劫伤。那一地尘埃的落定，分明是注定别恨难穷，相聚无期，此时此景难为情。词人从“忆旧游”起笔，在旧游之地，回想旧游之人，只用照、淹、流三个动感之字，便把花、竹、溪描摹得栩栩如生，铺陈出一幅美丽背景。而更叫人称绝的是仅“钿筝”、“罗幕”、“玉搔头”三个词，罗列而出，便把一个楚楚动人的美人摆在眼前，令人浮想联翩，遐思无限。

风轻轻地吹去了脸庞泪水撩起的那些以往的镜花水月。华丽出场的爱，最终的结局，不过是凄楚得不忍多看一眼的离殇，那分离后的日日夜夜，不知要镶嵌多少离人的泪水，思念成一地斑驳的碎影，随时刺痛着孤独的心灵。

纵被无情弃

春日游，杏花吹满头。

陌上谁家年少，足风流？

妾拟将身嫁与，一生休。

纵被无情弃，不能羞。

（韦庄《思帝乡》）

盛唐，是一个辉煌富饶、大气豪爽的时代，那个时代的开明开放可以说胜过前番后世的任何一个朝代。

倘若你是那个时代的一介书生，且才高八斗，满腹经纶，那你大可以诗酒人生，放浪形骸。倘若你是那个时代的窈窕淑女，那你也大可以浓妆淡抹，霓裳艳影，“慢束罗裙半露胸”（周濆《逢邻女》），性感妩媚，活得自信、率真、张扬，完全不必如丁香、幽兰般多愁善感，寂寞锁清秋。

一直以来，在人们的印象里，古代的女子几乎都生活在封建礼教的桎梏里，活在男尊女卑的阴影里，静守闺中，老死牖下。然而，在唐朝，从皇室的武则天、杨贵妃到民间的邻家女子，都不乏率性不羁、勇敢豪放的佼佼者。

韦庄的这首《思帝乡》，正是描写了这样一个美丽率直、酣恣淋漓的少女。她充满青春年华的无畏与激情，她敢爱敢恨敢担当，为爱

拼尽一身，也无怨无悔。她对爱情的痴狂与执著，即便是穿越到千年后的今天，也仍然令不少向往爱情的少男少女们自愧不如，望尘莫及。

春天，阳光明媚，微风和暖，莺飞蝶舞，万物恣意妖娆。不少才子佳人，耐不住温室的寂寞，纷纷到郊野踏青春游。陌上，杏花盛开，胭脂万点，娇容丽姿，占尽春色。一袭春风拂绕花身，花影摇曳，花瓣飞絮，如冬日里的漫天飘雪，轻浅地洒落一地的芳菲，花落衣衫，“杏花吹满头”，那浓浓的春情，犹如香醇的浓酒，轻啜一口，便已是深深地沉醉。

在如此诗情画意的春色里，不难想象，那个花间赏花的女子，衣袂是何等的华丽时尚，容貌是何等的娇柔清纯，身姿是何等的轻盈绰约，一颦一笑又是何等的风情万种。在这落英缤纷，杏雨飞舞的香浓花间，一个花季的妙龄女子，她的心又如何能不绽放，她的情又如何能不泛滥。

世间所谓一见钟情，所谓天遂人愿，所谓偶然、邂逅、巧遇……其实，说到底，就是多情的男女，在恰当的时间，遇到了恰当的人。就好比这春花烂漫的时刻，这貌美如花的少女，如果再遇见一位英俊潇洒的少年，此情此景，倘若没有一场风花雪月的爱情故事上演，那也真真是辜负了这旖旎的大好春光。想必这样的机缘巧合，上天也自有定数。

许是这杏雨菲菲的景色，引来无数游客信步于杏林花丛，驻足观赏。在熙熙攘攘的人群中，一位风流潇洒、丰神俊朗的美少年，忽然跃入少女的眼帘，她不禁讶然暗忖："陌上谁家年少，足风流？"少年仿佛从天而降，浑身散发着超脱凡尘的风流俊逸，刹那间，令纯情的少女惊魂动魄，恍若触电，窈窕淑女的矜持与骄傲，瞬间沦陷。那荡漾心底的爱慕，如洪水般汹涌澎湃，冲垮了娇羞的防线。

天真浪漫的少女，为爱而心跳，狂乱，遐思翩跹。她痴傻地看着少年，心下想到，"妾拟将身嫁与"，如果能嫁给这位少年，与他相亲相爱，白头偕老，那将是多么幸福美好的事啊！倘若真能如此，这辈子也就满足了，"一生休"，再无所求，再无所悔。纵然是被他无情地抛弃，也丝毫不会感到委屈、怨恨、羞耻。

"陌上"是一个可以勾起无限美妙遐想的词，每每看到这个词，就会想起吴越王妃的艳绝之句"陌上花开，可缓缓归矣"。王妃仿佛是在逸然沉醉中告诉你，陌上繁花盛开，万紫千红，你可以一边惬意地赏花，一边慢慢地归家。苏东坡曾因这含思婉转的妙句写下了题为《陌上花》的三首诗，诗中可谓"陌上"嫣花绽放："陌上花开蝴蝶飞"、"陌上山花无数开"、"身后风流陌上花"。后来，苏东坡的学生晁补之又与恩师唱和了三首《陌上花》，依然是"陌上"嫣花烂漫："陌上花随暮雨飞"、"今朝陌上又花开"、"佳人陌上看花回"。

由于时代的拘谨，陌上春游似乎成了那时少男少女邂逅意中人唯一的场景和难得的机会，如此一来，自然就有了"君子世无双，陌上人如玉"，才子佳人纷纷于陌上出场的惊艳场面，自然也有了如词中那激情飞扬的少女和"足风流"的翩翩少年郎。

因为少年的“足风流”，足够魅力，使得怀春的少女毫不掩饰地对他一见倾心，并赤裸裸地袒露爱情宣言：“妾拟将身嫁与，一生休。”这不管不顾的表白，与温庭筠《南歌子》的“不如从嫁与，作鸳鸯”完全不谋而合，让人看到了古代女子对爱情的大胆追求，热情奔放，一点不逊色于现代的女子。

除了炽热的追求，少女更有担当的果敢，“纵被无情弃，不能羞！”这义无反顾、海枯石烂的刚烈决绝，透着几分张爱玲式的我行我素：“我爱你，关你什么事？千怪万怪也怪不到你身上去。”这样的气势，恐怕须眉也未必能及。亦如清代词人贺裳《皱水轩词筌》里所评：“小词以含蓄为佳，亦有作决绝语而妙者。如韦庄‘陌上谁家年少，足风流；妾拟将身嫁与，一生休；纵被无情弃，不能羞’之类是也。”

这个爱得酣畅淋漓的美少女，有着“上邪！我欲与君相知，长命无绝衰。山无陵，江水为竭，冬雷震震，夏雨雪，天地合，乃敢与君绝”的执迷与豪放。在她眼里的爱或许就是这样，轰轰烈烈，痛痛快快，撼天动地，不问值不值得，不在乎天长地久，只在乎曾经拥有。拥有时，满心欢喜；失去时，无怨无悔，“纵被无情弃，不能羞”。

相忆情难极

深相忆，莫相忆，相忆情难极。银汉是红墙，一带遥相隔。

金盘珠露滴，两岸榆花白。风摇玉佩清，今夕为何夕？

（毛文锡《醉花间》）

毛文锡是唐末西蜀的代表词人，他的词“以质直见情致”，尤工小词。《醉花间》词，含蓄婉转，曲致其意，耐人寻味。清学者沈初曰：“司徒（毛文锡）绝调《醉花间》。晚唐风格无逾比……”

毛文锡的两首《醉花间》，俨然是夫妻二人的诗词唱和。一首写丈夫远离故土，万里从戎，对妻子思念难耐的心痛与无奈；另一首则写妻子独守空闺，相思成灾，欲说还休的忧郁与悲凉。

岁月流逝，风华如一指流沙，坠落红尘，于时间的荒芜里，分离与思念，沧桑了容颜，苍白了记忆。唯有那曾经荼蘼盛开的爱情之花，为萧瑟疲惫的生命，增添了一抹香软的记忆，令那颗经久孤独落寞的心，在颓废的荒野，偶尔能找到一个出口，窥见一缕洒满深情的余晖。风舞霓裳，过尽千帆，“从来只有情难尽”。

“古来征战几人回”。荒寒艰苦，紧张动荡的征戍生活，使他早已把生死置之度外，唯有对妻子的无限思念，常常在他记忆的深处刺痛朦胧的温柔，摇曳出思忆的浪花，在心间泛起涟漪。情到深处，人孤独。“深相忆，莫相忆，相忆情难极。”爱她、念她、想她，却又无法与她深情与共，相依相随，曾经的一切美好，都如镜中花，水中月，鸳梦难再，相聚无期。

“深相忆，莫相忆，相忆情难极”，三个“相忆”层层递进，又突兀转折。这“陡健之笔”，汤显祖评曰：“创语奇耸，不同凡调。”非凡之调，透出丈夫对妻子深浓而无法掩饰和驱遣的思念和遥想。无论是“忆”还是不“忆”，那份铭心的爱，其实都无法消除，终是“情难极”，苦恋而不得，苦涩又无奈。

原本相爱的两个人，如今却只能如“银汉是红墙，一带遥相隔”。“银汉”即天上的银河，如一衣带水，阻断鹊桥之路。“红墙”也是银河意，指相爱的人，被一墙相隔，难以相见。词人借神话牛郎织女的爱情故事，来比喻相忆而难相见的痛苦之情，可谓流水落花，“天上人间一样寒”，令人平添一份“思悠悠，恨悠悠，恨到何时方始休”（白居易《长相思》）的哀叹。

在古诗词里，当描写情人咫尺天涯，相隔相离的哀婉时，常会出现“银汉红墙”的诗句，如李商隐的“本来银汉是红墙，隔得卢家白玉堂”（《代应》），黄仲的“几回花下坐吹箫，银汉红墙入望遥”（《绮怀》），朱彝尊的“输成双星岁岁，料红墙银汉难跻”（《声声慢·七夕》）。这些诗词，都表达出对“银汉红墙”无法逾越、情悖难通的无奈。

在无穷尽的思念里，他常常在“金盘珠露滴，两岸榆花白”的神奇美丽、宁谧馨香的梦境里与妻子相见，花前月下缠缠绵绵，和风拂煦，“风摇玉佩”，随风摇摆，发出清脆悦耳的声音，和着他们的欢声笑语，那情景，真的是欢悦、甜美之至。这样的良辰美景，令他沉醉恍惚，竟忘了此时此刻，“今夕为何夕？”

“金盘珠露滴”，金盘是盛接露珠之盘，据说汉武帝曾建高二十丈、大十围的铜柱，柱上置有仙人掌金盘承露，饮之以求仙。“两岸榆花白”是一种静美的温馨情景。

“今夕为何夕？”流露出一种醉生梦死般的忘情欢悦，欢悦至此，透出如“昔我往矣，杨柳依依。今我来思，雨雪霏霏”的相忆之情。《诗经》里也有类似的佳句如：“今夕何夕？见此良人……今夕何夕，见此邂逅……今夕何夕，见此粲者。”那种岁月静好的喜悦之情，跃然纸上。

好梦易碎，好梦易醒。梦中极度的欢乐，梦醒之后该是何样的痛楚？那痛楚，同样煎熬着他心爱的妻子，妻子的痛，更是不敢触及，怕人相问。

休相问，怕相问，相问还添恨。春水满塘生，鸂鶒还相趁。

昨夜雨霏霏，临明寒一阵。偏忆戍楼人，久绝边庭信。

（毛文锡《醉花间·休相问》）

这首词流畅清新，韵味无穷。俞陛云评曰：“此词言己拼得不相闻问。人苦独居，不及相趁鸂鶒，而晓来过雨，忽念征人远戍，寒到君边，虽言‘休相问’，安能不问？越抛开，越是缠绵耳。”（《唐五代两宋词选释》）

词一开始，依然是曲折幽微的三个“相问”，揭开妻子对丈夫相思成疾的伤痛。那遥遥无期的等待，无休无止的孤苦，在她心里已慢慢地凝成不敢碰触的顽疾，“休相问，怕相问，相问还添恨”，她不愿人问，怕被人问，唯恐“相问”平添恨。

走在池塘边，微风轻拂，一池满满的春水，绿波荡漾，清澈如碧，洗映蓝天。水面上漂游着成双成对恩爱的鸂鶒，它们欢快地嬉戏着，如影随形，那幸福温暖的情景，令她好生羡慕。

一池春水，令她想起了昨天夜里，整夜的“雨霏霏”，雨携寒气，晨起后，备感寒意逼人。这番描写，源自唐代韩偓的《懒起》：“昨夜三更雨，临明一阵寒。海棠花在否？侧卧卷帘看”，暗示出她卧听春雨淅淅沥沥，彻夜难眠的孤寂。而这切切的寒意，又缓缓地直抵她的心间，思绪也随之黯淡，不由得令她想到了远在边关“戍楼”丈夫的安危冷暖。丈夫已经很久没有来信了，“久绝边庭信”，生死未卜，冷暖不知，怎能不让她日夜牵挂，忧心忡忡，真可谓“可怜无定河边骨，犹是春闺梦里人”。

原本为了避开他人“相问”，而闲步于春水池塘，寄望大自然怡人的风光，能驱散她郁结心里的惆怅。怎奈触景生情，那双双对对的金鸂鶒，反而惹得茕茕而立的她，离愁别恨上心头，更“添恨”，

“此恨绵绵无绝期”。对下阕的描写，况周颐评曰：“余祇喜其《醉花间》后段‘昨夜雨霏霏’数语，情景不奇，写出正复不易，语淡而真，亦轻清，亦沈着”。（《餐樱庑词语》）

无论是“相忆”还是“相问”，对爱人的思念与牵挂，都会在低眉信手，不经意的瞬间轻易地被撩拨，反反复复，愁难了，恨难了。越是想试图将伤痛抹去，却越是抹不去，一次又一次地在触碰中惊醒心底的疼痛。泪，无声地流淌，恍若时光走过的痕迹，想要去遗忘，却偏偏如利刃般深深地镌刻在灵魂的深处，即便是“情难极”、“还添恨”，爱却依旧是刻骨铭心，难相忘。

此情须问天

金雀钗，红粉面，花里暂时相见。知我意，感君怜，此情须问天。

香作穗，蜡成泪，还似两人心意。山枕腻，锦衾寒，觉来更漏残。

（温庭筠《更漏子》）

《更漏子》是一个静美而仿若小夜曲似的曲调，首创于飞卿，描写的多是温软的午夜情事。暗夜里隐约发出的更壶滴漏之声，宛如淅沥的雨滴，一抹“无边丝雨细如愁”的幽幽情愁，在这无止无休的更漏声里，被撩拨得迷离而缠绵。

她是一个待字闺中的美少女，虽然过着锦衣玉食的富贵生活，可她却终日郁郁寡欢。因为，她无法与深爱的情郎喜结连理，终成眷属。或许他们的相识是偶然的邂逅，也或许他们芳心暗许，私定终身。但旧时的婚姻有太多的桎梏，门当户对、媒妁之言、父母之命等封建礼教都是有情人无法逾越的鸿沟。他们的爱情终是抵不过现实的残酷，在两情正笃时被无情地扼杀。他们无力反抗，只能听天由命。

卑微的出身，令他无法迎娶心爱的女孩，对她的爱，对她的思念只能埋藏在心里，于梦中与她相聚。此刻，他又想起在梦里与女孩相见的情景。她插着美丽的“金雀钗”，羞红了娇嫩的“红粉面”，与他在馥郁芬芳的花间牵手呢喃，“暂时相见”。相聚的时光虽然太过匆匆，但也聊胜于无。“暂时”两字，隐隐地暗示出梦境的短暂与虚幻，而梦醒之后，那份惆怅与苦涩自是不言而喻了。

悠悠岁月，他总是不断地咀嚼梦中的甜蜜和切切真情。相爱却不能相守，对于深爱的两个人，是何等的痛苦。可他们不怨天，不怨地，更不会彼此抱怨。他们心心相惜，心有灵犀，你懂我的浓情蜜意，我懂你的疼惜爱怜。“人之相知，贵在知心。”他们的相知相惜，也正是你“知我意”，我“感君怜”。

他们清醒地知道，爱被世俗阻拦，被礼教拆散。他们深陷绝境，却无能为力，无法抗争，只能默默承受。今生今世，此情此爱，苍天作证，一切由天。一句“此情须问天”道出了他们心中的无限怅惘。天虽大，却大不过封建礼教与繁文缛节。残酷无情的凡尘俗世，就连天也无可奈何，难遂人愿，更何况这对柔弱渺小的少男少女？

都说日有所思，夜有所梦，梦里梦外皆是情。可梦醒之后，那份空洞与失落，又是多么地令人惆怅。看着眼前熏香已燃成灰烬，残烛亦凝成一摊红泪，恰是他与心爱的女孩梦中相对的情景。两两哀怜相对，他好似“香作穗”心灰意冷，心如灰烬般黯淡；而她却好似“蜡成泪”，悲戚难抑，泪如红烛。香灰与红烛，仿佛了解主人心，恰到好处地流露出两人的心境，“还似两人心意”。

梦里郎情妾意，温暖感人，醒后才发觉枕上清泪涟涟“山枕腻”，就连被衾也是那么的冰冷没有一丝暖气，还有那没完没了的更漏残声，更是滴得人心烦意乱，辗转难寐。眼前的悲凉衬出梦中的温

馨，而梦中的温馨则更显眼前的悲凉，梦里与现实的落差，终使这首词以悲凉收场，而这样的收场，正是令人叫绝之处，陈廷焯赞之为“绝唱”，胡元任更是由衷地赞赏曰：“此词尤佳！”

此词妙就妙在先给人营造一个“金雀钗，红粉面，花里暂时相见”的美丽意境，又忽然让人坠落于冷寂的现实，造成情感上的反差。这样的反差，不是空洞的，也不是黑暗的，而是充满爱恋的浓情蜜意，飞溅出对爱无怨无悔的决绝。词人虽是古人，却运用了蒙太奇式的手法，像电影镜头一般，先将主人唯美的镜头特写出场，然后予以回述，再将实情实景铺陈眼前，让人猛然醒悟：原来是梦境啊!一丝惋惜油然而生。

飞卿的词，几乎每一首都像是把人置身梦里，那精致美妙的场景，总是令人沉迷不愿醒来，可梦终究是要醒的，而那份梦醒后的情思，于飞卿的手里，依然是揉捏得令人如痴如醉，缱绻而迷离，正如：

> 柳丝长，春雨细，花外漏声迢递。惊塞雁，起城乌，画屏金鹧鸪。
>
> 香雾薄，透帘幕，惆怅谢家池阁。红烛背，绣帘垂，梦长君不知。
>
> （温庭筠《更漏子》）

春宵之夜，窗外，柳丝婀娜绵绵，春雨迷蒙潇潇。细柔的春雨凝成水滴从绿叶花瓣上滑落地上，那滴滴答答的雨声，像极了屋里的更漏声，在这寂静的夜晚，“花外漏声迢递”。那滴漏之声，恍若从浩渺的天际，缓缓传来，惊起了塞外的雁唳，城里的乌啼，更惊扰了梦中的佳人，唯有屋里的金鹧鸪，依然安静恬淡地栖息在画屏上，默默地陪伴着惊醒的佳人。

“塞雁”、“城乌”是动中之鸟，是耳之所闻；而屏上的“金鹧鸪”却是静中之鸟，是目之所睹，亦如真鸟一般似被惊起，如此唯美的意象可谓绝妙之至，与李贺的“月风吹露屏外寒，城上乌啼楚女眠”极为相似，“词意本如此，画屏中人，亦未必乐也”（俞平伯《唐宋词选释》）。钱锺书说：“（惊塞雁三句）谓雁飞乌噪，骚离不安，而画屏上之鹧鸪宁静悠闲，萧然事外……陈廷焯《白雨斋词话》卷一说温词云：‘此言苦者自苦，乐者自乐。’中肯破的。”（《管锥编》）

裹挟花香的薄雾，轻轻地飞舞，“透帘幕”弥漫在绣帘低垂的香闺，惆怅了残烛摇曳的“谢家池阁”。雨声，漏声，鸟啼声，声声入耳，怎不惹起佳人于孤寂、凄清、骚动不宁的漆黑之夜，思念如潮，怀念远在塞外的情郎？“谢家池阁”源自谢灵运的《登池上楼》，词义盖为“谢娘家”，指女子的居所。

惝恍迷离的意境，自是越发地令人神情恍惚，想必佳人又想起了曾经与情郎相随“谢家池阁”的情景。飞卿的“当年还自惜，往事哪堪忆”、“谁能不逐当年乐，还恐添成异日愁”等佳句，都是此情此景最好的诠释，曾经的那些美好过往，终是揉成今日无尽的惆怅。

夜深人倦，佳人在孤清索寞中黯然入梦，于梦里，她又见到心爱的情郎。这绵长的梦境，绵长的相思，那远在戍边的爱人却无从知晓，“梦长君不知”。这怨而不怒的“君不知”，无限低回，令人对女子顿生怜悯。

夜深，曲终，末端一句“‘梦长君不知’即《菩萨蛮》之‘心事竟谁知’、‘此情谁得知’也。前半词意以鸟为喻，即引起后半之意。塞雁、城乌，俱为惊起，而画屏上之鹧鸪，仍漠然无知，犹帘垂烛背，耐尽凄凉，而君不知也。”（俞陛云《唐五代两宋词选释》）无论君知与不知，一个远古的女子，她的人生除了在永无休止的更漏声里等待、守望、期许、渴盼之外，她已别无选择，别无所求，这既是无奈，也是宿命，此情天注定。

第二章 花之悦·含娇含笑

心事竟谁知

蕊黄无限当山额，宿妆隐笑纱窗隔。相见牡丹时，暂来还别离。

翠钗金作股，钗上蝶双舞。心事竟谁知，月明花满枝。

（温庭筠《菩萨蛮》）

仲春的风，带着迷醉的暖香，吹散了残夜的寒凉。晶莹的晨露凝在娇艳的花叶上，犹如低吟轻泣的女子，含泪轻颤，煞惹人怜。如此美好的时节，仿佛是为了那遗世独立的才子，才愈加生动明艳起来。

一直都很偏爱《菩萨蛮》这个词牌，总是为词中那些衣香鬓影所吸引，虽同为女子，亦不能相舍。《菩萨蛮》又称作《子夜歌》或《重叠金》，原是唐时的教坊曲，后作为词牌。相传唐宣宗大中年间，有女蛮国使者进贡，她们身上披挂着珠宝，头上戴着金冠，梳着高高的发髻，被称作菩萨蛮队。当时教坊据此制成《菩萨蛮曲》，也就有了后来的词牌名——《菩萨蛮》。此后有不少文人墨客都用这个词牌作过曲子词，而其中，以温庭筠的十四首最为得意。他的《菩萨蛮》中，一字一句，都嵌满了云鬓花颜。处处可见的佳人倩影，是他心里日日不断的思念。

春风暖人，连深埋在心底里的情愫，都被悄悄唤醒。眼见夜色被风一点一点吹淡，缺月缓步西斜，东面的天，已经显出些许红润的气色。衣着单薄的少女，还坐在梳妆台前，伴着月儿一夜未眠。“蕊黄无限当山额。”他就是这么随性，只要两三言语，就挑起眉间的花黄，幻化出一个窈窕曼妙的女子来，眉目如画，眼含深情地从词句中走到眼前。

昨夜精致的妆束还没有撤下，透过窗纱看去，隐约瞧见浅浅的笑，继而眉间轻蹙，又是一副悲愁的模样，让人捉摸不定阴晴。朝日探出山头时，她仍在回味昨夜的甜蜜。心心念念的情郎，期盼已久的欢会，已是明日黄花，唯有心中存留的记忆，还暖暖的，滋润着相思之苦。想这般“柔情似水，佳期如梦”，如此缠绵情愫，却总是旋聚旋离。相会的时光美好而短暂，总是意犹未尽；剩下的，是日日的等待，令人受尽相思的煎熬，让她如何不悲怨？可一想到“相见牡丹时”的约定，苦痛里，又掺入了一丝期盼的甜蜜。

整日坐在闺阁里数日子，绣帕上的鸳鸯还孤独的只有一只，正如这颦眉的女子，显得人影单薄。“翠钗金作股，钗上蝶双舞。”连钗头的蝴蝶都能如愿以偿地双宿双飞，为何这娇媚红颜，却只能独守空闺？这，如何让她不怨不叹？“心事竟谁知，月明花满枝。”讳莫如深的情愫，既无人可知，又无人能诉，唯有空中月，庭中花，尚可倾吐。

飞卿的心思，当真细密如春雨，这般辗转回环的少女情思，倒也只有他，能揣摩得如此透彻，且诉之笔墨了。说到女人心思，飞卿在另一首词里，也揣测得十分精妙：

含娇含笑，宿翠残红窈窕。鬓如蝉，寒玉簪秋水，轻纱卷碧烟。

雪胸鸾镜里，琪树凤楼前。寄语青娥伴，早求仙。

（《女冠子》）

晦明不定的清晨，青纱薄帐随着风迹缓缓曳动，层层帷幕里，隐隐约约似有谪世仙人在静修打坐。清晨湿润的空气里，弥漫着淡淡的檀香，若有若无，浸入鼻息，让人无端地感到一阵缥缈，心境也渐渐平和，仿佛世事已与自己相隔两处，脱离红尘俗世般的飘飘然了。

烟花巷陌的浓烈，在安宁的风里渐渐淡退，笙歌曼舞，终究经不住光阴的洗磨。谁知道，这凡尘俗世里，还隐着一张脱离于人间烟火之外的惊世容颜？

自古以来，只有男子年至二十，才会束起长发，加以冠礼。寻常女子柔丽如一瀑泼墨的青丝，总要用最精致的银环金钗轻轻挽起，妆作云鬟飞环。或许，只有心境宁和，一意向道的女子，才愿意束起那三千烦恼丝吧。于是，这样脱俗离世，飘然欲仙的女子，便被唤作“女冠”。

晓光微明，斜斜地穿过朱户，让楼阁里的景致，也慢慢明朗起来。廊檐下的风铃，轻轻摇晃着，间或发出一两声清音。桌上的红烛，滴了一夜的泪，只剩下一斑微弱的光点，经风一吹，摇晃着就要熄灭的样子。流苏帐中，缓缓撑起一只柔弱的玉臂，慢慢拨开繁复的印花帐子，犹是睡眼惺忪的样子。移身换步，推开窗，望着清明俊朗

的天宇，心绪解开，便愈加开怀。回想昨夜梦中，自己仿佛轻盈如飞鸟，乘着青云，便飞身到了东海的蓬莱仙岛。岛上树林掩映，奇花异草数不胜数，偶有蜂蝶相逐，鸟兽行于其中，自得其乐；林木之中有亭台楼榭，高低错落，堂皇不似人间，其间众宾欢饮，歌舞不绝。席中有人向她招手，引她入座，共此欢愉。整夜里，她就与那些似乎陌生又有些熟悉的仙人饮酒赋诗，几乎乐不思蜀。

直至今晨，那梦中的景象，才如海市蜃楼般，渐渐消散。婢女来为她梳妆时，看见她伫立在窗前，钗斜鬓散，罗裙凌乱，姣好的面容上，凝着一抹深深的笑意，而眼神与思绪，都随风飘远，仿似不在人间。婢女唤她回屋，坐在梳妆台前，为她装点容颜。沁凉如秋水的玉簪，高高束起一瀑如墨的青丝，果真是鬓如蝉翼。再换上轻纱罗绮，立时便犹如"雪胸鸾镜里，琪树凤楼前"，清风拂来，衣裙摇摆，飘舞生姿，如烟如雾。

虽然日日见着，青娥仍然忍不住夸赞镜中的绝世容颜。而她，只是转身浅浅一笑，眼眸中，没有半点波澜。若是贪恋浮世繁华，她何以如此多年来只伴青灯，静修养性。容貌，经不住红尘的考验；富贵，挡不住衰老的摧残。她这一生，不图尘世美，愿得早为仙。

飞卿的词，窈窕娇媚的女子多不胜数，然而这两位，却有独到之处。她们全然不似那些悲情哀怨的主，在她们心中，都对未来存有美好的期盼，或是对爱情，或是对人生。

古往今来，女子的宿命，多少是能握在自己的手中？结局的各不相同，也是要看各自的修为吧。

百转千娇相唤

芳春景，暖晴烟，乔木见莺迁。传枝偎叶语关关，飞过绮丛间。

锦翼鲜，金毳软，百转千娇相唤。碧纱窗晓怕闻声，惊破鸳鸯暖。

（毛文锡《喜迁莺》）

愉悦欢喜的一首小词，一如它的词牌，每个字句，都舒展开了眉眼，喜笑颜开地立在我们面前，仿佛这世间，日日都是清丽明媚的光景，黄鹂鸟的翠柳不曾因为季节轮转而凋败，白鹤的苍穹也不曾因为雾霭而变得灰白，悲苦似乎从未存在。

然而，谁又知道，那些已经化入埃土的前尘往事，已经刻入记忆的容颜心思中，有多少是欢喜，有多少是悲愁？就像没有人知道，时间从哪里开始，山海在哪里相遇……

谁见过前世的满月，荡在一口岑寂的古井中，粼粼的波光里，映着一个孤单的身影。花繁草盛的院落，空旷得只听见一声浅浅的叹息。细碎的莲步踏破银辉，伴着罗裙摇曳走到井边，纤柔的玉指，捞不起半点纯凉的月色。于是，漫天的星光都在那一刹那陨落。只剩烛火如豆，惊了夜半钟声。

都说红颜易逝，韶光难再，须得好好珍惜，但世事天命，多有

人力不可为者。生活里有那么多不能顺心如意的事，像一道高墙，阻了心绪。在这样的境地中，有的人，选择顺从了宿命；有的人，却甘愿用如花的年华，来换一世不悔。只有真正陷入情爱的人，才能真切地体会到那缠绵悱恻的滋味。思念，像一把带着锯齿的草，它从忧愁的心上走过，把过往雕刻成永不磨灭的纪念，一遍又一遍……纵然如此，虔诚的心也不会有丝毫的迟疑。即使一切美好，都只是在梦境里，依然怀着“碧纱窗晓怕闻声，惊破鸳鸯暖”的偏执。或许，这就是情爱的神奇之处吧。

季节换了色彩，娇娆的句（音同“勾”）芒迈着轻浅的步子，渐渐地走近了。暖风吹起她轻柔的裙摆，拂过山川堤岸，刹那，就绿了人间。不过几日光景，就让所有的冰雪都消融释尽，化作涓涓细流，把旧冬的寒凉一并带走了。阳光拨开层层的雾霭，终于又照在青瓦白墙间，射入窗棂，洒在长长短短的诗词句章间，酝酿出淡淡的墨香。梨雪如云，泊在院落里，一任暖暖的东风去拍打，竟然像蓬松的棉被，愈加绵软轻柔的样子。池塘边的青柳，轻摆着妖娆的身姿，妩媚了季节。细软的绿枝延入水中，逗弄那天真的游鱼，引得双飞的燕子都停下脚来，看这奇妙的一幕。

“芳春景，暖晴烟，乔木见莺迁。”只是草木绿了，似乎还太单调。春神如此娇俏，抖落了一身五彩的花束，于是，人间大地，姹紫嫣红，瞬间就热闹起来。日子一天晴朗过一天，湛蓝的天宇中，鸟儿像重获自由一般，尽情地舒展羽翼，欢畅地飞翔。那曾经在诗经里唱着纯净歌谣的莺鸟，又开始了经古不衰的演唱。“伐木丁丁，鸟鸣嘤嘤。出于幽谷，迁于乔木。”江南的三月，本就该是这番杂花生树，群英乱飞的场景。只是，那幽深的亭台楼阁中，是否也已经有了春日的光彩；困在重楼叠宇中的女子，是否能听见，飞鸟的歌唱？

“传枝偎叶语关关，飞过绮丛间。”阳春三月，正是万物滋生繁衍的季节。河浦水滨的鸳鸯成双成对，交颈而歌，引人钦慕。山间的莺雀亦是竞相争逐，在枝叶繁茂的树林间，互诉衷肠，一如当年的雎鸠，关关莺莺，唱个不停。深处闺阁的少女听见这样热闹的嬉笑，不禁羡慕起那些鸟儿来：它们天生就带着一双翅膀，任尔来去，无拘无束。倘若自己也有这样一双翅膀，定要立刻飞出这重重障碍，也就决计不会这样焦躁烦闷而无可奈何了。

“锦翼鲜，金毳软，百转千娇相唤。”春之神女不仅让大地山河换上新装，也令鱼虫鸟兽改了面颜。冬日苍白灰暗的羽毛，经春风细细一梳理，便容光焕发，光彩熠熠了。春衫即成，女子褪去身上厚重烦琐的冬日装束，一袭轻纱罗绮，还归她窈窕轻盈的身姿。随手拾起台上的珠玉金钗，挽起那柔顺如墨的长发，飞鬓如流云般美艳动人。眉若小山，唇点朱华，飘飘然恍若仙子临世。今夜，梦中人将走进这香暖的闺阁，为她盛装的惊艳。

“碧纱窗晓怕闻声，惊破鸳鸯暖。”翌日清晨，晓光初现，群鸟竞相呼唤，一如既往的热闹。然而，此刻，她想要的，却不是往日热闹的歌鸣。只希望那鸟儿能明了她的心意，勿要吵闹，唯恐惊醒了昨夜的欢愉，怕睁开眼，又是梦一场。年华就此逝去，青春不再，红颜凋萎，此生，为一人而活，真的足够了吗？

才华横溢的毛文锡借着这首《喜迁莺》，以女子之口，道出了他对美好春光的眷恋与珍惜，然而自古逢春皆伤，他亦不在例外，在他的另一首《更漏子》中，伤春之情，情动人心。

春夜阑，春恨切，花外子规啼月。人不见，梦难凭，红纱一点灯。

偏怨别，是芳节，庭下丁香千结。宵雾散，晓霞晖，梁间双燕飞。

（《更漏子》）

唐人称夜间为“更漏”，《更漏子》这一词调创于晚唐，最早是温庭筠用作词名，后广为流传，包括毛文锡在内的众多文人，都用它填过词。春恨闺怨，最是令人伤感，这也是《更漏子》受到大家青睐的缘由之一吧。

春景繁盛，景致美好得令人不舍睡去，唯恐醒来时一切已经换了模样。然而，让人难以入眠的，更多的是纠缠不清、理不出头绪的思念。青春岁月，姣好容颜一如繁华之景，会随着光阴渐渐逝去，心爱之人在这最美好的时节离开，在她最美好的岁月里远去，这让她心中，绞成难解的结。日复一日，梁间燕子双飞，梁下人独寐，蔓蔓红纱里，一点孤灯，亮到天明。丁香随着时节凋谢，人心是否会枯萎？她不知道。这一生，她的宿命里注定了要等待。

笑倚春风相对语

嫩草如烟，石榴花发海南天。日暮江亭春影渌，鸳鸯浴，水远山长看不足。（《南乡子·其一》）

画舸停桡，槿花篱外竹横桥。水上游人沙上女，回顾，笑指芭蕉林里住。（《南乡子·其二》）

岸远沙平，日斜归路晚霞明。孔雀自怜金翠尾，临水，认得行人惊不起。（《南乡子·其三》）

洞口谁家，木兰船系木兰花。红袖女郎相引去，游南浦，笑倚春风相对语。（《南乡子·其四》）

二八花钿，胸前如雪脸如莲。耳坠金鬟穿瑟瑟，霞衣窄，笑倚江头招远客。（《南乡子·其五》）

路入南中，桄榔叶暗蓼花红。两岸人家微雨后，收红豆，树底纤纤抬素手。（《南乡子·其六》）

袖敛鲛绡，采香深洞笑相邀。藤杖枝头芦酒滴，铺葵席，豆蔻花间趖晚日。（《南乡子·其七》）

翡翠䴔䴖。白蘋香里小沙汀。岛上阴阴秋雨色，芦花扑，数只渔船何处宿。（《南乡子·其八》）

（欧阳炯《南乡子》）

旖旎动人的八首小词，如同八幅风景各异、工笔秀丽的画卷，一一舒展开来，把江南的人情风貌都移到了眼前。八首《南乡子》，词中有画，画中含景，或安宁恬淡，或奇异优美，令人诵读之时，不经意间，就随画中那些面容娇羞、姿态妖娆的女子，走进了前世的江南。

《南乡子》，是个让人一看，就产生无限向往之意的名字。这一词牌，原为唐教坊曲，自后蜀欧阳炯创单调后，一直受到众多文人雅士的青睐。词如其名，它原本就是欧阳炯为描绘江南风光而创，故而欧阳炯的《南乡子》里，处处都是莲叶田田、渔舟唱晚的江南秀美佳境。

春意尚浅，如同笼在轻纱里的美人，还有些朦朦胧胧的，让人看不真切。“嫩草如烟”，遥遥看去，似乎已经蔓延成片，铺满了浅坡河堤，可走近之后，任你弯腰俯身，如何仔细，也寻觅不到那些青葱的新绿。此刻的春，的确还有些早。可谁都知道，用不了多少时日，等春风在这方土地上轻轻飘荡几个来回，吹去了掩面的薄纱之后，浓妆艳抹的春天，自然而然就会丰盈起来，惊艳了流年。暖暖的东风拥有神奇的力量，它舒开纤柔的细指指尖轻轻地触在石榴的花蕾上，刹那间就点燃了一簇簇红艳，娇美的花朵如同跳动的火苗，明媚了整个季节。江南，在这火一般的热情里，也越加生机盎然起来。

日暮时分，河面上升起淡淡的烟雾，罩在粼粼水波上，像暗夜的裙摆，在风里轻轻摇晃。江畔的古亭，像一位迟暮的老人，静听风雨许多年。他安然地走在河岸上，心放空了，没有一丝杂念，看着自己的影子在水中前行，路过了多少风景，流去的，是不归的岁月。水中的两只鸳鸯鸟，戏水相伴回巢，引人徒有羡慕。年年春景皆是如此，只是水远山长，恐怕这一生，也看它不厌吧。

回想那年光景，往事一一浮现眼前，历久弥新。或许，容颜已不复当时，但那段搁置在心底的情愫，却让光阴酝酿得愈加香醇，使人难以忘怀。那一年，他还是个风流多情的少年，手握一柄竹笛，迎风独立于船头。“画舸停桡，槿花篱外竹横桥。”近旁的桥上站着个眉目如画，面容姣好的女子。不知是遇上什么开心的事，此刻笑颜如花，比篱墙上的木槿还要娇艳。或许宿命里已经注定，眼神相遇的瞬间，前世今生，仿佛前世早已画定轨迹。“水上游人沙上女，回顾，笑指芭蕉林里住。”船随水移，人影渐行渐远，女子仍站在桥上，指着一片葱茏的芭蕉，告知他，她的住处。可惜，此后再没有机会涉足那里，再不复见着那姣好的容颜。命运安排了相遇，却模糊了结局，徒惹人心伤。

“岸远沙平，日斜归路晚霞明”。船缓缓靠岸，静静泊在浅湾里。他走上一条铺满细沙的小径，斜阳将他的影子越拉越长，又渐渐淡去。突然，沙径旁的几只孔雀吸引住他的目光。五彩的羽毛在夕阳的照耀下更显亮丽，闪耀的光泽似乎来自七彩的玉石，高贵而神秘。“孔雀自怜金翠尾，临水，认得行人惊不起。”这种南国特有的美丽的生命，立于水畔，看着自己映在水面的影子，搔首弄姿，让人为其美貌而惊艳。禽鸟尚且如此，何况人焉？南国的女子，更是娇媚得让人不舍得移目。

“洞口谁家，木兰船系木兰花。”行至河边的一户人家，不见人影，只有一只纤巧的木兰船系在木栈上，船头放着一朵刚采下的木兰，还残留着女子指尖的温度。船的主人应该是个心思细腻的女子吧。他沿着船舷来回踱步，不愿就此离去。“红袖女郎相引去，游南浦，笑倚春风相对语。”此间，一个二八年华的少女自房中走出，一身红衣妖娆艳丽，却丝毫不显俗艳。三两个同龄的女子结伴而来，相邀一起去南浦游玩。于是，一路欢歌笑语，踏着春风，渐渐远去了，笑声如风铃般悦耳动听，久久弥漫在晚霞之中，萦绕在记忆里。

“二八花钿。胸前如雪脸如莲。耳坠金鬟穿瑟瑟，霞衣窄，笑倚江头招远客。”南国的女子，与别处是有极大不同的。她们不会被世俗困在重楼叠宇之中，没有烦琐的三纲五常需要去遵守，她们活在最淳朴的世风里，依靠自己的双手养活自己。她们欢喜便笑，悲痛则哭。没有矫揉造作，不懂琐碎世故，她们的心，澄澈得像一汪清泉，不论什么，都能在其中映出完整的模样。

一如陶渊明对世外桃源的向往，欧阳炯对南国的热爱，有山水，更在人情。依稀记得那时候，他“路入南中”，从此就不再有回头的念想。那一幅缥缈的画面，“两岸人家微雨后，收红豆，树底纤纤抬素手”，那一双洁白纤细的素手，将他的心，牵引到这方安乐的国度里。此生此世，都绝不会遗弃。

其后有人评论欧阳炯的词“艳而质，质而愈艳，行间句里，却有清气往来”，大概是真正懂了他那些“袖敛鲛绡”里深藏着的对南国深深的眷恋吧。

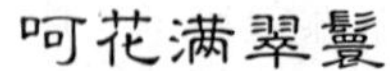

呵花满翠鬟

扑蕊添黄子，呵花满翠鬟。

鸳枕映屏山，月明三五夜，对芳颜。

（温庭筠《南歌子·扑蕊添黄子》）

曾在画里见过她们美丽端庄的模样，典雅精致得让人莫名想要亲近，却又不敢上前，唯恐一个不适的举动会唐突了佳人。看她们眼若水波，眉如远黛，任是哪一个微颦浅笑，都足以令画中的山水黯淡了色彩。曾在梦里与她们相遇，不问过往，不问光阴，如水的眸子里映着各自的前世今生。她们收起了画中的清冷，追逐打闹，嬉笑不止，手中的团扇掩不住满脸笑意，那活泼的样子令人惊诧。呵，这些自盛唐飘逸到五代的仕女，忽然让我为难。苦苦思索，想要寻觅，到底哪一张脸，才是她们真实的模样。

汉时，才学出众的张衡在他的《南都赋》里曾有过这样的句子“坐南歌兮起郑舞”，大汉朝的轻歌曼舞会是怎样的风情？从此，一曲南歌，一支郑舞，一群曼妙娇俏的女子，成了这天下人最美好的想愿，亦是我心心念念的场景。可惜，我这凡夫俗子，走不进画里，走不出梦外。岐山大概早就料想到遥远的未来，可能会有钦慕前世风光的人，故而为之创下南歌这一曲子词，留待后世之人慢慢去揣度。

何为情？这是千百年来，世人费尽了心思，也未曾参悟透彻的东西。更有一群人，他们干脆削去那满头青丝，躲进山野古寺，在晨钟暮鼓里，伴青灯古佛走过一生，只为寻个六根清净。但是，就真的与世无争，留于方外之地了吗？他们忘了，这普天之下，莫非王土，只要他们还在这世上一天，就永远无法摆脱红尘的纠缠。无论，他们承认，还是否认。

情，源自于心中。它像透明的空气，无时无地不围绕着我们，既看不见，也摸不着，让人心里徒生焦躁。倘若只是这样，不理睬便是，可这世间人，偏偏又少不得它！谁会这样让自己白白窒息而死？人生之短，几十载光影流年，如同白驹过隙，不过瞬间，倒不如活得率性洒脱些，就像那个醇美如酒的女子，经了千年的光阴，仍旧甘冽香醇。

她并非名门闺秀，只是个小商贾家的女儿。娘亲只是个侧室。那一年，与外出经商的父亲一见钟情，便不顾家人的反对，不顾未卜的命途，毅然决然地随父亲远走异乡，即使只能做一房妾。娘说，这一生，她不后悔，如果再选一次，结局依然如此。她能够读懂父母之间那种可以舍弃一切的情愫。她只愿，自己也能遇到命中的良人。

终于，他出现了。在仲春时节，百花争艳的园子里，他循着一枝红杏，冒昧地推门进去。那时，她正在采花瓣上的露珠，粉嫩的面颊胜过了满园的春意。意外的邂逅，没有言语，一眼已经注定一生。只可惜，他已有了妻室，他不愿让她委屈，只能辜负这如花美眷。

可是，她又岂是寻常女子，她在乎的，岂是一个名分？这一生，能遇到真心相爱的人，已是上天最大的恩赐，她又怎么会贪婪地想要更多呢？即使只是妾，她愿意，甚至没有任何名分，她也愿意。

他们约定好，三五月明之夜便是相会的日子。每每这一天，她总要精心装束一番，让他看到最美最动人的自己。“扑蕊添黄子，呵花满翠鬟。”坐在梳妆台前，葱白的细指拈起红艳的胭脂扑在水润的脸颊上，再仔细涂抹均匀，那面孔瞬间就娇美得胜过粉杏桃红。从妆奁里挑出一张精致的黄花，添在眉眼之间，恰似红花的蕊。随手挑拣出两三支钗饰，把满头青丝挽作云鬟飞环，顾盼生姿间，自有别样风情。“鸳枕映屏山”，透过满是山水的屏风，隐约间可以看到大红的云纹帐里，两只绣着交颈的鸳鸯，浓情蜜意，恰似她和他。

夜色慢慢降临，把整个世界的美好和丑恶都笼罩在一片朦胧之中，美妙里带着一丝神秘。日思夜想的人，终于乘着一片清辉，如约而至，依旧是当时俊逸的模样。“明月三五夜，对芳颜。”红烛跳跃的焰火，映照着两张相思相念的面孔，对望闲话西窗，互诉衷肠。这一生，就这样吧。她早已许下誓言：他若不弃，她必生死相依。或许，自己和娘亲一样，这是宿命早已里注定好的。

在风气开化的五代，像这样敢于追求情爱幸福的女子，不在少数。牛峤的《菩萨蛮》里，也有这样一个敢爱敢恨、性情真挚的女子。

玉炉冰簟鸳鸯锦，粉融香汗流山枕。帘外辘轳声，敛眉含笑惊。

柳阴烟漠漠，低鬟蝉钗落。须作一生拚，尽君今日欢。

（《菩萨蛮》）

日夜期盼，愁断了多少肝肠，才换来了一夜相会。“玉炉冰簟鸳鸯锦，粉融香汗流山枕。”鸳鸯锦被里情话缠绵，短短时光，不愿让它浪费了分毫，只希望把这分离日子里的每一件事都拿来仔细描摹，像重新做过一般细致。

缠绵的话语尚未说尽，却已是晓光初现的时辰了。“帘外辘轳声，敛眉含笑惊。”听到帘外传来一阵轱辘声，仿佛是在催促拂晓的到临。那声响，就像落入静潭的一粒石子，瞬间激起她心中千层涟漪，时间就这样到了吗？

天渐渐明朗，离别的钟声从山寺传来。此刻，她心里，再没有方才的欢喜。“柳阴烟漠漠，低鬓蝉钗落。”天阴沉着，杨柳漠漠，不复往日的窈窕。鬓散钗落，衣裙凌乱，她亦不在乎。心，仿佛跌入谷底，从今日起，又要开始忍受相思的煎熬。只是，她不后悔，从不！像《上邪》里的那个女子，对天起誓：“须作一生拼，尽君今日欢。”

这就是那时的女子，美丽，从容。她们在画里娇艳，在诗词里传送，在岁月里，和我们牵连。只是，梦里梦外，已隔纸千年。

微笑自含春

峭碧参差十二峰，冷烟寒树重重。瑶姬宫殿是仙踪。金炉珠帐，香霭昼偏浓。

一自楚王惊梦断，人间无路相逢。至今云雨带愁容。月斜江上，征棹动晨钟。

（《临江仙·其一》）

谢家仙观寄云岑，岩萝拂地成阴。洞房不闭白云深。当时丹灶，一粒化黄金。

石壁霞衣犹半挂，松风长似鸣琴。时闻唳鹤起前林。十洲高会，何处许相寻。

（《临江仙·其二》）

柳带摇风汉水滨，平芜两岸争匀。鸳鸯对浴浪痕新。弄珠游女，微笑自含春。

轻步暗移蝉鬓动，罗裙风惹轻尘。水精宫殿岂无因。空劳纤手，解佩赠情人。

（《临江仙·其六》）

（牛希济《临江仙》）

烟笼云绕几许亭台楼阁，飞鹤孤鸿翔于青松翠竹之间。自古以

来，道家之学在世人眼中，即是奇幻缥缈，脱离了世俗杂尘。故而众多文人雅士皆好玄道，当他们沾染上这份飘逸洒脱之气后，自然而然就带有一股仙风道骨的缥缈气息。

唐人好道，应该是自上而下的。隋末年间，李氏父子起兵反隋，建立了大唐政权，虽说是辟除乱世，惠及天下苍生之壮举，登朝称帝也应该是众望所归，但天家威严不可缺少，真龙天子至少要有个让人信服和敬畏的出处吧。所以，李家效仿前人，为自己找了个与天家相配的祖上，那就是道家宗主——李耳。这就让百姓以为，老子创道，最终飞升成仙，那这李家后人，自然就是天命所归的皇者。李家人借了老子的名声，必然是不能亏待了他。于是，唐朝，就成了历朝历代里道教最为兴盛的朝代。

皇家信道、重道，官吏百姓也跟着信道、重道。那时，有不少得道高人都受到皇家的重用。李太白就曾经走中南捷径，在鲁地投入道家，借着道踏入皇家殿堂。朝野上下也是冶炼、服食丹药，寻找飞升成仙之路或者求取长生不老之术。火药也是在这种情况下无意生成的。由此可以想见，那时的道术，是何其兴盛。此种盛况，一直到五代，仍有影响。文人墨客的诗词章句里，有描写吟咏道家之景的，也就不足为怪了。

《临江仙》这一词牌的源起颇多歧说，但可以确定的是“唐词多缘题，所赋《临江仙》则言仙事”。其中，牛希济的几首《临江仙》，可谓代表之作。

“峭碧参差十二峰，冷烟寒树重重。”青绿的山峰嶙峋陡峭，让人望而生畏。山峰间缭绕着轻薄的烟雾，迷迷蒙蒙中是森森的树木，察觉不到人烟。这里是远离红尘的世外之境，林木深处，或许能看到“瑶姬宫殿是仙踪”的景象。神秘的仙境，就隐匿在这重重山峦之中。仙殿里的“金炉珠帐”，引人遐思，楼阁金殿里是“香霭昼偏浓”。虽然难以揣测当年楚王的梦，但神女的身影却长久地萦绕在脑海里，然而偏偏是梦中。“一自楚王惊梦断，人间无路相逢。”梦醒后，一切都烟消云散，不复存在。“至今云雨带愁容。月斜江上，征棹动晨钟。”人生何尝不是一场梦，对功名的追逐，对红尘的眷恋，终有一天，会随着肉体的消殒而散尽，谁能在这世间永不衰朽呢？

忆当时年少轻狂，倾慕那风一样缥缈的女子，“谢家仙观寄云岑，岩萝拂地成阴。洞房不闭白云深”。她修道的地方，仍然清晰地刻在他的脑海里，只是，人已随风而去。登上那云间的仙阁，他还在这俗世浊尘里游荡。“当时丹灶，一粒化黄金”，那时她苦炼而成的丹药，比黄金还贵重千倍，终于带着她飞升成仙。“石壁霞衣犹半挂，松风长似鸣琴。时闻唳鹤起前林”。仙境幽谧，五彩的云霞缭绕在石壁四周，仿佛是纤纤素手织成的彩衣，轻轻地半挂着，似落非落。风从松林间匆匆而过，卷起阵阵松涛，波澜起伏，如奏高山流水之音，鸣声飘荡四野，久久不得停息。有时候，那风声里还夹杂些白鹤的鸣叫，犹如云外天籁。“十洲高会，何处许相寻”。只可惜，传说里道家有十处仙境，她到底在哪一处，他不得而知，也就无处可寻了。

“柳带摇风汉水滨，平芜两岸争匀。鸳鸯对浴浪痕新。”明媚的

春光映照在这方安宁的土地上，为万物灵长带来新的生机与活力。消融的冰雪化作柔软的春水，盈满了汉水河，水中的荇藻渐渐青绿窈窕起来。鹅黄的柳枝在风里摇摆，身姿愈加轻盈动人。茂盛的青草覆盖了冬日的荒芜，让河岸又绿了起来。春江水暖，一堆鸳鸯嬉戏水中，推开层层新浪，惹人羡慕。打马而过的少年看见那岸边的“弄珠游女”，卷起衣袖，露出藕一般白皙的手臂，竟然忘了前行。女孩熟练地从水中拾起一只只珠蚌，然后回到岸边，用她们的一双巧手打开那紧闭的蚌壳，取出圆润亮白的珍珠，恰似她们的温润的肌肤。少女手中握着刚取出来的宝珠，抬头突然看见远处马上的少年，面色含羞而心中欢喜，“微笑自含春”，让这满目的桃红柳绿逗弄失了颜色。

只是，无论这采珠女子的容貌如何动人，也难以与那汉水中的汉皋女神相提并论。“轻步暗移蝉鬢动，罗裙风惹轻尘”，她踏着细碎的步子，像踩在云上，缓缓走来。头上的珠玉钗在鬓发间轻轻颤动，发出的清脆声音如击磬般悦耳。笼着轻纱的罗裙随着步子摇曳摆动，像风一样带起轻微的尘土。“水精宫殿岂无因。空劳纤手，解佩赠情人。”她做了这样精心的打扮，自然是有缘由的。今天，这水晶宫里，来了她倾心已久的人，怎不令她欢喜？闲话之时，她轻轻解下自己的佩玉，赠与那属意之人，但愿他不要辜负了此番真情。

红颤灯花笑

月华如水笼香砌，金镮碎撼门初闭。寒影堕高檐，钩垂一面帘。
碧烟轻袅袅，红颤灯花笑。即此是高唐，掩屏秋梦长。

（孙光宪《菩萨蛮》）

梧桐叶落了一个秋天，在不经意间，把那条曲折蜿蜒的路铺得一片斑驳。匆匆而过的行人里，没有谁去怜悯那些木叶的生命，它们只有一个春秋，走到这个季节，枯黄、坠落，就修完了它们的一生，飘落在哪里，哪里就是归宿。

花，开过了最繁盛的时节，开始渐渐凋零。再美的容颜，都注定要在岁月的磨蚀里消损。佛家说，一痴一念一尘缘，一颦一笑一挥间。流逝的光阴，从不顾念谁的意愿，总是一无返顾地向前，带走了青春的华年。流水一样的日子，它带走了光阴的故事，带走了许多……一个豆蔻年华的少女，一个意气风发的青年，一个温婉端庄的妇人……都在不经意间，被它一一带走。留下一个遥远的想望，让人隔着时光，顺着思绪细细地冥想，去描摹一个遥远的轮廓，追寻故事的结局。

如果生命真的只有一次，不追究前世，不寄望来生，你是否愿意用一生的时间，真心去爱一个人？也许，绝大多数人都会说愿意。可是，一生有多长，有多少波折，不等到走至尽头的那一刻，谁又敢肯定呢？如果不得不分开，无论生离，还是死别，又能怎么样呢？有人说，欢乐时便暂且安享欢乐，若日日焦虑，岂不是连片刻的安宁都不得了。或许，真的该像李太白说的那样，“今朝有酒今朝醉”，明日的愁，明日再愁吧。

有人说，女子是水做的，而男子则是一个容器，所以，女子的形状取决于她所爱的那个男子。虽然现在很多人都不再认同这个看法，但实际上，无论是有意还是无心，很多女子的生活，依然是不自由的，而古时候的女子，欢喜，更是多由男子而起。孙光宪的《菩萨蛮》里，便有这样一个为谁欢喜为谁悲的女子。

黄昏安宁而恬淡的性格，仿佛一切都在夕阳温暖的光辉里柔软了似的，即使是坚硬的顽石，也覆上浅浅的薄沙，变得温婉起来。但是相对而言，夜的深沉与神秘更令人喜欢，它习惯用墨色掩去一切，无论善恶美丑。晴朗时有淡淡月光和漫天星火，洒下的光亮像一层薄薄的轻纱，笼罩在万物之上，世界因此变得神秘而幽美。“月华如水笼香砌，金镮碎撼门初闭。”月色如水，顺着屋檐上的瓦楞倾泻而下，将整个屋宇都笼罩在淡淡光辉里，而门楣却恰恰被暗影遮掩住，使人看不清门枋上的姓氏，两旁的对联也只露出半幅光彩，唯独门前的阶除，在那淡淡清辉里，仿佛有清泉无声流淌一般。这样的幽美，是为了迎接什么吧。墨色的大门上，嵌着一对精致的铜环，门刚关上的时候，远远就能听见那清脆的声响，像是闭门谢客的宣告。今夜，该来的人，已经来了。

已是深秋时节，寒凉顺着没一丝流动的空气，在人群之间游走，仿佛要搜刮走每一分温暖的气息。白日尚且还有些阳光聊以自慰，但到了晚上，便真的是冷风的世界了。它们裹挟着山间谷地里搜罗来的寒意，划过高高的树梢，穿过幽深的小巷，拍打着那些紧闭的门户，肆无忌惮地叫嚣着，仿佛要冲破那些门窗的阻隔，直接给予躲在屋中的人以严厉的处罚似的。那处在深巷的楼阁，许是因为檐上挂着一只八角风铃，此刻，响动便格外引人注意。屋子里还亮着灯，偶尔传出些断断续续的低语，让人听不真切，那份安宁舒适绝没有因为寒风的嫉妒而消减，反而愈加浓稠。“寒影堕高檐，钩垂一面帘。”那楼阁在淡淡的月光下投照出一片漆黑的影，竟像一只蛰伏的巨兽，在守护着那份安适一般。窗上挂着一幅帘栊，掩去了屋内的风光，倒愈加引人遐思了。

“碧烟轻袅袅，红颤灯花笑。”屋子里点着檀香，缕缕青烟从香炉里袅袅升起，在重叠的纱幔间缭绕。桌上的酒宴尚未撤下，淡淡酒香夹杂着些许饭菜的味道，一起在空气里弥散，温暖而迷醉。或许，正是这些气息逸散出去，才引得冷风如此狂躁地想要破门闯进来吧。烛台里红烛尚未燃完，烛火明媚，间或爆出一两朵灯花，像是在暗示些什么欢喜似的。层层纱幔间，传来几声娇羞的轻笑，震颤得烛火也跟着闪烁起来。此刻，是欢喜的吧。

“即此是高唐，掩屏秋梦长。”记得那时的楚王，虽然身在深宫，而梦游高唐，与神女相会幽别。此夜中，浓情砌满屋宇，放下屏风，秋夜还长，梦亦还长，只是今夜梦中，没有楚王，也没有神女，

有的只是君之情，妾之意。

夕颜花开一个清晨，胭脂球守一个黄昏，寒蝉唱过一个夏，候鸟飞过一个秋……相较而言，人的一生，该是有多长的时光可以走过。欢喜愉悦也好，痛苦悲伤也罢，这一生走过以后，便再也无法重来，须尽欢时便尽欢吧，勿要等到垂老之时，追悔莫及。

第三章　花之思·相思空有梦相寻

相思空有梦相寻

鸳鸯对浴银塘暖，水面蒲梢短。垂杨低拂麴尘波，蛛丝结网露珠多，滴圆荷。

遥思桃叶吴江碧，便是天河隔。锦鳞红鬣影沈沈，相思空有梦相寻，意难任。

（毛文锡《虞美人》）

“虞美人”是一个很美、很令人惊艳的词牌，它源自娇艳的花名和旷世美人的名字。传说楚汉相争时，西楚霸王项羽，乌江兵败，自知大势已去，在突围前夕，不得不和虞姬诀别。虞姬不愿拖累项羽，抽出项羽腰上的佩剑，自刎而死，其血染之地，长出了一种鲜红艳丽的花，人们称它为“虞美人”。后人钦佩虞姬节烈可嘉，创制了“虞美人”这个词牌，以怀想霸王别姬的悲情与悲壮，“虞美人”因此而流芳词坛。

毛文锡的闺情词，素来以惊艳著称，自然也配得上“虞美人”这个词牌。但这首《虞美人》，词人却以一个男子的立场，温柔地倾吐对伊人的思念之情。较之词人一贯的风格，少了几分浓艳，多了几分清丽，且清丽中含情，品之温婉动人，情思绵绵。醉了思者，醉了词人，更醉了无数品词的人，令人赏心悦目、意犹难尽。

这首词，就像是词人手握画笔，精心地描摹出的一幅自然的风情彩绘。图中极尽唯美地描绘出一位远在戍边的男子相思难抑，独自漫步在清新自然的银塘湖边，忧伤凝愁，深情怀念远在故乡深闺里的美丽佳人的场景。

春天，百花盛开，百鸟啼鸣，那溢满空中的花香，像醇酒般迷醉着囿于军营的男子，走出沉闷的营地，到大自然中去呼吸人间四月天的芳菲气息。清澈明净的池塘里，阳光洒落一池粼波，暖融融的春水随风飘荡，卷起层层绿波。绿波涌动着对对恩恩爱爱的鸳鸯，在水中戏水"对浴"，追逐欢闹；池塘里蒲草初生，嫩嫩的，茸茸的，羞涩地露出短短的枝梢；池岸边"垂杨低拂"，摇漾生波，掬起一泓淡黄色的"尘波"，尘波浩渺，如薄雾袅绕，丝丝缕缕迷蒙了池岸，仿佛将整个池塘团团围住；如烟的柳枝上，零星地结着一些细密的蜘蛛网，网上挂着如珍珠一般晶莹剔透的露珠。圆润的露珠，沉沉地滴落在圆圆的荷叶上，偶尔发出一丝微微的滴落之声。

银塘、蒲草、垂杨、尘波、蛛丝、圆荷构成了一幅清丽静柔的景色，衬托出幸福欢乐的"鸳鸯对浴"。这情景，让人徒想起周密的"误惊晓梦，掠芙蓉，度影入银塘"。这样的景致，难免会令词中的男子眼前浮现出他思念的佳人于池塘边，临水照花，顾影自怜的哀怨之景。

"麴尘波"意指淡黄色的烟波。"麴尘"也写作"曲尘"，是酒曲生成的细菌，色淡黄如尘，故用"曲尘"来形容淡黄色。古代"鞠"与"麴"通，如刘禹锡的《杨柳枝》："凤阙轻遮翡翠帏，龙墀遥望麴尘丝。御沟春水相辉映，狂杀长安年少儿。"诗中的"麴尘丝”意为淡黄色的杨柳丝。

“鸳鸯对浴”，触景生情，勾起了他对远方情人的深切“遥思”。鸳鸯，自古就被文人用来比喻恩爱的夫妻。卢照邻的《长安古意》是最早使用这一意象的：“得成比目何辞死，愿作鸳鸯不羡仙。比目鸳鸯真可羡，双去君不见。”后来，人们都争相吟咏这象征爱情的吉祥物。最著名的恐怕要属温庭筠的《南歌子》：“手里金鹦鹉，胸前绣凤凰。偷眼暗形相。不如从嫁与，做鸳鸯。”正是鸳鸯一词的美好意象，并由此演绎出无数与男女爱情有关的美妙之词，如“鸳侣”、“鸳盟”、“鸳衾”、“鸳枕”、“鸳梦”等等。

“吴江碧”水，犹如一道天河，令相爱的人“天河隔”，相见难。如今他深爱的女子杳无音讯，踪影难寻，“影沈沈”，唯有在梦中才能偶然与她温存，梦醒之后，却是无尽的相思，“相思空有梦相寻”，这如髓的相思，疼痛而悲戚，令人难耐难忍。词中的“锦鳞红鬣”，是指生活在水里的一种色泽鲜艳的鱲鱼，也叫桃花鱼。古人用“锦鳞红鬣”来代指“书信”。

这首词引用了“桃叶渡”和“天河隔”两个典故，以显现出相知相爱的有情人，天各一方，不得相见的悲苦情怀。

“桃叶，子敬妾名，缘于笃爱，所以歌之。”（《古今乐录》）这里的子敬是王献之的字，他的妾叫桃叶，其妾之妹叫桃根。王献之在秦淮河畔，与其妾送别时而作歌曰：“桃叶复桃叶，渡江不用楫。但渡无所苦，我自迎接汝。”（《古今乐录》）后来，人们就称此渡口为“桃叶渡”，称此歌为《桃叶歌》。“桃叶”指怀念的情人。

“吴江”指古吴地秦淮河畔。

“天河隔”则是指千古流传的牛郎织女的爱情故事，牛郎与织女受天庭的惩罚，永远隔着一条天河，遥遥相望。只有每年的七月七日，成群的喜鹊为他们搭起鹊桥，他们才得以短暂的相见。

词人用池塘的景色和感人的典故，来烘托相思中的情人，相见时难别亦难，相思无力情两残的伤痛。那伤痛是韶华残留的一段伤心的过往，在心头刻下了一道深深的伤痕。

逝水流年，荒废了等待，烟花凋谢的过往，苍白而执著，对爱人深情的思念，永远没有绝期。片片愚情，默默痴守，即使岁月黯淡了回忆，那些曾经相依相偎的浓情蜜意，却时常缠绵于盛开的梦里，情思难了，相思难尽，纵然“相思空有梦相寻”，攒眉千度，也只为伊人相思。

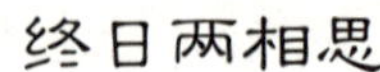

终日两相思

倭堕低梳髻，连娟细扫眉。终日两相思。为君憔悴尽，百花时。

（温庭筠《南歌子》）

这是一首描写闺情的小令，温庭筠一改浓艳的笔调，以简洁素雅的语言，描写出一个闺中女子深沉细腻的情感以及对爱情执著的追求。读罢，动人心弦，“低徊欲绝”（陈廷焯《白雨斋词话》）。

她是一个风姿绰约、美丽时尚的女子，梳着那个时代最流行的发型“倭堕髻”。婀娜的身姿，配上摇曳的发髻，走起路来衣袂飞舞，顾盼生媚。一抹弯弯细细娟秀俏丽的黛眉下，是一双深锁清愁的盈盈美眸。

“倭堕髻”，是古代宫廷十分崇尚的一种发型，就是把发髻梳在头的一侧，像戴了一朵墨染的花，斜斜地高悬在耳旁，似摇非摇，似堕非堕，就好像技艺娴熟的骑手，身体偏向马的一侧，斜身驰马，摇摇欲坠的优美姿势，因此也被称作“堕马髻”。汉乐府曲《陌上桑》里美女秦罗敷梳的发型就是倭堕髻：“头上倭堕髻，耳中明月珠。”

“连娟”，也作“联娟”，是形容眉毛微微弯曲，娇俏的样子，源自宋玉的《神女赋》：“眉联娟以蛾扬兮，朱唇的其若丹。”

从女子信手挽发和淡扫眉梢可以窥出，她一定是个非常爱美、非常时尚靓丽的贵族女子。她不仅有闲情逸致去梳一个十分考究的发式，而且也有足够的时间去慢慢地修理描绘她脸上那一弯楚楚动人的细眉。显然，她的生活是悠闲而富裕的，甚至有些百无聊赖，想必梳妆打扮是她消磨时光的最好方式。

词人只在发髻和眉毛上稍作雕饰，就把一个原本高贵、时尚、娇俏、动人的美丽佳人的完整形象呈现在读者眼前，可见词人挥笔洒墨的技艺多么精湛高超。

可是如此美丽的女子，如此奢华悠闲的生活并没有使她成为一个无忧无虑的快乐天使，她的双眸总是潆洄着淡淡的忧伤。或许她的心里藏着一个刻骨铭心的爱情故事，藏着一个深深爱着的人，藏着爱人山盟海誓的诺言，藏着相爱不能相守的无奈，藏着无法言说的思念……而“终日两相思”。

我们无法知道，她与她的爱人为什么要分离，为什么不能在一起，何年何月何日他们才能相聚。但我们知道大凡女子皆为悦己者容，可这个原本非常爱美的高贵女子，却无心去梳理一个精致完美的“倭堕髻”，只是随手“低梳髻”，随意地将发髻低低地垂落在头下。细细的眉毛也不像以前那样，小心翼翼地去描绘，只是漫不经心地轻扫娥眉。梳妆打扮原本是她生活中最有趣的事，如今却变得有些慵恹，因为“伊人”不在，她已经没有心情去“着装”了，唯有痴痴地“终日两相思”。

“一处相思，两处闲愁”，可见他们之间的爱是多么的深浓。怀揣着他的誓言，她笃定，他一定会归来，一定也和她一样“两相思”。爱情是一把双刃剑，爱有多深，痛就有多深。爱可以让她娇艳夺目，也可以让她枯萎凋零。

沉溺在相思的惆怅里，不知不觉，又到了春暖花开的“百花时”。万物复苏，竞相争艳，花红草绿，一派生机盎然的勃勃景象。这草长莺飞、百鸟争鸣、嫣花烂漫的季节，该是情人们享受爱情，享受生活，享受青春年华多姿多彩的浪漫时节，该是“闺中少妇不知愁，春日凝妆上翠楼”。然而，这一切的良辰美景，于孤单寂寞的她，却是“独自寻芳，满目悲凉”，更添惆怅，更加想念远方的情郎，“为君憔悴尽”，“衣带渐宽终不悔”。

她本是一朵娇嫩的鲜花，却在相思的煎熬下，日渐憔悴，憔悴损芳姿，在春天百花盛开的映衬下，她的芳姿就更显萎谢，而这一切只因思念，只因等待，只因至死不渝的爱，只因“终日两相思”。

懒拂鸳鸯枕，休缝翡翠裙。罗帐罢炉熏。近来心更切，为思君。

（温庭筠《南歌子·懒拂鸳鸯枕》）

这首词，依然是温庭筠的妙笔谱写的一首相思曲，曲中每个音符的舞动，似乎都离不开一个苦苦的思念，思念的主旋律绵延始末，曲终，余音绕梁，韵味无穷。

与情郎共枕眠的“鸳鸯枕”，已经好久没有碰触过了。心情忧郁的女子，“懒拂”枕上的尘土，心下也不知情郎何时才能归来，鸳鸯

枕何时才能不被闲置。

漂亮的“翡翠裙”，也没有心情去缝制，即便是缝好了，可又能穿给谁看呢？伊人不在，没有悦己者，只怕是“空一缕余香在此”，也就“休缝翡翠裙”了。

绫罗纱帐里，也很久没有熏香撩人的香味了，香炉里只剩下冷冷的灰烬，她已经很久不愿意去点燃那一炉温软的馨香了，因为那醉人的味道，会勾起她对以往甜蜜生活的回想而更添孤单的愁楚。

“懒拂”“休缝”“罢炉”因睹物思人，而无心料理的琐事，三个动作，语气层层递进，形象地描绘出女子疏懒恍惚的心情，从而流露出她思念情郎的凄苦与寂寥。

一天天的等待，堆积成如潮水般的思念，日夜碰撞着疼痛的心扉，柔弱的心已被疼痛撕裂得千疮百孔，每一次细微的碰触，都如雪上加霜。日日思君不见君，思君之情，愈发地浓烈，愈发地急切，“近来心更切，为思君”，真真地一发不能收、不可挡，“才下眉头，却上心头”，怎一个“思”字了得！

温庭筠一共有七首《南歌子》，他的《南歌子》“有《菩萨蛮》之缔艳，而无其堆砌。天机云锦，同其工丽”。（李冰若《栩庄漫记》）而温庭筠的这首《南歌子·懒拂鸳鸯枕》，可以说是他闺情词里的代表作，整首词把一个“思”字，刻画得入骨入髓，荡气回肠，正如陆游所评：“语重工妙，可追配刘梦得《竹枝》，信一时杰作也。”

夜夜相思更漏残

夜夜相思更漏残，伤心明月凭栏干，想君思我锦衾寒。

咫尺画堂深似海，忆来惟把旧书看，几时携手入长安。

（韦庄《浣溪沙》）

读完这首词，不由自主地想到了这句话：“明知相思苦，何必苦相思，几番细思后，还是相思好。”

相思很苦，但这种苦，是因为两情相悦，两心相知。对于相爱的人来说，相思又何尝不是对爱情更深沉的感悟。相思是一种美丽的孤独，因为孤独，所以才更显美丽；相思是一种温馨的痛苦，因为痛苦，所以才更显温馨；相思更是一种甜蜜的思念，因为思念，所以才更显甜蜜，才知道这个世界上，有一个人值得去想，也有一个人在想着自己。

传说韦庄这首词，是为他深爱的一个女子而作。据沈雄《古今词话》记载，“韦庄为蜀王所羁。庄有爱姬，姿色艳美，兼工词翰。蜀王闻之，托言教授宫人，夺之去。庄追念悒怏，作《荷叶杯》、《浣溪沙》诸词，情意凄怨。”自从韦庄的爱姬被蜀王霸占后，韦庄对爱姬相思难了，写了大量哀婉缠绵的词，这首《浣溪沙》，正是韦庄为爱姬所作。

韦庄虽贵为丞相，却无力保护自己心爱的女人。夜深人静，万籁俱寂，韦庄几乎“夜夜相思”，直到更漏滴滴残剩无几。一想到爱姬，他的心就疼痛难忍，无法入眠，只好起身，独自凭栏望月，独自徘徊在银色的月光下，任由零乱的思绪在无边的思念中翻腾蔓延。

曾经他们在花前月下，煮酒论诗，抚琴雅歌，恍若神仙眷侣。可如今，这凄冷的夜，只剩下他一个人，与月共对，无言凝噎。此时此刻，想必心爱的爱姬，也在想他，也在担心他的被衾是否温暖，没有她的温存，他一个人是否“锦衾寒”，孤苦难眠。这番深情的思绪，不难想象，韦庄与爱姬，曾经是多么如胶似漆，恩爱缠绵。而正是因为以往太过美丽，才显得今朝太过凄楚，备感煎熬。

这清冷的夜，这寂寥的心，仿佛在哪儿都无法安放。就连那近在咫尺的画堂，也显得那么的幽深幽远，“深似海”，而他就像海中的一粒沙、一朵浪花、一叶扁舟，没有爱人相伴，没有爱人温暖，任由无情的大海肆意摧伤，他已心灰意冷，无力抗争。

与爱姬的过往，总是不经意地却上心头，令他欲罢不能、他翻出曾经与爱姬往来的情书，“忆来惟把旧书看”。爱姬娟秀玲珑的字迹，不禁又令他想起了爱姬那香柔的气息，那娇媚的笑靥，那婀娜的身姿，那充满灵动的蕙质兰心。

一封又一封的情书，令他如鸳梦重温，一时间，心中溢满了缱绻缠绵的柔情。如果时光可以倒回，生命可以重来，他多想与爱姬，能够再度携手回到长安，再也不分开。

这首词，可谓写尽了词人对爱姬浓浓的相思，那相思如一首皎洁朦胧的诗，将悠悠的思念变成孤绝时的梦呓，像一杯浓烈的醇酒，对月吟酌，品尝那一份只属于他的迷醉，无论香甜，还是苦涩，于他，仍然是相思好。

还是韦庄的《浣溪沙》，他却不言相思言伤春了。女子的青春，从来都只得一晌，如那盛开的花朵，从来都只有一季。

清晓妆成寒食天，柳球斜袅间花钿，卷帘直出画堂前。

指点牡丹初绽朵，日高犹自凭朱栏，含颦不语恨春残。

（韦庄《浣溪沙·清晓妆成寒食天》）

寒食节是古代的一个传统节日，也叫“禁烟节”、“冷节”、“百五节”，大约在清明节前的一两日。寒食节禁烟火，吃冷食，活动非常丰富，有祭扫、插柳、踏青、蹴鞠、秋千、赏花、咏诗等等。自古无论是诗人还是词人，对寒食节似乎都有些偏爱，作品均有涉及，如白居易的：“无月无灯寒食夜，夜深犹立暗花前”，苏东坡的：“寒食今年二月晦，树林深翠已生烟”，李清照的：“淡荡春光寒食天，玉炉沈水袅残烟”，卢纶的：“孤客飘飘岁载华，况逢寒食倍思家”等等。

在寒食节这一天，词中的女孩“清晓”早早地起床，满心欢喜、急切地为自己梳妆打扮。这一天的装扮是不同于平常的，有寒食节独有的风格，那就是“插柳”。柳是寒食节的象征之物，那一日，几乎

家家插柳，有的插在门、祭台、卧室、灶台等地，有的插在头上、腰上、衣袋上，可谓无处不柳。

女孩起了个大早，精心地为自己佩戴柳枝。她用柳枝弯曲成小小的柳球，悬于额前的花钿间，绿色的小柳球像一颗翡翠饰物，走起路来，在花钿处倾斜摇晃，“斜袅间花钿”，花钿与柳球交相映衬，有种百花无色让花钿似的秀美，凸显女孩的娇俏可爱。

看着自己在镜中亮丽的模样，女孩兴高采烈地“卷帘直出画堂前”。“卷帘”、“直出”两个干净利落的动作，直透出女孩的天真爽朗，活泼轻快。对闺中少女形象的描写，古诗词里大多是“犹抱琵琶半遮面”似的娇羞含蓄，像这种有点大大咧咧的少女形象，可以说极为罕见。但正是如此的描写，才更加显现出女孩对自己容貌的自信以及对寒食节的渴望，少女贪玩的天性表露无遗，真实而自然，与玩至尽兴才肯回家的李清照，似乎如出一辙。

寒食节，正是牡丹花开的季节，原来女孩着急出门，就是为了观赏牡丹。来到牡丹园，她兴奋地“指点牡丹初绽朵”，一会儿指着这朵觉得好看，一会儿又指着那朵觉得更好看，指来指去，才发现，朵朵都好看，朵朵都惊艳，美不胜收。

爱花惜花几乎是所有女孩的天性，因为那一袭花开花落的花事，冥冥中似乎隐隐透着些许女孩的命运，所以对芬芳艳丽的花，女孩们都会有一份与生俱来的怜惜与珍爱之情。

女孩沉醉在花的世界，久久不愿离去。“日高犹自凭朱栏”，太阳已经升得很高，快到中午了，女孩依然独自在牡丹园里，心事重重地默默凝视着满园牡丹，“凭朱栏”低眉发呆，眼睛里已没有了起初的喜悦，流淌的是一泓淡淡的忧伤。

许是她想到了昙花一现的短暂与仓促，想到了花开后的枯萎与凋零，想到了灿烂后的黯淡与失色。难怪她要“清晓”早起，要“卷帘直出”，因为她怕错过了牡丹最娇艳的时刻，她怕看到满目零落凄戚，她更怕自己的生命亦如花一般，枯黄后，悲凉收场。

牡丹落红成阵，憔悴零落的景象，不断地在她眼前萦绕，那份少女多愁善感的情怀无法抑制地在心底涌起。她愁眉紧蹙，“含颦不语恨春残”。

词人从女孩一开始的兴奋喜悦，到“不语恨春残”。细微的感情变幻，表现出女孩爱花惜花，却又害怕花谢花落，并敏感地勾起她对青春易逝，芳华短暂的伤感与幽怨。女孩因惜花而“恨春残”，真切之意，感人至深，悲喜之间，无不令人随之而感伤、感动。

女人似花，花似女人，“花谢花飞飞满天，红消香断有谁怜”，这宿命的花事，哪个女孩又能不为之动容，不为之所怜呢?

尽思量

粉融红腻莲房绽，脸动双波慢。小鱼衔玉鬓钗横，石榴裙染象纱轻，转娉婷。

偷期锦浪荷深处，一梦云兼雨。臂留檀印齿痕香，深秋不寐漏初长，尽思量。

（阎选《虞美人》）

《花间集》里，阎选的词虽只有寥寥几首，但那种“粉而不腻，浓而不艳”，浓淡恰到好处的妙意，令人赏心悦目。尤其是他描写的闺中美女，那娉婷绰约的风姿，仪态万千，无不让人心神荡漾，为之迷醉。

她光滑粉嫩的脸上，涂了一层薄薄的脂粉，如雪的冰肌，“粉融红腻”，泛着淡淡的红晕，如莲花一般，娇艳柔美。清澈明亮的双眼，随着粉靥的转动而波光潋滟，“双波慢”。“莲房”指的是莲花，比喻美人的娇靥，杜甫的《秋兴》里也有类似的描写：“露冷莲房坠粉红。”

乌黑的云鬓上插着小鱼形的翡翠玉钗，朱红色的石榴裙，走起路来，轻纱飘逸，裙袂飞舞，姿态曼妙，“转娉婷”。古人常用“石榴裙”喻朱红色的裙子，缘于熟透了的石榴的颜色，如梁元帝《乌栖曲》里的“交龙成锦斗凤纹，芙蓉为带石榴裙”。

莲花深处，荷叶茂密，绿浪翻卷，美人和她的情郎在偷偷地约会。他们卿卿我我，几近缠绵，云雨欢爱，情郎的手臂上留下了美人的红唇香印和忘情时咬臂的齿痕。

古人在描写男欢女爱时，常以红唇印臂、啮臂留痕来渲染男女欢爱到极致的风流情事。明朝冯梦龙的《警世通言》里就写了男女“啮臂为盟”私定终身的故事：“吴小员外焚香设誓，啮臂为盟，那女儿方才掩着脸，笑了进去。”风流的秦少游，也写了不少红唇印臂的词，如《南歌子》“臂上妆犹在，襟间泪尚盈”，《临江仙》“不忍残红犹在臂，翻疑梦里相逢”等。

深秋的夜晚，与美女分别后，情郎的心里充满柔情，他依然还沉浸在约会时的狂乱痴迷里，美人如莲的娇媚，如柳的婀娜，红唇香吻，粉香四溢，都深深地萦绕在他的心里，缱绻难尽，令他难以入睡，“深秋不寐”。随着时间的流逝，更漏壶上标志时间的漏记，已经开始慢慢地往上涨，男子仍然是辗转难眠，心里满满地装着对美人浓浓的爱意，情丝无限，“尽思量”。

这首词，以“莲”喻娇容，以“波”喻眼神，以“粉、红”喻肤色，以“动、慢”喻姿态，生动形象地把一个倾城美女的形象勾勒在读者眼前，然后再以“檀印齿痕”描绘出美人的娇嗔妩媚，最后令情郎久久沉醉，孤枕难眠，满脑子都是美女而“尽思量”。词人的妙笔，在“思量”处，戛然而止，却给人留下无尽的“思量”，香艳无比。

阎选的另一首《虞美人·楚腰蛴领团香玉》，依然是他擅长的美人词，香艳中透着丝丝幽怨，令人不禁对楚楚动人的美女多了几分怜惜，意味悠长。

楚腰蛴领团香玉，鬓叠深深绿。月蛾星眼笑微频，柳夭桃艳不胜春，晚妆匀。

水纹簟映青纱帐，雾罩秋波上。一枝娇卧醉芙蓉，良宵不得与君同，恨忡忡。

（阎选《虞美人·楚腰蛴领团香玉》）

她有纤细的柳腰，有白皙颀长的脖子，冰肌雪肤柔嫩光润。云鬟重叠，乌黑浓密，“深深绿”。她的蛾眉如弯月，明亮的眼睛如星星般闪亮。她微微的笑靥里却带着一抹淡淡的愁丝。她的美艳，如杨柳般妖娆，如蜜桃般娇艳，就连那百花齐放的春天也为之逊色，尤其在夜晚时分，在灯火阑珊处，那精致的浓妆淡抹，更加妩媚动人，令人心颤。

“楚腰”泛指女子的细腰，源自楚王爱细腰。《墨子》云：“楚灵王好细腰，而国多饿人也。”李商隐曾作诗讽刺楚王：“梦泽悲风动白茅，楚王葬尽满城娇，未知歌舞能多少？虚减宫厨为细腰。”（李商隐《梦泽》）为了细腰，楚国上下的美女，都自甘节食，其结果是“楚王葬尽满城娇”。虽说“满城娇”有些夸张，但足以说明古人对细腰的偏爱，而且这一古风也一直沿袭下来。古诗词里，关于细腰的描写，可谓比比皆是，最经典的莫过于柳永的描写“衣带渐宽终不悔，为伊消得人憔悴”、“鲛丝雾吐渐收，细腰无力转娇慵”、

“镇厌厌多病，柳腰花态娇无力”等。

美人躺在花纹精细、珍贵华美的水波纹簟席上，那涟漪的“水纹”在月光的映射下，投影在薄如羽翼的“青纱帐”上，如夜晚荷塘的水面，波光粼粼。轻纱曼妙，如一层袅绕的薄雾，笼罩着美人的双眸，“雾罩秋波上”。

“簟”是竹席的意思，这个字似乎总有一种冰凉、寒切、爽滑的美感。古诗词里，极少看到直接写竹席的，几乎都是以“簟”来代之，熏染得诗词的意境更加优美。如李清照的“红藕香残玉簟秋，轻解罗裳，独上兰舟”，白居易的“笛愁春尽梅花里，簟冷秋生薤叶中”以及元稹的“竹簟衬重茵，未忍都令卷”。

簟席很有美感，而躺在簟席上的人，无疑更有美感。她像一枝娇美鲜嫩的芙蓉花，醉卧在波纹荡漾的簟席上，娇憨可掬，妩媚迷人。可如此良辰美景，红袖添香，却没有一个多情的郎君来与她共享，与她共醉，“良宵不得与君同”，真正是辜负了这美妙的时光，怎能不令美人“恨忡忡”啊！

两首《虞美人》，可谓没有辜负这惊艳的词牌。两位美人，都风情万种，娇媚动人。一个与情郎相欢，勾去了情郎的魂魄，令他彻夜难眠，“尽思量”，相思无限；一个柔情似水，香艳撩人，却没有情郎相伴，空惹一腔愁怨，“恨忡忡”。两首词，似乎是词人在委婉地告诉人们，“天下良辰、美景、赏心、乐事，四者难并”。因此“有花堪折直须折，莫待无花空折枝”。

暗相思

别来半岁音书绝，一寸离肠千万结。难相见，易相别，又是玉楼花似雪。

暗相思，无处说，惆怅夜来烟月。想得此时情切，泪沾红袖黦。

（韦庄《应天长》）

离别总是让人愁肠百结，相思绵绵。相思如一根长长的丝线，一端系着深闺的寂寞与守候，另一端系着游子的漂泊与孤单。世间的聚散，仿佛全由天注定，不容我们去不改变，去操纵，“此事古难全”。

还记得，秋风秋雨里，花谢花落时，她泪洒驿桥，送别情郎。眼见他的背影在泪光中模糊，那一转身的凄凉，如一片琉璃般的清寒散落心底，柔弱的心被丝丝抽离，变得空洞而荒芜。她无奈而怅惘，终日里紧紧握住那一根长长的丝线，唯恐丝线断裂，唯恐断线的风筝，再也无法归来，手里握住的将是一手苍凉。

时光如流水，烟云弹指间。与他分别已有半年多了，却仍不见他归来，音信渺茫，令她愁肠寸断，相思重重，“一寸离肠千万结”。

又到了春暖花开的时节，清风拂煦，漫天的花絮如纷纷的飘雪，撒满玉楼，“玉楼花似雪”。她不禁又想起了与情郎花下缠绵，酌酒赏花的幸福过往。可今非昔比，大好的春色不但没有抚慰她的忧伤，反而更添惆怅，幽恨难掩。

为什么他说走就走，那么干脆，那么匆忙，全然不容她挽留？不知何时才能与他相见，相见难，“难于上青天”。“难相见，易相别”，这凌厉的句子，把一腔淤积已久的懊恼、幽怨迸发而出，虽没有李商隐“相见时难别亦难”的婉柔，却更显女子对情郎的切切思念，如诉如泣。

星光依稀，月色朦胧，唯愿“千里明月寄相思”，把她的思念，寄给远方的爱人。她一个人蜷缩在孤寂的夜里，思念被深情填满，悲苦被泪水浸泡，往事无情地发酵，疼痛了心中最柔软的地方，“暗相思，无处说”，无法与人倾诉，只好咽泪装欢，只好独自蛰伏在一个又一个黑漆漆的夜晚，编织属于她一个人的柔情、惆怅与哀怨。孤独的灵魂，在焦渴中张望，苦苦寻觅那一抹记忆的残影，苦苦期盼那遥遥无期的相聚。

漫漫长夜，想他想得心痛，心痛得无法呼吸，“情切”处，泪如雨，“泪沾红袖黦”，泪痕点点，啼痕重，伤心欲绝。

一句“泪沾红袖黦”，直把相思揉碎，把悲伤推向深渊，感人肺腑，动人心魄，令人无不为之一洒同情泪。后人沿用此语，写出了“红袖黦，翠钿蔫。泪痕犹未乾”（黄机《更漏子》）的佳句，不一样的描述，却有同样的感伤，妙笔生悲，伤心如斯，情难了，相思更难了。

韦庄《应天长·别来半岁音书绝》中的女子如泣如诉，哀怨道尽情郎离别后的无尽相思。同样是相思，韦庄的另一首《应天长·绿槐阴里黄莺语》中的女子却又是另一番相思情状：

绿槐阴里黄莺语，深院无人春昼午。画帘垂，金凤舞，寂寞绣屏香一炷。

碧天云，无定处，空有梦魂来去。夜夜绿窗风雨，断肠君信否？

（韦庄《应天长·绿槐阴里黄莺语》）

春日的午后，总有些令人慵懒、无聊、困乏、没精打采。尤其在这寂寂无人的深深庭院，那种静寂更是显得幽深而空洞。绿槐、黄莺、深院、画帘、绣屏构成了一幅静谧的图画，而画中的黄莺、金凤、熏香，又以动言静，动静相衬，更显凄清。而这样的景色，只为渲染出一个闺中女子孤寂而空虚的无奈心情。

庭院深深，寂寞深深。许是这庭院太过宁静，在绿荫如盖的槐树上，黄莺耐不住寂寞，不时地发出清脆的啼鸣声，为寂寞的庭院，平添了几分热闹。

香闺里画帘低垂，帘上的金凤凰展翅飞舞。“寂寞绣屏”静静伫立在女主人的身旁，一炷熏香，袅袅地飘浮在空中，暗香习习。闺中的一切仿佛都氤氲着一丝幽绝的寂寥，孤独与思念无处不在，而这样的景致又浸染着浓浓的香艳，于是乎，闺中的佳人，就越发地惹人爱怜。

词人对意象的拈选十分精妙。“槐”通“怀”，有怀人的意象，而槐花的芳香，很容易撩起心中那些温软的记忆，特别适合怀念。白居易的“凉风木槿篱，暮雨槐花枝。并起新秋思，为得故人诗”（《答刘戒之早秋别墅见寄》），就是在如此煽情的氛围里，勾起了对友人的怀想。“黄莺”则通常有女子相思惆怅的意象，而且，黄莺的美，象征着春天的美丽，暗示出佳人的娇艳。“绿槐阴里黄莺语”是一个很美的句子，黄莺在葱绿的槐树上放歌啼啭，顿显美妙春色，暗示出此时佳人正思量。

蓝蓝的天空飘浮着云彩朵朵，“碧天云，无定处”，令百无聊赖的佳人想起了游走远方的情人，居无定所，四处漂泊，就像游走在梦的边缘，在梦里魂牵梦萦，日复一日的漫漫长夜，“空有梦魂来去”。多少次，雨打绿窗，窗外的凄风冷雨，惊醒了梦中的佳人，梦醒之后，是无尽的孤寂与幽伤，伤心断肠，泪湿衣襟。不知远方的情人，是否能感受到她的凄戚与伤悲，是否君心似我心。

一句“断肠君信否”，让人想起了马致远的“夕阳西下，断肠人在天涯”（《天净沙·秋思》）。或许心中有个断肠人，也是一件非常幸福的事，好似痛并快乐着。只是这样的痛，于凄冷的夜晚，伴着潇潇风雨，直向一个孤苦柔弱的女子袭来，一时间，爱太过沉重，让她有些承受不起，于是，她发出了无奈的拷问“断肠君信否？”这拷问，犹如对远方情人的声声呼喊：何时才能归来啊！这深沉而哀婉的断肠，正如叶嘉莹在《嘉陵论词丛稿》所评：“恳挚深厚，真乃直入人心，无所抗拒，且不仅直入人心，更且盘旋郁结，久久而不能去。”

思随芳草凄凄

愁肠欲断，正是青春半。连理分枝鸾失伴，
又是一场离散。
掩镜无语眉低，思随芳草凄凄。凭仗东风吹
梦，与郎终日东西。

（孙光宪《清平乐》）

孙光宪是花间派里较有个性和成就的一个词人。毛泽东对他也颇为欣赏，曾抄录他的《上行杯》：“离棹逡巡欲动，临极浦，故人相送。去住心情知不共，金船满捧。绮罗愁，丝管咽，回别，帆影灭，江郎如雪。”

孙光宪“性嗜经籍，聚书凡数千卷”。少年时就负笈远游，在巴蜀资州、成都等地，结识了牛希济、毛文锡等花间词人，并开始在词坛上崭露头角，从此一发不可收地醉入花间。他创作的《浣溪沙》，就是他早年在成都等地生活的真实写照：“十五年来锦岸游，来曾何处不风流，好花长与万金酬。满眼利名浑幸运，一生狂荡恐难休，且陪烟花醉红楼。”

孙光宪的词虽有花间词人的华丽香艳，却从不沾惹浮艳绮靡的媚俗，而是以情景交融、婉约缠绵见长。这首《清平乐》，他写出了一位花季少女的哀艳凄绝以及她的孤清、无助与无奈，读来令人心骨柔软，情缱意绻，感同身受。

花季少女，“正是青春半”，这梦一样的年华，诗一样的人生，那绽放的生命该是何等的缤纷艳丽，那颗玲珑剔透的少女心，也该是何等的无忧无虑。然而，多情的女孩却把自己生命里最灿烂的季节，交给了爱情，交给了分离，交给了长长久久的等待与思念。

她纯真的心，像一双无力的纤纤玉手，紧紧地拽着爱人的誓言“在天愿作比翼鸟，在地愿为连理枝”。她满心虔诚地期盼着羁旅天涯的爱人能如期归来，重温往日的花好月圆，良辰美景。

一年又一年，一天又一天，春去春来，花开花落，聚了又散，散了又聚；聚也依依，散也依依。在没完没了的聚散离合之间，时光带走了花季，岁月沧桑了容颜，命运改写了美梦。她如一株遗世孤绝的莲，静守着一池冰冷的秋水，思恋与等待在秋冷中瑟缩，似秋水伊人，望眼欲穿，“愁肠欲断”。

凋零的岁月，“惟草木之零落兮，恐美人之迟暮”。青春在孤寂中层层泛黄，柔情在相离后日渐成殇，“人比黄花瘦”。在似水流年的蹉跎里，她终于一点一滴地尝尽了“连理分枝鸾失伴”的苦毒。枝蔓紧紧缠绕的连理枝，已经渐渐地有了离散的枝丫，鸾凤和鸣的美好生活也越发地“渐行渐远渐无书”。爱，终是一场又是一场别离，一场“又是一场离散”，不知破碎了多少旖旎的美梦。

掬一捧相思的泪，挽一缕惆怅的风，镜中的她已是“泪痕红浥鲛绡透”，花钿凌乱，愁眉深锁。那憔悴的模样，令她不忍再看，“掩镜无语眉低”，爱恨别愁无法言说，只能任凭心事零乱地漂浮，“思

随芳草凄凄”。

离离原上草，绿了又黄，黄了又绿，就如那些纠结的芊芊心事，“甚霎儿晴，霎儿雨，霎儿风”，霎儿明媚，霎儿忧伤。她默默地祈望，他的翩跹总有疲惫的时刻，疲惫时能抚慰她的孤单；她幻想，他的漂泊，不再轮回，她好在来生驻守他的身旁。而今生今世，分分合合已是她宿命的落定，她只能无奈地“凭仗”着那醉人的东风，渐渐地进入梦乡：在梦里，无论东西南北，都要与情郎终日相依相随，从此不再分离。

这首词“柔情蜜意，思路凄然”（《白雨斋词话》），诉尽了分离两地的苦恋之情。词人一句“连理分枝鸾失伴，又是一场离散”，不知虚妄了多少人世间的连理，为情所困。而那“凭仗东风吹梦，与郎终日东西”的美好愿望，又不知蛊惑了多少为爱而流连的痴情人。

相思虽苦，总有好梦重圆的时候。倘若是遇上那负心的人，即使日日面对，朝夕相处，却又有何用呢？孙光宪的另一首《清平乐·等闲无语》就写出了这样一位可怜的女子的悲苦：

等闲无语，春恨如何去？
终是疏狂留不住，花暗柳浓何处？
尽日目断魂飞，晚窗斜界残晖。
长恨朱门薄暮，绣鞍骢马空归。

（孙光宪《清平乐·等闲无语》）

心倦怠了，生命就更加疲惫。她是一个多情的女子，她渴望美满幸福的生活，可命运却偏偏与她作对。那些深闺里编织了无数次的美梦，却在婚嫁后，被薄幸之人一一粉碎。她不甘心，她想要活色生香，风生水起，去涂抹已开始黯淡的人生，去匀染那些已然苍白的情感，去抚慰那颗备受冷落的心。她努力地去挽留他们的爱情，努力地去靠拢他的心。只是，一切的努力皆是徒劳，她越是靠近，他越是疏离；她越是渴望，他越是冷漠。

生活在同一屋檐下的夫妻，朝夕相处，却是“卿自早醒侬自梦”，彼此冷漠相对，“等闲无语”。每当她想要对他诉说衷肠，可面对他冷若冰霜，旁若无人的样子，她只好欲言又止，黯然神伤。没有欢声笑语，没有温馨浪漫，他们的家如同死一般沉寂，古墓般凄清，她倍感伤心，满腹的幽恨，不知何人可以诉说，何处可以宣泄。

温柔贤淑也好，风情万种也罢，无论她如何努力，都无法吸引他那颗浮花浪蕊、疏离狂荡的心。他终日流连于“花暗柳浓”的烟花柳巷，沉醉于软香温玉、莺叱燕呖的风花雪月，放浪形骸，纵情风月，寻欢作乐。

丈夫在外面风流快活，而闺中的她却只能无奈地独守空房，清泪洗面，丧魂落魄。每当夕阳西下的时候，那一抹昏暗的“残晖”落寞地洒在她的窗前，就像她那颗绝望的心，再无明媚鲜亮，唯有无尽的幽恨。她恨这朱门深院，人情淡薄；她恨自己命运多舛遇到一个冷酷的薄情郎；她更恨自己终日望眼欲穿地等待归来的人，归来时却是一个烂醉如泥、形同空壳的“泥人”。

原以为可以一生一世守候的爱情，却是一场貌合神离的镜花水月。有谁知道她倾情绽放与凄楚的凋零里，潜藏着多少不为人知的屈辱和心痛？想必夜阑无声之际，她的心定如旷野般孤寂荒凉。可在那从一而终的年代，她又能如何？她唯有任流水落花春去也，孤苦地演完一场痛彻心扉的独角晚宴，纵有千种风情，更与何人诉！

不忍更思惟

绝代佳人难得，倾国，花下见无期。一双愁黛远山眉，不忍更思惟。

闲掩翠屏金凤，残梦，罗幕画堂空。碧天无路信难通，惆怅旧房栊。

（韦庄《荷叶杯》）

韦庄的《荷叶杯》据说都是为怀念离世的爱姬所作。词中，韦庄对爱姬直抒胸臆的真挚情感，读罢，无不令人情淤心间，久久难以释怀。

她是韦庄今世刻骨铭心、深深热恋的一位难得的绝代佳人，她倾国倾城，貌若天仙。他们曾花前月下，相依相偎，幸福甜美地度过了一段美好的时光。后来，爱姬离去，倩影无踪，花下相见也变成了泡影，他们从此“见无期”。

人世间，最痛苦的莫过于生离死别，天上人间两两相隔，更何况爱姬那一双盈满忧愁的远山黛眉，时常出现在词人的眼前，直教他不忍细思量，心痛难耐。爱她，恋她，却又不敢去多想她，因为那一张凝愁的娇颜让人心疼，让人难过，尤其那刻骨的相思更是令人心痛到极致，痛到无法呼吸。无奈之下，词人只好强忍着内心的一腔思念，让那疼痛已久的破碎心灵能稍作恬息。然而，爱是如此的刻骨铭心，又岂是想忍就能忍的？就如《白雨斋词话》所评：“‘不忍更思惟’五字，凄然欲绝。姬独何人，能不断肠乎！”百转千回，苦苦挣扎，终是欲罢思更浓。

掩上翡翠与金凤镶嵌的华丽屏风，他恍然入梦。在梦里，那绝世的佳人仿佛如约而至，她婀娜多姿，顾盼生媚，与词人于花间缱绻缠绵，如痴如醉。词人沉醉在梦里，享受着温柔香软的绵绵爱意，仿佛回到了从前的美好时光。可梦终归是梦，终有醒来的时候，“残梦”之后的那份孤独，想必只有词人自己才能体会。

梦醒之后，被衾冰凉，佳人来去无踪，春梦无痕。身旁没有了爱姬，他渐渐从温暖的梦里清醒过来。环顾周遭，垂暮的画堂寂寥空洞，安静得可以听到自己的呼吸。梦里甜美，梦醒孤苦，这巨大的落差，令他不由心生无尽的酸楚与落寞。天上人间，只恨天河红墙，“碧天无路信难通”。

碧海茫茫，苍天无路，他无法与爱姬情怀相通，只能徘徊在爱姬曾经住过的那间香闺的窗前，用灵魂去感悟她独有的味道，独有的情丝，心中充满凄苦和惆怅，“惆怅旧房栊”。爱一个人，爱到连她住过的房屋都令他如此眷念，这爱，世间已没有语言可以去形容，只有用疼痛的心去体会。而那凄楚的体会，直教人痛得潸然泪下，掩卷哭泣，不忍卒读。

对于深爱的人来说，无论天荒地老，海枯石烂，爱，都是无法忘记的。那曾经的美好过往，总会深藏在心底最温柔的地方，在一个人行走的漫长岁月里，不时地在记忆中咀嚼回味。韦庄的词，无论哪一首，或多或少都飘逸着他爱姬的影子。在另一首《荷叶杯》里，韦庄记录了他与爱姬初遇时的美好情景：

记得那年花下，深夜，初识谢娘时。水堂西面画帘垂，携手暗相期。

惆怅晓莺残月，相别，从此隔音尘。如今俱是异乡人，相见更无因。

（韦庄《荷叶杯》）

时光匆匆流逝，可初遇爱姬的那一幕却变得愈来愈清晰，恍然如昨。还记得那年，那夜，韦庄和爱姬相遇在海棠花下。微风轻柔地缠绕花姿，花香四溢，星光璀璨，月光如流水般，洒落至叶子与花上。爱姬衣袂飞舞，携花影随风摇曳。她娇媚的脸庞，娉婷的身姿，在月光的映照下，愈发的娇美动人。一刹那的初见，便惊艳了词人的双眼，点燃了他心中那一片寂冷的世界。

屋外水波荡漾，屋内画帘低垂，清丽而寂静的“深夜”，一个多才的翩翩少年，一个美貌的花季少女，月光、柔水、海棠、树影、花香……如此的良辰美景，如此的檀郎谢女，爱情之火在两人心里瞬间点燃，燃烧出再也无法熄灭的火光。他们羞赧地执手相望，在心底默默地祈祷，这紧扣的十指能情牵一生一世，再也不松开。“执子之手，与子偕老”的深情承诺，深深地印在了他们的心间。他们由衷地感谢上苍，让美妙的爱情降临在他们身上。他们忘情地沉醉，醉在彼此的怀抱里，醉在对未来的憧憬里。

幸福的时光总是仓促而短暂，一见钟情的少男少女，终是要面临残酷的分离。眼看着残月将尽，晨曦将至，晓莺啼鸣。无论多么地不舍，他们都不得不暂时地分别。他们怀着满心的爱恋与甜蜜，满心的惆怅及无奈，依依惜别。他许下诺言一定会再回到她的身旁，娶她为妻；她羞涩地颔首，芳心暗许。他的身影渐行渐远，回首，还依稀可见她倚在窗前的媚影，遥送他的离去。

韦庄没有辜负爱姬的期盼，事业有成之后，他果真回来娶了她，两人幸福地生活在一起。只是命运多舛，后来爱姬被蜀王王建看中，王建找借口将爱姬骗入宫中，令韦庄与爱姬从此天各一方，“隔音尘”形同“异乡人”，再也没能相见。

在宫里，爱姬相思成疾，绝食而亡。韦庄却怀揣一颗孤苦破碎的心，流落异乡，诗酒人生，用他的词来怀念心中的绝世佳人。几十年的漂泊，沧桑了容颜，却始终沧桑不了驻留在他心底的对爱姬深情的爱恋和思念。想她的时候，他总是从心灵深处唤出她的身影，哪怕只是在梦里，只是一闪而过，也足可以慰藉他伤痛的心灵。

一段揪心的恋情，一段不灭的时光，韦庄用心灵的血泪一一抒写在文字的深处。那些凄美的文字，充满了相爱的美妙和相离的悲苦。花间嬉戏，月下缠绵，离愁别恨，生离死别……一切的甜蜜与苦涩都在他的笔端荡漾出不朽的翰墨雅韵，留给世人无尽的感动和遐想。

第四章 花之泪·粉香和泪泣

无端和泪湿胭脂

蝴蝶儿，晚春时。阿娇初著淡黄衣，倚窗学画伊。

还似花间见，双双对对飞。无端和泪湿胭脂，惹教双翅垂。

（张泌《蝴蝶儿》）

春雨如丝，沾染在晚春的画卷上，仿佛落上宣纸的彩墨，慢慢晕开一片浓淡深浅的春意。曾经姹紫嫣红的繁华，已经在风里雨里一点点坍塌，像盛妆的美人，到了掌灯的薄暮，淡褪去了精致的妆容。然而，即便是迟暮，春之娇娆也肌骨仍在，气韵犹存。迟暮的浓烈，更胜似一杯琼浆，留香唇齿心间，久久不能遗忘。

像手心里握不住的流水，季节一点一点地远去了。都说光阴最是无情，不论善恶贫富，它从来都一视同仁，绝不会多予谁一秒，亦不会少给谁一分。所以，纵使这春天如何的娇艳美丽，也抵不过时光的流逝，而渐渐走向衰老、颓败。

看这世间万物，无一不是自然之神的杰作。在造物主的眼里，人亦莫如蝼蚁。生之短暂，只在自然的几个呼吸之间，所有的生命，最终必定要走向消亡，无论伟大还是无知，也逃不过这样的宿命。若是这样仔细思量，便觉得光阴也最是公平的，至少，它让每一个生命都拥有过热烈盛放的时刻。生命无法获得永生，但至少要期盼些美好的光景，即使如一簇烟火，只拥有刹那的绽放，亦是满足。

想念那深藏在诗卷里的墨香，每每在翻阅句章的时候，就会散逸出来，盈满了脑际。那一世的欢欣愉悦、辛酸悲凉，都一一被诵读，镌刻在这一世的人的心上。一曲《蝴蝶儿》，柔软了多数人的心肠。他无须矫揉造作，每一个平凡的字句，自他手中而出，便生出了华丽的悲伤。“还似花间见，双双对对飞”。也只有张泌才有这样的神来之笔吧。他生在旖旎秀丽的南方，跟随温婉多情的后主，吟诵花前月下的风情，一切，原本应该只有美好。可惜，浮生一场梦，南唐，终究不是世外桃源，没有永远的安宁，他满心的温软只能化作血泪，将那些曾经时刻相随的美好，镌写成永不磨灭的回忆，放在心底里，时时安慰自己。

总是在想，庄周幻化而成的那只蝴蝶，是飞到哪一片自由的天空去了，在经历这样了这样多的世事之后，他有没有为当时的决定后悔？又或者，化蝶原本就只是在梦中，在他一个人笃定的自由之境里，无拘无束，翩跹起舞。有谁看见，“蝴蝶儿，晚春时”的场景，在那样一个清静的小园子里，半方水塘，一座亭子，两架秋千。春风渐远，繁盛的景致开始走向凋败，像落魄的富家千金，残了红妆，损了绿裙，满面愁容不堪看。桃杏的风姿早在夜雨里就倾颓殆尽，海棠也衰减了红艳，不复昨日的娇媚。绿叶渐渐浓厚，试图掩盖去凋零的痕迹。两只彩蝶在半空里盘旋了几个来回，试图找一个落脚的地方，可惜已无花舍可依，最后只能停在那秋千架上，扇动着美丽的翼翅，试图寻找下一个可以停歇的花丛。看来，蝴蝶也是有烦恼的，春华逝去，它们将安居何处啊？想要化蝶的庄周，他可曾考虑到这个问题？或许，他自有他的去处吧。

清风穿过篱墙，将残剩的几片红粉一并卷落。花瓣打着旋儿飘落在碧澈的水面，荡开几圈浅浅的涟漪。池边的小窗被轻轻推开，露出半截鹅黄的绣衣。正是“阿娇初著淡黄衣，倚窗学画伊”。那眉清目秀的少女倚在窗前，看着满园凋败的春色，轻锁娥眉，紧闭朱唇，兴不起半点欢喜。如此美好的年纪，却是这样一副忧愁的样子，让人不舍。忽而，她见着那秋千架上的两只彩蝶，眼里瞬间有了一丝光彩。多动人的蝴蝶啊，停在她的园子里，像特意来探望她似的。她不敢靠近，唯恐惊走了它们，只能倚在窗棱上，远远看着。可是，她还是忧心，怕蝴蝶会飞走。最后，她想到一个可以永远将它们留下的办法，那就是将它们描摹在纸上。她不会丹青，只能拿了纸笔，慢慢地学着勾勒，希望能将这美丽的精灵留在纸上，伴自己打发这苦闷无聊的日子。

她调好了色彩，为它们添上满园春色。画的好处就在于可以将原本没有的东西付诸于上，不必忧心它们没有宿处。春色已成，她开始画那蝶儿。看它们靠在一起，用触角互相触碰的样子，她瞬间感到一阵失落，“还似花间见，双双对对飞”。连这小小的蝴蝶都可以自由自在、双宿双飞，可惜她作为一个人，却被世俗困在这里，难以飞翔。难道她要一生守在这里，等她命中的那个人出现吗？如果……如果那个人一生都不会出现呢？那她，岂不是要这样孤独地老去？就像

这满园春色，从未让世人欣赏，就无声无息地凋零殆尽，化作泥土，从此再无人知，无人赏。她也会这样吗？

一想到会有这样的结局，她的手不禁开始颤抖，脸庞觉得一阵冰凉，原来，眼泪早已悄无声息地落下，滑入衣襟里去了。“无端和泪湿胭脂，惹教双翅垂。”怎么会这样无缘无故地就落下眼泪呢？正是青春年少的时候，好端端的做甚去想这些？她也不明白是为什么，只是心里无端觉得难过。她不知道，这是少女怀春了。虽然从未体验过爱情，可是，对爱情的幻想和期待却随着年龄的增长而愈加深切。这让她感到害怕，时喜时忧的心让她自己都难以捉摸。曾有一段时间，她以为自己病了，快要死去一般的难过。其实，她就是病了，害了相思病，相思爱情。

这世间，有多少人，为爱欢喜、忧愁。从懵懂的年纪就开始了，这磨人心的感受，可以让人生，亦能让人死。或许，这真是人类最接近魔法的东西吧。或生或死，就看个人造化了。

泪滴枕檀无数

秋已暮，重叠关山岐路。嘶马摇鞭何处去，
晓禽霜满树。
梦断禁城钟鼓，泪滴枕檀无数。一点凝红和
薄雾，翠蛾愁不语。

（牛希济《谒金门》）

清冷的风，挟卷着西北大漠的荒烟，一路浩荡而来，在翻越了山水迢递的秦岭之后，变得有些轻缓稀薄了，但它与生俱来的肃杀，仍旧惊诧了南国的娇羞。

又是一番轮回，在生命消长的轨迹里唱起。那些根生在土地，源饮生灵血液的草木，总是最早获知季节更迭的信号。然而，作为万物灵长的人，却要等到炙烈的夏远去了良久，才后知后觉，毫无准备地迎接已然精气饱满的秋。这样，往往会猝不及防，平白遭受些罪过。

与清冷肃杀的秋相比，或许大多的人还是更钟情于风暖花香柳轻盈的春日。然而，亦有不落俗套之士，偏爱于秋的斑斓与枯败、欢喜和愁怨。牛希济便是众里独一的特例，正如他的创作理论和词作。他力图矫正过于浮艳而无实质的华丽旖旎文风，而力求清新雅致，在花间词人中独树一帜。《谒金门》一首，便有别于众多的春闺思怨，秋意萧条，而愈加令人有愁肠寸断之感。

“秋已暮，重叠关山岐路。”几场轻细的雨，无声无息地就将夏日的余温消退干净。冷冽的气息由山谷底下升腾而起，化作雾霭弥漫开来，于是，群山都朦胧了。曾经繁盛俊朗的梧桐已日显消瘦，渐渐失了盛夏时候的风采。雨声淅沥，打在梧桐叶上，点点滴滴，像季节匆忙远去的脚步声似的。秋雨绵绵无尽，锲而不舍地想要把所有还残留在枝上的叶子都打落下来。肃杀的气息愈加浓厚起来，冷冽的秋风如利刃一般，在四野里呼号，毫不留情地斩杀难以承受如此重荷的生命。不用多少时日，荒草便已枯萎伏地，漫山遍野，再没有半点生气。那风仍旧没有停息的意思，反而更加强劲，似乎在为死去的生灵哀悼。桂子落尽菊初黄，秋，已深了。行走在峰峦重叠的关山之中，放眼望去，山外，依旧是山，哪里看得见半点人烟。潮湿的空气里弥漫着木叶衰草腐朽的气味，偶尔响起一两声鸟叫，在山谷久久回荡，竟不知是群鸟唱和，还是回音不绝。脚下的小路，蜿蜒曲折地伸向远处，又淹没在荒草从里，以至于望不见路的尽头，望不见故乡。

“嘶马摇鞭何处去，晓禽霜满树。”好不容易，旅人在茫茫无尽的夜色里寻到一点灯火，辗转几番，终于投到一处村舍，而避免了露宿荒郊野岭，可能被虎狼袭击的厄运。天刚破晓，他便谢过主人，骑上马继续前行。主人家随口问了一句，官人是要往何处去？他心中便又海潮般澎湃不止，要往何处去呢？或许，他自己也还尚未想好吧。他只能应付地答了个去处，回乡。他举起马鞭，重重抽在马身上，马儿一声长嘶，便疾步狂奔起来。他不得不赶紧离开，他怕别人再问起家乡的事来。他远走他乡多年，又如何知晓家乡事呢？马儿跑了一段路程后，又渐渐慢了下来。他坐在马上，一任冷风吹打。山林里的禽鸟已在枝头上下跳跃，鸣声此起彼伏，不绝于耳。草木上亮晶晶的，覆盖着一层白，仔细一看，才辨出是夜里结下的寒霜，草木也如他一样，已经斑白了鬓发呀！不知故乡的人，如今是哪番模样？

“梦断禁城钟鼓，泪滴枕檀无数。”昨夜梦中的种种景象，此刻仍旧清晰地存在脑海里。那日日响起的晨钟暮鼓，时时回荡在他耳中。他多想立刻就回去，回到让他魂牵梦绕的土地。他想看看那方土地之上的纯净的天空和阳光下一望无际的金黄的稻麦；他想看看那满山的枫桦，比春花还要斑斓，比夏日还要热烈。他的故乡的秋，明朗的苍穹里没有一丝云彩，广袤的田野中，农人走过，稻麦便一片片地倒下。他梦见自己乘着灿烂的星月，在收割过后的原野里，拾捡遗剩的成熟。可是，一切都在梦中，包括那颦眉垂泪的可怜女子。那独守空闺的女子，这样多年来，夜夜枕着孤苦伤心入睡，眼泪湿了多少枕檀。他想替她拭去脸庞的泪，可伸出手去却触不到那冰凉。原是一切在梦中……

蓦地，又想起当年，他还未离开的情景。那时候，他还是风流倜傥的翩翩少年，自负才高，轻狂不羁。她也还是个窈窕美丽的少女，伴他作词歌诗，好不惬意。可是，他终究不能一直沉浸在男女情爱里，他是少年郎，应该立志去寻功名。对于这一事，她没有阻拦，只是默默为他收拾行装。一切打点得当之后，她送他出城，三月的杨柳纤柔而妩媚，她折下一枝，却没有送给他，而是抛进流水里，任其远去。她站在桥头目送他远去，她说会等他回来。到如今，应该是“一

点凝红和薄雾，翠蛾愁不语”了吧。难道，那时候，她便已经料到会是这样的结局了吗？

门外的城楼，在这清秋天气里愈加静穆了，如今仍旧如同它落成的那天，平静地等候日升月落。此刻，她或许正在薄薄的雾霭里，于城楼上远望，颦眉不语。任思念随风而去，希望能找到根源。她可知道，她等的人，没有寻见功名，没在高门大户里，没能意气风发地回去见她……他，正在山中绕行。这一生，她和城楼，注定都等不来什么了吧。

草木无情吗？只是因为无法言语。它们也会沿着命理的轨迹，年复一年，春华秋实。他亦无情吗？他不是不想，只是不能！回乡，他用什么去回复她呢，是这匹马，还是这张已经受尽风霜的面孔？更或许，她已经不再等他了……所以，他回不去。

生命到底要多厚重，才能经受住岁月的洗磨，又有谁，能够与时间较量长短？浮华一生，不过一阵风烟，终究都会在时光里消散。若是情真意切，哪里会在乎富贵荣华？不要让等待的人，耗尽青春，却等不回一丝期盼。

相见休言有泪珠

相见休言有泪珠，酒阑重得叙欢娱，凤屏鸳枕宿金铺。

兰麝细香闻喘息，绮罗纤缕见肌肤，此时还恨薄情无。

（欧阳炯《浣溪沙》）

夕阳垂落，黄昏在暮色里渐渐淡去。晚风扫过天际的时候，一顺将几片绯色的云霞卷落。于是，夜便可以安然降临了，它像一位迟暮的老人，无声无息，但心中却藏有万古的秘密。千万年来，在这昏暗无光的世界里，它所听到、所见到的一切，无论是阴谋盗掠还是私会密语，都藏到它的心里。所以，夜是最能洞悉世事的长者。

明朗的夜里，月色尚可照亮些古柳的风姿，此刻，便是最容易滋生故事的时候。多少楼台上，多少梧桐下，多少空落的秋千旁，多少老旧的栏杆前，有多少相思成疾的少女，望月而叹，难以入眠。虽说“人有悲欢离合，月有阴晴圆缺”，这本来是自然礼法，不可违背。然而，一月三十日，月圆只一回；一世多少年，人圆得几番？

女子的情意就如丝线一般，愈是情长，愈是艰难。若得有情良人，长时相伴左右，自然会欢喜幸福；若是遇见薄幸郎，亦或远游人，那情丝有多长，苦恨纠缠便结多长，恐怕只能牵牵绊绊，一生不

得解脱。古时候的女子尤是如此，究其缘由，大概是那些女子的生命里，情过于重了吧。

古时的女子，一生困在一座小小的庭院里，日日所见到的，不过就是那一人，故而眼中，便也只有那一人。一旦此人冷淡或者舍弃她们，她们又该何去何从？如此人生，与水上浮萍又有何差别？不过是依傍着别人生存罢了。所以，那时候女子的一颦一笑，一悲一喜，皆因男子而起，也就不足为怪了。

前代文人雅客颇多描摹此种景况的诗词文赋，或许是取乐，或许是怜悯，但凡诵读其中的只言片语，便可窥见或揣测出那些如花年华的少女怎样走过她们的惨淡人生。欧阳公的《浣溪沙》一曲，或可供今人诵读，以解此惑。

还记得那些阳光灿烂的春日，花红柳绿，草长莺飞，但见群人或呼朋引伴，或两厢携手游于花前柳下。而她，苦恨独自一人，既没有朋伴相邀，亦没有游乐的心境，只能困居在小庭院里，眼看着春走过繁盛，渐渐凋零，如同自己逝去的青春年华。可春华年年有，而自己的韶华时光，却如东流之水，一去不复回了。明媚的春景映衬得她愈加孤冷凄清，空落的心装不下满园繁盛的春景。往日的甜言蜜语更像是烈火中添加的油，烧得她都快化成灰烬。那时，她一心只想着，若是这个薄幸郎再回到这小院子来，便任他讲尽花言巧语，立下山盟海誓也决计不会再搭理他。然而，“相见休言有泪珠”，女人，永远是这样的口是心非，前后颠倒。无论是被冷落了多久，无论立下多狠心的誓言，只要心上人回头看上一眼，关切一句，便立即忘了昔日苦苦等候，望穿秋水而毫无音讯的凄凉境况。

看见他的那一刹那，月光透过门前的高柳，在他雪白的衣衫上映满斑驳的影子，像水中漂浮流动的荇藻。他就站在门前，等向她通报的小丫头回话。门檐的影子投在他脸上，所以她看不见他的脸，也不知道他的神情，她想，此刻他的脸上一定是没有半点愧疚和欣喜之色的，他永远是那样一副平平淡淡的样子，仿佛这世间没有什么可以动摇他的心似的。她那么了解他，所以绝不会期盼他能表现出久别重逢的欣喜欢愉的神情。她站在窗前看见小丫头去请他进来，好像已经完全忘了在此之前发下的种种誓言，目光跟随着他的脚步，跨过大门，经过院子，绕过回廊，一点一点地近了。然后是听见一步一步临近的声音，她的心被某些东西一点一点地填满，就像当初被孤独一点一点抽离一样，只是，速度似乎要快很多。

声音近了，然后停了，她知道他就站在身后。彼此没有言语，就那么站着，仿佛要这样等着时间老去。终于，还是她先弃城投降，转过了身。千言万语哽在喉中，责备，询问，倾诉……曾经在脑海里组织过千百遍的话语，到了此刻却一个字也讲不出来，他们就那么安静地对望着，深深地看进对方的眼睛里，仿佛是要确定某些从前深刻的印记。看着他一如往昔的俊逸面貌，平和冲淡的神情，她的眼泪便再也止不住，如阻塞已久的河流，骤然获得释放，挟卷着不顾一切的力量奔涌而出。什么都不重要了，只要这一刻他在她的身边，那她还要计较什么，奢求什么呢？

长久的对望，终于流淌去了所有的委屈，消释尽了所有的隔阂，

破涕为笑。“酒阑重得叙欢娱”，小婢备好了几样精致的小菜和一壶陈酒，他们围坐在桌前，以话为肴，聊起分离后的种种。她丝毫没有提及独居时候的苦闷和抱怨，只是静静听他说起外面的世界，那些遥远的世事，她永远无法触及，只能从他的口中获悉点滴的信息。往日的场景再次呈现在眼前，一切似乎都没有变。只是，那些深深思念过、痛过的日子，真的可以就此忘记吗？

“凤屏鸳枕宿金铺”。月色依旧明朗，四下已寂静无声。花香与酒气混淆着的气味使人愈加沉醉。烛火明暗中，大红的纱帐被轻轻放下，透过画着彩凤的屏风可以窥见内室的装扮。玄色的床铺上放着两个绣着鸳鸯的枕檀，虽然其中一只已凉了许久，但今日终于又可圆满了，但愿今后都不分离了吧。

“兰麝细香闻喘息，绮罗纤缕见肌肤，此时还恨薄情无。”锦衾依旧是当日的锦衾，人亦未曾更变，情意应该还似当初吧。那还有什么好怨恨的呢？即使只有这一刻的欢愉，那也让她先贪图这一刻的欢愉吧，谁知道以后会是怎样一番境况。纵使明日就离别，她又能改变什么呢？

这世上，总有那样一些女子，明知月缺多于圆，仍旧毫无怨言地等待着，或许，月圆之日恰恰是阴天，这样的赌注，是否值得？拥有美好生命的那些女子，一生困守在礼教和情爱交织的网里，是痴情，还是痴傻，旁人都难下定论吧，此情寸心知吧。

人远泪阑干

牡丹花谢莺声歇，绿杨满院中庭月。相忆梦难成，背窗灯半明。

翠钿金压脸，寂寞香闺掩。人远泪阑干，燕飞春又残。

（温庭筠《菩萨蛮》）

如果是生在一个四季分明的国度里，年年看着春去秋来，物华盛休，候鸟在头顶的天空里往返，你以为这是好还是坏呢？

早春时节，冰雪在温暖的阳光里迅速地消融，化作涓涓细流，淌满尚显荒凉的大地，像是为了抚平冬日创伤的良药，让每一寸土地都被滋养。东风用它最亲切温柔的絮语，唤醒那些还在沉睡的孩子。于是，河流欢腾了，与水鸭嬉戏；草木一日比一日丰盈，掩去土地原本的样子；百花盛开，娇艳妩媚，引得蜂蝶竞相追逐。看着这样的情景，即使是平静安宁的心，也会泛起几分波澜吧。

然而，春来有时，去亦有常，享受了它多少的美好，必定要以同等的苦痛来偿还。光阴以流水的速度和恒心一刻不停地逝去，像一匹光滑的丝绸，愈想把握，却愈加难以存留下什么。最鲜艳的色彩，最娇柔的身躯，最缠绵的情思，都被时光一点点地洗磨流去，花开时的惊艳和美好，在凋零的过程里被加倍的力量反噬，见过最娇娆的样

子，谁还愿意还诸平常，甚至丑陋？此种境况，任你是冷硬的心肠，怕也难以平淡承受吧。

曾听说，女人如花，娇艳而美好，但是依然拗不过季节和生命轮回的轨迹。这世上的女人，如果能在她们生命最灿烂的季节里，遇到个一心一意的护花人，陪在身边，精心地呵护自己，即使容颜凋谢也无怨无悔。然而，若是短暂一世，只能孤苦无依的一个人，与思念惆怅相伴，耗尽韶华时光也换不到一次回顾，那才是这世间最大的悲哀。古时候的女子，大多依存情爱而活。礼教剥夺了她们的自由，一颗空落的心，只能用情爱来填补。可是，情爱由来都是两个人的事，倘若是自己一厢情愿，或遭到遗弃，或独守空闺，那便只能由着心空落，像秋日的庭院，连梧桐都敛去所有的华彩，空旷而荒芜。她们无法用忙碌的生活来代替空虚，日日思望便成了她们的职业。风流才子温庭筠有《菩萨蛮》十四首，大多描绘女子闺中情怨，《菩萨蛮·牡丹花谢莺声歇》便是其中的一首。

"牡丹花谢莺声歇。"夕阳低斜，由归鸟驮着渐渐远去，最后没入群山之中，将息了吧。日晚时，女子突然来了兴致，将目光从绣架上移至庭院里。那些曾在窗前嬉戏的蝴蝶儿，如今早已不见了踪影，也是嫌弃这小小的园子了吗？在人的世界里，它们或许轻贱，只活得过一个春秋，但它们拥有一双轻便的翅膀，往来自由，可以不必受困守的委屈，这一点，足以令多少人羡慕了。墙外的天空那样的宽阔，高远得令人向往，但终究是不属于她的。花圃里的牡丹，在暮色里显得愈加消沉了。春难常驻，流逝的时光连着它们的活力也一并带走了。渐渐枯萎的花叶，黯然了光华，萎靡不振的样子，任谁见了也不会喜欢吧。她还记得，春盛之时，朵朵娇艳的牡丹在明亮的阳光中雍容华贵，尽显风姿，不屑与蜂蝶嬉戏。如今，却沦落成再无蜂蝶留恋的残花败叶了。蜂蝶原来也只是喜新厌旧的登徒子。虫兽尚且如此，那人呢，是喜欢面貌多一点，还是念旧情多一点呢？

丝丝缕缕，理不清楚，那就索性不要想了。女子走到院子里，坐在池边的石凳上，冰凉的触感让她的心也有了一瞬间的清醒。从前常常在日暮时分站在她篱墙上唱歌的莺鸟，也已经有些时间没有看到了，想来也不难解释，这番凋败的样子，它怎么可能还会来献殷勤呢？这时候，也不知它站在哪家的篱墙上。

“绿杨满院中庭月。”夜色一点一点弥漫开来，笼罩四野，月出东山，寻着日的轨迹，一路追逐而去。晚风渐起，池边的绿杨在风中舞出婀娜的身姿，百花虽已谢幕，但它还有一个夏天可以妖娆。女子坐在石凳上，凉气已经侵入肌肤，可她仍旧没有回屋的打算。今夜月色皎洁，清辉泻满中庭，盈盈如水一般透亮。她的影子投射在波光粼粼的池面上，摇曳不定，恰似她此刻的心境。如此良夜，却如此孤清，她唤人取来一壶酒，姑且效仿前贤，来个“对影成三人”，总要比自己空绣鸳鸯枕痛快些。

一壶清酒入肠，仍旧难以平息她心中的情绪，反倒像催发毒药，让她辗转反侧，难以入眠。“相忆梦难成，背窗灯半明。”她就着半支残烛，起身走到窗前，任冷风卷起她满头青丝，蒙了双眼。背对着烛火，想要隐藏住悲伤似的。月色尚好，光华照进窗来，落在她潮湿的眼眸里，似乎隐隐有波光闪动。长久以来积蓄下的思念，此刻如潮水一般涌上心头，瞬间就将她淹没，像溺在无边的泥塘里，无法呼吸，心被什么紧紧抓住了似的，不断地抽痛。从前夜夜梦见的人，此刻却模糊起来，努力想要在心里描摹出他的样子，却始终看不清面孔。或许，是真的久到已经记不起他的容貌了吧。

“翠钿金压脸，寂寞香闺掩。”终于，女子哭得累了。她回到床上，和衣而卧，连发间沉重的金钿翠玉也懒得摘下，任由它们压在脸庞，也不管它们损伤了细嫩的脸，更不怕压坏了钗饰，在乎的人都不在乎了，她又何必爱惜呢？屋宇里装饰华丽而繁复，只是，听闻不到半点人声，觉不出一丝暖意，再华美，也会显得空旷。就像那绣架上的鸳鸯，绣成了，仍旧显得孤单，只因为该回来的人，始终没有回来。

黎明时分，她才堪堪睡去，眼角的泪痕尚未干透。“人远泪阑干，燕飞春又残。”春去春又归，只是如花容颜，一去不复在。若是早就知道会这样，当时还会不会那样轻易地就交付了自己的心呢？

香烛消成泪

玉楼明月长相忆，柳丝袅娜春无力。门外草萋萋，送君闻马嘶。

画罗金翡翠，香烛销成泪。花落子归啼，绿窗残梦迷。

（温庭筠《菩萨蛮》）

走过千百年的风雨之后，古城外，那已经显得有些破败的长亭依旧屹立不倒，默默地迎来送往。究竟迎了多少人来，又送了多少人离开，它都记在心里，只是从来没有细数过罢了。前人走过的那条古道已在连天的野草里荒芜，如今只依稀还能辨认得出马蹄留下的深深的印记，谁知道，谁是谁留下的呢？世人总是不愿提及离别，不是因为它过于沉重，而是从来就不曾想过要提起，总以为相聚就是永远，直到不得不面对的时候，才能真切体会到：切肤之痛远不及此，此痛，痛如剜心刮骨。可是，这样突如其来，往往难以承受。

佛说，世间一切，皆缘于因果。前世的五百次回眸，才换得今生的一次擦肩而过。人海茫茫，两个人能于大千世界中相遇，已然不易，相遇后如果能相识，便算得上是有缘了。最不易的，应该是相知。人心恰如大海，深不见底，心中所思所想，亦难为外人所知。古往今来，世人无不感叹人生苦短，知音难求。昔者伯牙绝弦以谢子期便是最好的明证。然而，生死有命，世事无常，子期最终没能赴伯牙之约，这个遗憾，在后人身上，一代代地重演着。从相遇到相识，最后相知，走过一条漫长的路程，经历一次交心的融合，最终却要生生分离，的确应当是剜心刮骨的痛楚吧。

无论是知己好友还是亲戚家人，分离，总要引出一番伤心情绪，文人多以笔墨来描绘。江郎就曾说，黯然销魂者，唯别而已矣。人世间，生离伤心，死别断肠，无论是遇到哪一种，都不会好过。黯然销魂，把一切的离愁别绪，都积压在心头，直到相送到长亭，再也没有理由继续送下去，也再不能说一句挽留的话语，于是，所有不舍的伤怀，都似找到一个出口，一起迸发出来，往往让人难以承受。其中也还有些豁达乐观之人，李太白于黄鹤楼送故人之时，离别在即，说的是扬州的烟花三月，如此避重就轻，挑拣了明媚的话题，对离别伤怀未有只言片语，让人体会不到难过。但当他独自站在那黄鹤楼上，望着朋友乘坐的船渐渐远去，消失在碧空尽头的时候，其感怀伤悲，也是旷达难以掩盖的。其余“莫愁前路无知己，天下谁人不识君”之类，亦是洒脱中暗藏着伤怀。

古来多有知己送别的诗篇流传下来，而对有情人的离别苦痛，却少有记录。而情人分离，应是所有离别中，最为残酷的吧。你可曾见过独生的鸳鸯，你可知道独守空闺女子的寂寞？温飞卿有《菩萨蛮》十四首，名动天下，传诵至今。这一首，便是讲述一次断肠之别，记叙一个独守之女。每每读来，总觉得有伤透人心的奇异力量。

又是人间四月天，春归大地，万物欣欣向荣。草木以最积极的姿态蓬勃向上，奋力地生长，唯恐落后了似的。桃杏竞相开放，如同堆砌的锦云一般，想要把春天装扮得尽善尽美。只是，在这长街深巷的院落，是被春天遗忘了吗，还是春风的长袖，察觉到了此处的凄凉，于是不愿染指？不然，何以到了四月天里，仍旧是一副颓败的样子，令人难以入目。

住在这院子里的女子，倒的确是个晚睡懒起的美人，乱发残妆，没有半点心思去梳洗。眼看黄昏淡退，已是日暮时分了，她仍旧倚在那栏杆上，纹丝不动，仿佛在画里一般。这番情景，不得不让人为之担心，唯恐一阵风吹来，她便要飘然远去了。半轮缺月从东边升起，挂在暗蓝的天幕上，今夜的天甚是明朗，见不到半丝云雾，四下里的景致在月色里都显得还算清晰。如此良月，该有多少有情人在月下饮酒作乐，互诉衷肠。想想去年的此时，他们不也是这般浓情蜜意吗？可惜，如今只能“玉楼明月长相忆”了。她站起来，带着清瘦的影子移步往西阁去了，她不是不爱这月夜风景，只是怕清明的月色，照得她的影子愈加孤单，又唯恐在这相似的月色里，陷入无尽的回忆中。她已经承受不起回忆了，也不愿再用往事做空洞的安慰。

整整一年了，四季轮回了。春未变，她却消殒了所有美好的想愿。“柳丝袅娜春无力”，春风吹不到这里了吗？为何院中的柳枝都绵软无力，没有了一点精神，一如她一样，日日昏睡，做不完的梦，醒来后却发现什么也没有变，还是冷冷清清的屋子，冷冷清清的人。久了，她似乎就养成了嗜睡的习惯，似乎永远也睡不够一样。旁人以

为她是病了，她的确是病了，然而只有她自己知道，是相思病入骨髓。她不是贪睡，只是想活在梦里，即使是虚幻，也总比在无尽的空虚里煎熬要好过得多。

“门外草萋萋，送君闻马嘶。”这情景不止一次地进入她的梦，她是极不愿意的。去年的这个时候，他说他要离开，要去赚取功名。她不愿意他离开，可她说不出口，他是七尺男儿，怎么能永远陪着她呢？如果留住他，终有一天，他一定会怨恨自己吧。所以，即使万分不舍，即使百感交集，她依旧平静地为他收拾好行装，然后默默送他离开。送至长亭，必须分别的时候，她的手放开了他的襟袖，眼泪模糊了双眼。他们就那么对望无语。终于，他还是道了句珍重，转身策马扬鞭，沿着古道而去。她站在原地，朦胧的泪眼里，渐渐没了他的踪影，直到现在，依旧没有。

她倚靠在东阁的软榻上，努力想要找些其他的梦境来打发时光，可是却难以如愿，那孤单的长亭，连天的野草，凄凉的马嘶不断在脑海里闪现，故意要折磨她似的。“画罗金翡翠，香烛销成泪。”多可怜的人啊，左右不得别人就算了，竟然无力控制自己的心，她倚在榻上，像在画中。看着火光里香烛慢慢流下血一般的泪来，渐渐就要消殒殆尽了，或许自己也会这样，慢慢就燃尽消亡了吧。

“花落子归啼，绿窗残梦迷。”清晨，风卷起些残落的花瓣，绕着庭院追逐。子归声声啼鸣，打破最初的宁静。那榻上的美人，眉头轻颦，懒懒地翻了下身。是梦被打断了吧。今晨，又梦见了什么呢？

泪千行

髻鬟狼藉黛眉长，出兰房，别檀郎。角声呜咽，星斗渐微茫。
露冷月残人未起，留不住，泪千行。

（韦庄《江城子》）

在这古风已远的时代，越来越快的生活节奏，打破了我们原本简单而诗意的生活方式。在慢慢被城市消化掉的村庄与河流面前，在逐渐被机器吞噬掉的乐舞与诗词面前，我们，用什么来消遣如花岁月，感叹似水流年？你有没有在微雨淅沥的午后，或是月白风清的夜里，独自一人，安静地，取出一本闲置已久的古籍，细细诵读，任思绪随着那些风流才子的笔端舞蹈，悠游到那民风淳朴、恬淡安然的年代，去体会那个时代最旖旎的风情。

喜欢一个人在安静的地方诵读《花间集》，抛却这个世界里的一切烦琐冗杂，让心随着那些长长短短的句子，去到那个美好的时代，邂逅一段美丽的故事，结识一个美貌的女子。即使无法永远停留在那里，但时常往来，便也结下一段缘分。花间才子共有一十八人，韦端己的词最得我心。或许是因为他清丽疏淡的词风，或许是因为他俊逸洒脱的性格。《唐才子传》里说他“少孤贫力学，才敏过人”，倒也确是实话。

端己的词虽然大多题材是写男女之情，但有别于花间其他词人，风格偏向于清丽和疏淡，实为花间别类。他笔下的众多女子，亦如他的词一般淡雅脱尘，情意真切。有《江城子》一首堪为证。

"髻鬟狼藉黛眉长，出兰房"，一位年轻的女子，一副“髻鬟狼藉黛眉长”的模样。她推开门的刹那，冷风扑面而来，仿佛对这房中的温暖和明亮已经觊觎了很久似的，专等着开门的瞬间，便一拥而上，唯恐落后了又被拒之门外。于是，屋宇里层层的轻纱帷幔也躁动不安起来，摇曳着轻盈的身姿，翩跹起舞。满屋子的暖意，都在开门的瞬间，被这彻骨的寒凉，荡涤得干干净净。桌上的红烛已燃去半数，如血的泪无声地滑落，在烛台里越积越多，找不到出口，便又再度结成冷硬的心肠。跳动的烛火被风吹得摇摇晃晃，明暗不定，似乎立刻就要熄灭。

年轻的女子就站在那里，任风吹卷满头青丝，肆意飞舞，凄冷而孤清。看她罗带未系，衣袂翻飞，仿佛就要乘风而去了似的。她云鬓微乱，衣衫未整，让人难以将她与白日里那个衣冠整齐、楚楚动人的女子牵扯上半点关系。此刻，她已经不在乎了，发髻再凌乱，能乱得过满心愁绪吗？眉黛再精致动人，能挽留住将要离开的人吗？她习惯了，像这样的情景，多少次地重复，熟悉到已经不用刻意去记住，就能准确估摸出起身开门的时辰，然后主动地起来为他开门，送他离开。不是没有挽留过，不是没有伤心痛哭过，可是，一切都不会因为她而改变。她能做的，就只有像现在这样，“出兰房，别檀郎”。

她站在门前的石阶上，看着收拾得干净整齐的他抬步走了出来，一脸的轻松自在。她想起自己每日傍晚，用心画上最精致的妆容，梳起最繁复的发髻，穿上最美丽的衣裙，然后以最动人的笑颜迎接他。然而，她会在隔日的黎明，以最凌乱、疲惫、消沉的模样送他离开。是否真的要这样，在这个没有尽头的循环里，日复一日，乐此不疲？耳中听着他告别的话语，仿佛来自另一个虚无的空间，遥远而空洞。她浅浅回应了一声，思绪兀自飘远，她是有些累了吧。

风渐渐弱了，四野里愈加的寂静，她回过神来的时候，早已看不见半点人影。眼前林立的树木，远处伏兽似的山，都沉默了，没有人愿意听，她便也就不再诉说。

“角声呜咽，星斗渐微茫。”天即将亮起来，沉重的号角声从城的四方高楼上次第传来，交错响应，打断她的沉思。昏暗的夜色已渐渐淡退，星火不再明朗，只依稀还能辨得出一些影子。她已经感觉不到寒冷，但还是回到了屋里。烛火不知是已经燃尽还是被风吹熄，屋宇里一片昏暗，她无心再点一盏灯，昏暗也恰合她的心意。点亮一盏灯又有什么用呢？多的，只是一道孤独的影子罢了，便由着它继续昏暗吧，也由着自己继续颓唐吧。

“露冷月残人未起，留不住，泪千行。”天将明未明时，是最为寒冷寂静的。寒凉结成露珠，泛于草木之上，点点滴滴，泪一般的晶莹透亮。月落西天，残挂在衰老的梧桐枝上，就要断了最后一丝气息。城里城外，第一声报晓的鸡鸣清脆而嘹亮，过着安宁日子的人，尚且还在安宁的暖被里吧。每一次送他离开的时候，他都会让她再回去歇息，可是，已经凉透的衾被，凉透的心，要怎么才能暖过来？躺在已经冰冷的床上，忘不了留不住的人，止不住流不尽的泪。这一生，他是她的劫难，是注定逃脱不了了吧。

若说自古伤心人尽是女子，未免过于独断，男子中亦有多情念旧者。韦庄的另一首词《天仙子》就描绘了一个男子百转千回的思念。

> 怅望前回梦里期，看花不语苦寻思，露桃花里小腰肢。
>
> 眉眼细，鬓云垂，唯有多情宋玉知。
>
> （《天仙子》）

思念一个人，日日夜夜，深入骨髓，即使梦里依然不会间断。往昔相处的种种，即便是最细微的小事，在分离后的日子里，都可以被一次次地拿来咀嚼回味。分离的时光漫长而难耐，一切美好与平庸，看在眼里似乎已经没有半分的差别，终究是无情物。可看着看着，仿佛每一件物什里，都隐隐约约能够寻见佳人的身影。柳叶似清秀的眉眼，柳枝如窈窕的身姿，墨云则为满头鬓发。他满眼看到的，心里想到的都是她，恨不能立刻化作一只鸟雀，飞去遥远的地方，看望那锁在深宫大院里的可怜的人儿。只是，她是否也如他一般，在苦苦地思念？

看来，思念，无关男女，总是那样的细腻而悠长。

美人和泪辞

红楼别夜堪惆怅，香灯半卷流苏帐。残月出门时，美人和泪辞。
琵琶金翠羽，弦上黄莺语。劝我早归家，绿窗人似花。

（韦庄《菩萨蛮》）

曾听人说，这世上，相爱的两个人，即使垂老迟暮，遗忘了半生世俗，也不会忘记第一场相遇。无论是惊心动魄的华丽转身，还是平淡如水的擦肩，那一次，相遇了，是宿命，是情缘，注定一生牵绊，这让人难以忘怀的遇见。

还记得那个眉目清丽的女子，或许并不善画，却固执地每天画一盏灯，挂在千寻塔上。那样执拗地笃信着可以为那个人照亮一条路，让他一眼就能看见，相遇之处的等候。她也从来不是信徒，只因为佛说，人世聚散离合，依缘而起。于是，便把它作为全部的信仰，日日祈求，愿与他再度相逢，于繁华尽处。也许，这世上，所有被匍匐过的尘埃路途、磕跪过的软垫蒲团，所有被朝拜过的神龛，都聆听过她绵长的思念，只是，远方的人，到底知是不知？

时光荏苒，岁月的车轮，在流泻的光阴里有条不紊，碾过了更迭的四季和日复一日的琐碎。喜欢安静地站在树影里，看阳光在梧桐树

下剪裁的斑驳，由稀疏渐渐浓密，像满天奇缺的星点。是谁说过，愿意化作满天星火，陪她海角天涯地漂泊。而如今，她依旧站在原地，而那个信誓旦旦许下承诺的人，又去了哪里？

一个人消磨光阴的时候，总是喜欢一遍一遍地细数往昔旧事。愈想得多，便愈觉得，她只是他漫漫行路上的一所驿站；而他，也只是她宿命里一个行色匆匆的过客。就如同在季节里往返的候鸟和这座城一样，无论再走过多少个春秋，候鸟留下的，永远只有几声或高亢或低沉的战歌，被风吹得零零散散，拾不起一片完整。于是，就一遍一遍地回忆离别时，他在她耳畔留下的话语，希望能抓住一丝希冀，以应对等待的煎熬。

“红楼别夜堪惆怅，香灯半卷流苏帐。”女子一直清晰记得那个日子，至今仍然觉得恍如昨夜。那一天，正是夕阳西斜之时，血红的晚霞飞满天际。归鸟三三两两，唱和着结伴而还。他在最后一丝红霞散尽之前推开她的门，一脸凝重。夜渐渐蔓延开来，热闹的红楼一如既往，灯火辉煌，人声沸腾。然而，那一刻，再明媚的灯火也照不亮心底的落寞。微冷的风自远处吹来些声响，缥缥缈缈，不知是谁人吹笙，声声入心。那一夜，似乎所有的丝竹都哑然失声，他说，他不愿听见嘈杂之声，就想静静地和她说说话，好好听听她的声音，可是，却也不知该说些什么。香阁内，半卷起的流苏帐里，透出些微微的烛光以及三两声断续的话语，隐隐约约，辨得出些许呜咽。

“残月出门时，美人和泪辞。”墨色似的幕上升起一弯新月，明则明矣，却照不亮多少离情，果然，月缺的时候总多过月圆的时候。

他站起来，深深拥住她，恨不得揉进骨血里一并离去。久久地，他不愿放手，她能感受到他们彼此的痛楚都是抽筋断骨一样的透彻。这样，她反而更加不舍，可是又能怎么办呢，要哭哭啼啼地留住他，毁了他繁华似锦的前程吗？不，她不能这么自私，她那样深深地爱着这个男人，不能绊住他前行的脚步。如果他不能讲出分别的话语，那就让她来开口吧。她以为自己足够坚强，会笑着说出“祝他一路顺风”之类的离别祝福。可是，话还未讲完，泪已滚落，一串一串地滑过脸颊，沾湿了罗帕。他心疼地为她拭去泪痕，转身离去，不复回首，不是绝情，只怕一回头，便再也难以从那盈满清泪的眸子里走出来。

她回到房中，仿佛送走了宿命中的过客，刚才，他没有说回来的时间，甚至没有提起要回来，难道，真是诀别吗？人真是可怜，尚不能与鸟兽相比，一次次无可奈何地在生活中挥手作别，谁也逃避不了。别也就别了吧，只是，为何要自作主张地留在她心里，如扎根的植物，枝繁叶茂，生生不息。这一生，难道就要在这样的苦痛中走完吗？

落花纤弱，都无惧未卜的前程，执意随流水而去，他又怎能流连不去呢？即使要把自己从旧世界里连根拔起，他也绝不会后悔，从此，他要开始在人海里颠沛流离。

离开后的那些日子，他走过高山大川，走过峡谷溪流。从一座村庄的炊烟，走进一座城市的灯火；又从一场杏花烟雨，走进一场落叶啸风。所有奔波的路途，都蜿蜒曲折成满心期盼，期盼下一次，能走上回乡的路。“琵琶金翠羽，弦上黄莺语。”他不止一次地聆听琵

夜夜绣屏孤宿

春漏促，金烬暗挑残烛。一夜帘前风撼竹，梦魂相断续。

有个娇娆如玉，夜夜绣屏孤宿。闲抱琵琶寻旧曲，远山眉黛绿。

（韦庄《谒金门》）

韦庄与温庭筠可谓是花间词人里的翘楚，他们的词“薰香掬艳，眩目醉心，尤能寓浓于淡，花间群贤，殆少其匹”。（况周颐《历代词人考略》）温庭筠的词里极少有“我”，表达情爱时都是借女子的口吻，他自并不介入，不加任何评论，也不附加任何的感情色彩。而韦庄就不一样了，他词里有“我”，通常以男人的口吻直接抒发自己的真实感情，我爱故我思，我思故我与，我写故我心，这就是韦庄，坦率，真挚，毫不掩饰地直露真我，犹如这首《谒金门》，写的就是韦庄的一个难眠的春宵之夜。

春夜，万籁俱寂。月光拢一弯薄纱，朦胧着他孤单的身影。夜已深，他独揽孤枕，却无心睡眠。更漏滴滴答答地掩埋着分分秒秒的时光，那一声又一声急促的声音在静寂的浓夜，撩拨得原本就心烦意乱的他更加难以入睡。幽幽的烛光，忽明忽暗，几近暗淡，他不厌其烦地轻挑烛芯，明了又暗，暗了又挑，直到残烛燃至灰烬。许是孤单寂

寞的人，都害怕黑暗，总愿有一盏孤灯明亮着，闪烁着，陪伴自己孤单的灵魂。

一阵春风卷帘，“风撼竹”，摇竹而响。那嗖嗖的竹声，宛若在夜的弦端呢喃低诉，纷扰凌乱着他的心绪。他神思恍惚，梦魂萦绕，那些未曾老去的流年片段，那些游荡徘徊的相思情愁，断断续续地，如针扎一般，刺痛着他的心尖，“梦魂相断续”。

恍惚间，他仿佛又看见心中那个美丽的佳人，“有个娇娆如玉”，那个娇媚妖娆的如玉美人，她也和自己一样，孤枕独眠，愁肠百结，“夜夜绣屏孤宿”，绣屏深深，寂寞深深，相思更深。

她“闲抱琵琶寻旧曲”，弹奏着首首经年的旧曲，那些熟悉动人的旋律都是她珍藏心底的美好回忆。在旋律悠悠的跃动里，她尽情地回味那些曾经的幸福、欢悦、甜蜜……她那细柔的黛眉，像一抹碧绿幽幽的远山，掩映着忧丝涟漪的双目，那一凝眸，一蹙眉，无不透着那回旋心底的往日欢情与无尽思忆。

于半梦半醒的深夜，流连在佳人的梦魂里，梦中的佳人，旧曲轻拨，沉醉在以往温情的追忆里，梦里梦外，满满的皆是思念与回忆。旧梦依稀，短暂的回忆只能冲淡一时的忧愁，而那无尽的孤苦与凄凉，却是永远无法解脱的困境。

这位佳人，应该就是韦庄被王建夺走的爱姬。他心心念念，却无法与她鸳梦重温。韦庄的痛是深沉的，他在极度的痛苦与思念中，写下了另一首《谒金门·空相忆》，毫不避讳地将自己放在词里，袒露心曲，表达他对爱姬的深切思念。

空相忆，无计得传消息。天上嫦娥人不识，寄书何处觅？

新睡觉来无力，不忍把伊书迹。满院落花春寂寂，断肠芳草碧。

（韦庄《谒金门·空相忆》）

据宋人杨湜的《古今词话》记载，“韦庄以才名寓蜀，王建割据，迭羁留之。庄有宠人，资质艳丽，兼善词翰。建闻之，托以教内人为词，强庄夺去。庄追念悒怏，作小重山及空相忆云：‘空相忆，无计得传消息。天上嫦娥人不识，寄书何处觅。新睡觉来无力，不忍把伊书迹。满院落花春寂寂。断肠芳草碧。’情意凄怨，人相传播，盛行于时。姬后传闻之，遂不食而卒。”

爱姬进宫后，一直杳无音信，韦庄“无计得传消息”，只得独自一人黯然神伤，无奈地空相思忆。原本与他朝夕相处、形影相随的伊人，如今却离他而去，犹如那可望而不可即，远在天河月宫的嫦娥，“高处不胜寒”，又有谁人能企及，谁人能相识？无人相识，他写给她的书信，又如何能传递到她的手中，她又去何处寻觅他的书信？红墙天河，咫尺天涯，相思无人倾诉，思念无从投递，怎不叫人忧苦难耐？

夜，漫长而寂寥，相思的疼痛，重扣心房，他身心俱疲。摇曳的烛光清晰地印着他孤孑的身影，凄冷寒切，与爱姬美好的过往，总是不断地在眼前浮现，令他思念如潮。心痛，倦怠，思极而睡，可刚刚入睡，又被噩梦惊醒，清醒之后，那份渴望的温情爱意，似乎离他越来越远，顿觉心窒息得难以呼吸，全身浑然无力。爱姬过去写的那些香软的诗词，此时握在颤颤的手中，沉甸甸的，字字句句都溢满了对他浓浓的爱恋，令他不忍卒读，“不忍把伊书迹”。

不敢看爱姬的翰墨书迹，唯恐动情处，情丝绵长，遐思万千，更添惆怅。无法入睡，他只好无所适从地起身漫步庭院。暮春时节，庭院里满地落花，随风飘零，空旷的庭院，静谧无声，“满院落花春寂寂”。地上那一片片茵茵的芳草，杂草丛生，没有一丝踏痕，一切的景象都是那么的寂寞，寂寞得令人愁肠欲断，“断肠芳草碧”。

没有伊人相伴，一个人在庭院里散步，心情与情景交融，春色惨淡，满院落花飞絮，芳草萋萋，周遭的幽寂凄凉正好与满腹的相思惆怅相遇，于是心中那一遍伤情又开始泛滥，终是寂寞无依，相思难了。

心已寂寞空荡，爱已随风漂泊，一缕清风，一弯冷月，婉约着浓浓的相思。阡陌红尘，岁月镌刻的伤痕总会不时地划破柔软的心扉，在寂寞淋漓的夜色中，墨染成无数深情的牵挂。

或许错落的年华，独守一片寂静，疼痛之后就能禅悟出一份平淡。然而在每一个寂冷的深夜，那些晓风残月的宿怨，总是不经意地浮动着无数伤感的痕迹。那些难以释怀的纯纯意念，那些散落在记忆中的点点滴滴，仿若冷枝陨落的残叶，悄无声息地从昔日繁华与绚烂中，无力地坠入枯等的风月。个中的滋味，恐怕只有痛失爱姬的词人，才能深深地体会。

寂寞芳菲暗度

寂寞芳菲暗度，岁华如箭堪惊。缅想旧欢多少事，转添春思难平。

曲槛丝垂金柳，小窗弦断银筝。深院空闻燕语，满园闲落花轻。

一片相思休不得，忍教长日愁生。谁见夕阳孤梦，觉来无限伤情。

（毛熙震《何满子》）

“故国三千里，深宫二十年。一声何满子，双泪落君前。”唐人张祜一首《何满子》，寥寥数语，凄楚之情却跃然纸上，不知引起多少人无限遐思。《何满子》也叫《何蛮子》，这个词牌，自古就有多种不同的传说，但无论哪一种，从《何满子》出现的那一刻起，它都注定是一曲令人怆然的悲歌。

传说“何满子”是唐玄宗时代的一个歌者，关于他的故事，诗人白居易与元稹都曾在自己的作品里咏叹过。他们俩是当时诗坛的一对挚友，世称“元白”。但对于这个歌者的传说，他们却有着各自不同的版本。

据白居易所述，何满子本是沧州的一位歌者，因犯了死罪，临行前创作了一首悲怆的《何满子》敬献给唐玄宗赎罪，然而精通音律的唐玄宗却丝毫没被打动，依然对他执行了死刑。白居易感慨万千写下了“世传满子是人名，临就刑时曲始成。一曲四词歌八叠，从头便是断肠声”的诗句，并自注曰：“开元中，沧州歌者姓名，临刑进此曲，以赎死，上竟不免。”

这首曲子虽然没感动唐玄宗，却感动了宫中的歌姬舞姬以及多愁善感的文人，广为流传。在唐文宗即位后，因甘露之变，唐文宗自知气数已尽，便令宫女沈翘翘且歌且舞《何满子》，作为他最后的挽歌。

白居易以写实的手法，讲述了一个悲伤的故事，而他的好友元稹讲述的却是一个与之截然不同的美丽传说：“何满能歌能宛转，天宝年中世称罕。婴刑系在囹圄间，水调哀音歌愤懑。梨园弟子奏玄宗，一唱承恩羁网缓。便将何满为曲名，御谱亲题乐府纂……”（元稹《何满子歌》）在元稹的笔下，何满子是一个美丽的歌伎。临行前，她获准高歌一曲，她的歌声直令天地昏暗，催人肝肠寸断。歌罢，她不仅得到了皇上的赦免，而且还被皇上御笔钦定，用她的名字“何满子”来为此曲命名。从此，《何满子》成为悲歌的代名词，何满子也因此进宫，得到了皇帝的宠爱。

在这首长诗里，元稹用极为夸张的笔调，赞美了何满子出色的音乐技能和娇美的容貌，把《何满子》的故事演绎成了如灰姑娘遇上白马王子一样的童话故事。

这首被世人传唱的悲歌，后来在沈括的演绎下更是成了一首断肠的经典。据《梦溪笔谈》记载，唐武宗十分宠爱一位能歌善舞的才人，在武宗病入膏肓的时候，她为武帝演唱了一曲《何满子》，唱完气绝倒下。太医诊断后说，她的脉搏尚有余温，但是肝肠已经断裂了。唐武宗听完之后，竟也随之驾崩。这凄美的结局毋庸置疑地成就了一曲令人断肠的千古绝唱。

随着时间的流逝，《何满子》在无数词人的笔端，渐渐退却了悲苦，而多了几分风花雪月的清愁，犹如毛熙震的这首《何满子》。毛熙震的词大多是闺情绪语之作，浓艳如温庭筠，但偶尔也有感慨悲凉之作，颇为清丽淡雅。

指尖绕过的流年，终是一场因爱而日渐黯淡的春花秋月。曾经的海枯石烂，海誓山盟，终抵不过岁月的煎熬；曾经的耳鬓厮磨，甜言蜜语，终将在风尘中飘散；爱情娇艳的色彩，也终会在时间的冲刷中黯然失色。经年以后才发现，心灵深处还有一片属于花季时的天空，那些曾经的激情与感动，还会生出一份柔情与思念，在隐隐地悸动，以至于要用尽所有的思绪来回忆那场生命里无法忘却的忘却，也许爱过，就算邂逅了天长地久，就不管爱多久。

时光在孤独寂寞中悄然流逝，青春，早已是沧桑岁月里零落的碎片，在“寂寞芳菲暗度”的时光里飞舞轻扬。“芳菲”总让人情不自禁地想到“人间四月芳菲尽，山寺桃花始盛开”的诗句。就如荷花也叫菡萏一样，“芳菲”也是春天的别名。从百花争艳到花谢花飞，每一个场景都是那么的娇艳娇怜，令人心生感慨。

时光荏苒，岁月如箭，怎不令人“堪惊”。握不住岁月，也握不住那些在尘封的往事里翻飞的记忆。往事如烟，只是那些过往的欢悦与忧愁依然会沉淀于心底，陪伴着孤寂的心，蹒跚在无尽而未知的岁月里。

也许是爱太过铭心，终归是无法抽离，即使是“欲说还休梦已阑”，她却依然“缅想旧欢”，缅怀那一段已然凋零的青春，宛若醇酒般细细地品味，醉吟风月，心甘情愿地于心间平添一抹浓浓的春愁，“思难平”。

庭院里，长廊曲折旋回，栏杆的两边，柳丝低垂，随风飞舞。她依窗抚琴，欲将心事付银筝，忧伤的弦音于绕指间缓缓滑落，悲切忘情处，“弦断银筝”，断裂的残音在风中弥漫，一袭愁苦又将憔悴挂上了娇颜。

空寂的庭院，只有燕雀在悄悄地呢喃，莺莺絮语。满园嫣花凋零，落红飞絮，芬芳散尽。这满园的寂寞，满园的落花，那份凄凉，怎奈“一片相思休不得”，这蕴藏已久的相思，再也无法停止，一如纳兰容若的“一片伤心画不成”，痴情人的情都是刻骨铭心的，哪是说放下就能放下的，那沉淀多年的爱又怎能轻易而逝，那从未间断过的忧愁，又怎能随意抹去，就像这满园的花儿，盛开无声，飘落无言，默默地承载宿命的因果。

这无法尽兴的人生，谁曾知道她的心是多么的凄苦。夕阳西下，天色阴暗，不见月光的温柔，没有良人的陪伴，一个人“孤梦”易醒，醒时“无限伤情”，更与何人诉？寂寞如落花，寂寞如柳，寂寞如燕，寂寞如夕阳，寂寞如梦，寂寞如伊人，相思情难绝。

人寂寂

蟾彩霜华夜不分，天外鸿声枕上闻。绣衾香冷懒重熏。

人寂寂，叶纷纷，才睡依前梦见君。

（韦庄《天仙子》）

寂寞的夜晚，夜阑人静，心无所属，爱无所依，斯人何处。时间、空间、伊人、思绪，构成了一幅有声、有色、有静、有动的镜像，透过这宛若身临其间的氛围，可以真切地感受到伊人的音容笑貌和她内心深处无法言说的孤寂与思念。

午夜时分，如水的月光与满地的秋霜交融，“蟾彩霜华”，浑然成一片朦胧、空灵、渺茫的清冷与幽寂。这样的夜色，像极了李白的“床前明月光，疑是地上霜”。霜满地，月光皎洁，白茫茫一片，谁又辨得出是“蟾彩”还是“霜华”？如此清寒的夜晚，寂寞的佳人定是辗转难寐。透过薄纱的床幔，凝望窗外的月色秋霜，她的心顿时迷茫而悲凄。

古诗词里常以“蟾彩”喻月色，如柳永的“花光媚、春醉琼楼，蟾彩回、夜游香陌”以及贡奎的“凉露浴蟾彩，浮云澹河流”等，都是对月色极美的描绘。

孤单的佳人，一个人斜倚枕上，隐约听到浩渺的天外传来雁唳之

声。正值秋凉时节，候鸟开始纷纷振翅南归，而她思念的郎君，却依然漂泊天涯，音讯全无。雁归人不归，一丝幽怨难免却上心头。绫罗绣衾无人暖，袅袅熏香也早已燃尽，曾经温暖缠绵的香软气息已随着斯人的离去而渐渐地消失殆尽，独宿孤栖的她再无心情去点香弄暖，“香冷懒重熏”，唯有任凄冷浸染寂寞的深闺，任孤独零乱落寞的愁绪。

夜浓人寂，秋叶纷纷零落，“人寂寂，叶纷纷”，思悠悠，夜慢慢，辗转反侧，相思难眠，才刚入睡，依稀梦里，又如“依前梦见君”。日日夜夜，那萦绕于心的思绪，从清醒到梦中，一直缠绕着她，似乎从未间断过。

“人寂寂”、“叶纷纷”，这一静一动的映衬，恍若让人看到那“纷纷”飘零的秋叶，听到那飒飒的坠落声，在万籁俱寂的深夜变得清晰可闻，陡然间，空旷无人的“寂寂”之感油然而生，更添怀人的感伤。

清冷的夜，将柔情融入思念，将苍白融入惆怅。凄迷的霜月抚过眉间心上，揉成一个个不眠之夜，带着满满的相思愁绪独坐秋夜的一角，独自抚摸那颗孤寂的心。月光照着憔悴的容颜，却冰冻不了爱的执著，痴心的牵挂悄悄地蔓延，蔓延到梦里，越过那条相思的河畔，与他相聚，与他缠绵。梦醒之后，却是清泪洒面，孤影游荡，在夜色中寻觅那残留梦中的余温。

《天仙子·蟾彩霜华夜不分》道尽女子的相思与哀怨，《天仙子·怅望前回梦里期》却以美男子宋玉的身份，说出了对女子的怜惜与怜爱。

怅望前回梦里期，看花不语苦寻思，露桃花里小腰肢。

眉眼细，鬓云垂，唯有多情宋玉知。

（韦庄《天仙子·怅望前回梦里期》）

这首词，韦庄自比宋玉，言自己像宋玉一样懂得欣赏、怜惜美女。宋玉是战国晚期楚国人，相传是屈原的弟子，是著名的楚辞赋大家，也是中国古代四大美男之一。在宋玉的笔下，女子皆是美若天仙，倾国倾城，如“眸子炯其精朗兮，多美而可视；眉联娟以蛾扬兮，朱唇的其若丹”、“眉如翠羽，肌如白雪，腰如束素，齿如含贝。嫣然一笑，惑阳城，迷下蔡”等等，都是十分传神而惊艳的描写。

韦庄睹花思人，思念心中貌美如花的伊人，回味他们在一起甜美的过往。即使不能在现实里相会，哪怕在梦中，他也渴望能与她相聚，感受那份久违的温柔，情之切切，令人感动。

光阴日渐远行，翻开记忆的日历，里面印满了曾经拥有的美好时光。几多风雨，几经沧桑，无数的思苦煎熬着相思醉梦，年年岁岁，朝朝暮暮，魂牵梦萦，终是无法忘却驻留在心底的那位美丽伊人。怅然回望那些与她共同度过的时光，对温情的眷念，令他渴望能再度与伊人重聚，那一幕幕甜蜜的痴缠，哪怕是在梦里，他也满心地渴慕。

春光烂漫、百花吐艳，满园“露桃”花开，粉嫩娇艳，“桃之夭夭，灼灼其华”，这沐雨露而绽放的桃花，让词人目注神驰、情摇意夺，“看花不语苦寻思”，寻思那朝思暮想，人面如花面的靓丽佳人。

依稀恍惚，他又看见她在花丛中满袖盈香，凝情含笑，“眉眼细”，云鬓低垂，顾盼生媚；纤细的小腰身，更显身姿袅娜，窈窕妩媚。如此的风姿绰约，风情万种，恐怕只有风流多情的宋玉才懂得欣赏爱怜。

词人默默无语赏露桃，桃花依旧，伊人却不在，苦恋已久的极度怅然与惆怅，令他恍惚间像置身于虚幻之中，臆想着伊人如桃花一般的娇妍，在花丛中与花争艳。或许唯有在这样的虚幻里，他才能释放淤积心中的相思愁苦。这情景，不免让人想起了崔护的诗句“去年今日此门中，人面桃花相映红。人面不知何处去，桃花依旧笑春风”。（《题都城南庄》）此情此景，早已是物是人非。都说物是人非事事休，然而，多情如宋玉的词人，这份深爱，或许今生今世，永难休。

佛曰：聚散离合皆为缘。只是这缘仿佛从来都是错落迷幻，似是而非。细数过往的流年，一切犹如梦魇般，从一开始便注定了破碎的结局。如今，回忆的长廊里，只剩下他一个人在苦苦地守望，而她，却早已成为别人的风景。

缓缓追溯昔日的时光，苦涩的味道总会怅然弥漫。曾经的花前月下，杯樽畅饮，抚琴熏香，低吟浅唱……早已在独舞愁肠的忧悒里繁华成殇。流逝的时光，深深浅浅地残留下一些爱、一些痴、一些不舍，而这一切，也终会在心里刻下无法释怀的痕。每次驻足回眸，脑海中萦绕的情愫，终将荡漾成一场没有结果的回望，所有寂寞的音符都会在虚幻的梦里保持一种永恒的悸动，倔犟地回旋在记忆的罅隙里，久久不愿散去。

寂寞花琐千门

上阳春晚，宫女愁蛾浅。新岁清平思同辇，争奈长安路远。

凤帐鸳被徒熏，寂寞花琐千门。竟把黄金买赋，为妾将上明君。

（温庭筠《清平乐》）

《清平乐》即清明太平之乐，是李白任明皇朝“翰林待召”时应制首创的曲调。由于是奉帝王之命而制作的曲子，即使是才高八斗的李白，也难有较高的艺术水准，鲜有传诵。而李白在醉酒后，借着酒后的豪放，为唐明皇与杨贵妃量身定做的几首《清平调》却十分绝妙，尤其是那句“云想衣裳花想容，春风拂槛露华浓”，直把杨贵妃超绝人寰的花容玉貌描写得惊艳若仙，妩媚之至。

从李白到温庭筠，其间跨越了近一百年。百年的时光，歌舞升平的盛唐早已变得千疮百孔，衰败暗昧。温庭筠、韦庄等花间词人所面对的是一个混乱不堪、硝烟弥漫的乱世。他们的《清平乐》已褪去了清平的霓裳，而带上了几许悲苦的色彩，就如温庭筠的这首《清平乐》。

同为描写宫闱之作的《清平乐》，温庭筠与李白的风格已迥然不同。李白“一笑皆生百媚”、“名花倾国两相欢”的明媚欢畅与温庭

[illegible]“寂寞花琐千门”的暗淡悲苦所形成的落差，折射出清平的盛世已开始步入凋零的末世。

上阳宫是高宗时修建的毗连于宫城西的大型宫苑型离宫，是唐王朝宫女的幽禁之地，也是专供皇帝寻欢的“美人库”。宫里几千佳丽，被重门深锁，那无尽的寂寞与凄苦，就如白居易的《上阳白发人》里所写：“上阳人，红颜暗老白发新。绿衣监使守宫门，一闭上阳多少春……秋夜长，夜长无寐天不明，耿耿残灯背灯影，萧萧暗雨打窗声。春日迟，日迟独坐天难暮；宫莺百啭愁厌闻，梁燕双凄老休？莺归燕去长悄然，春往秋来不记年……上阳人，苦最多；少亦苦，老亦苦，少苦老苦两如何?……”

上阳宫女的苦，从流传千古的“红叶题诗”的典故里也可以看出端倪。诗人徐凝的《上阳红叶》，就是为此典故而作，诗曰：“洛下三分红叶秋，二分翻作上阳愁。千声万片御沟上，一片出宫何处流。”

据说有一位名叫韩采苹的宫女，只因耐不住上阳宫空虚无聊的生活。那日，她摘下一片深秋的红叶，并在红叶上题诗一首，顺手放入御渠之中，让红叶随波而流出宫外。这片红叶碰巧被进京赶考的秀才于佑拾得，他见红叶上题有诗句：“流水何太急，深宫尽日闲。殷勤谢红叶，好去到人间。”字迹娟秀，文采清雅感人，他猜想一定是宫中的宫女所作。于是，他也摘了一片红叶，赋诗一首：“愁见莺啼柳絮飞，上阳宫里断肠时。君恩不禁东流水，叶上题诗寄与谁？”并将其放入水中。

后来，因白居易、元稹等有识之士上疏请“放出宫女”，并以文学形式揭露这一不平的社会现象，皇帝终于下旨放出后宫佳丽，让她们回到民间婚嫁，韩采苹正是被放出的宫女之一。后因一友人为于佑和韩采苹牵线，二人结为夫妇。

婚后，韩采苹在于佑的画筒里看到了那片题诗的红叶，问于佑从哪里得来，于佑如实相告。韩采苹说：“妾在宫中时，也曾于水中得到一片红叶。”于是，二人各取红叶相对而看。叶上墨迹清晰，正是他们当年所写。两人执手相看无语，唯有泪千行。韩采苹悲喜交加，于是提笔赋诗道：“一联佳句题流水，十载幽思满素怀。今日却成鸾凤友，方知红叶是良媒。”

三生情缘天注定，有幸出宫与良人结缘的毕竟少之又少，这也许是人们出于同情和想象而编织出的经不起推敲的美好故事。但无论真实也好，虚构也罢，宫女们一生中最美好的时光都被地狱般的深宫所埋葬，这种漫长而非人的煎熬恐怕只有宫女们自己才能体会。温庭筠的《清平乐》正是对这些令人怜惜的宫女的真实写照。

暮春时节，上阳宫的宫女们紧蹙的蛾眉稍有舒展，眉宇间终日挂着的那一抹浓浓的忧愁也微微变得轻浅了许多，“愁蛾浅”。寒冷的天气已渐渐远去，新一年温暖惬意的时光已渐渐来临，这“清平”祥和的日子，宫女们都期盼着能与皇帝同车游览。怎奈京都长安与上阳宫相聚遥远，不知皇帝什么时候才能有兴致到这么遥远的地方来。

那些绣有彩凤的碧纱罗帐，熏得芳香四溢的鸳鸯锦被，可是没有皇帝临幸，这些香软的铺设，又有什么用呢，真是“凤帐鸳被徒熏”。

宫中的佳丽，就宛若这宫墙里盛开的繁花，满园芳菲，寂寞地绽放，只为等候一个人的到来。他不来，则无人观赏，最终只能花谢花飞，枯萎凋零，零落成泥。三千佳丽，三千梦，梦里落花谁人怜，梦醒堪比花寂寞。花叶簇拥重门，重门深深，寂寞深深，“寂寞花琐千门”，锁住了青春，锁住了自由，锁住爱情，锁住了一切美好的向往。

为了能得到至尊无上的皇帝的宠幸，宫女们可以说是使出了浑身的解数，除了穿衣打扮、暖香熏被这些平常事，她们还模仿陈阿娇“黄金买赋”，用黄金去买得司马相如的辞赋，敬献给英明的君王，渴望能讨得君王的欢心。

“黄金买赋”出自司马相如的《长门赋序》：“汉武皇帝陈皇后，时得幸颇妒，别在长门宫，愁闷悲思，闻蜀郡司马相如天下工为文，奉黄金百斤，为相如文君取酒，因于解悲愁之辞，而相如为文以悟主上，陈皇后复得幸。”词人借此典故揭示出宫女极度寂寞无助，只好想方设法去博取帝王的宠爱，从而改变自己悲惨的命运。

“后宫佳丽三千人，三千宠爱在一身。”（白居易《长恨歌》）有幸承皇恩得宠的佳丽又有几人，大多数宫女都只能在深宫的孤独寂寞之中虚度光阴，挥霍青春，真可谓“三千宫女燕脂面，几个春来无泪痕？”

寂寂画堂梁上燕

寂寂画堂梁上燕，高卷翠帘横数扇。一庭春色恼人来，满地落花红几片。
愁倚锦屏低雪面，泪滴绣罗金缕线。好天凉月尽伤心，为是玉郎长不见。

（魏承班《玉楼春》）

魏承班是五代蜀国的驸马都尉，官至太尉。由于宫廷贵族悠闲享乐的生活，他的词多以浓艳为主，笔风细腻，柔情似水，“剪不断理还乱”，就如这首意境优美，婉丽多姿的《玉楼春》。

词人透过画堂、梁燕、翠帘、落花、锦屏、绣罗、月亮这些常见的景物，流畅自然地描绘出一个为情而动魂溅泪的女子，在寂寥中思念情郎的感人画面。读罢，心弦颤动，余味难尽，正如元好问所评：“魏承班词，俱为言情之作。如《玉楼春》词，明净自然，不着意雕琢而意境全出。”（《遗山集》）

暮春时节，“寂寂的画堂”显得异常宁谧，梁上栖息的燕子，双宿双飞，莺莺呢喃，给沉寂的画堂注入了几分灵动的气息。画堂里的佳人，百无聊赖地把翠绿的窗帘高高卷起，画堂变得宽敞而明亮。窗外，春风吹拂，庭院里漫天的花瓣随风飘零，“绿肥红瘦”，落红成阵。“满地落花”，满目枯萎，不禁令卷帘人顿感“一庭春色恼人来”，情绪无法抑制地变得烦闷、低落而忧伤。

词开篇即写“梁上燕”，以动衬静，更显“画堂寂寂”。而这空寂的环境，又暗示出画堂里的佳人空虚无聊。佳人卷帘，却是一庭恼人的春色，触景伤情，哀怨油然而生。而那“满地落花”又使她联想到流年如水，青春易逝，更使她烦恼丛生。

愁丝绵绵，心绪凌乱，她独自斜倚锦绣画屏，愁眉紧锁，白皙如雪的娇颜，颔首低垂，伤心难耐，泪水止不住地盈眶而落，滴落在金丝绣制的罗衣上，斑斑泪痕深深浅浅地湿染衣衫，恍若湿染心间的伤痛，永远无法抹去痛过的痕迹。

晴朗温暖的夜晚，月光温柔地洒落一地银光，纵然是良辰美景，她的心也依然是满满的惆怅忧伤。曾经与玉郎花前月下相依相偎的美好时光，似乎已一去不复返。玉郎羁旅天涯，杳无音信，不知何时才能归来，何时才能重温以往的甜美幸福！

春色恼人，春宵夜长。独守烛影阑珊，一轮明月陪伴孤影，思念索怀，撩拨万千愁绪。昨日的一切恍若隔世，却又不时地浮现眼前，茫然、无奈，苦涩、孤寂、忧伤……揉捏成冗长无尽的等待，等待何时了，玉郎何时归。

魏承班妙笔生花，描摹了一幅暮春的凄美景色，刻画了一个楚楚动人、惹人爱怜的画堂美女。除了闺中美女，魏承班笔下的歌伎也是娇艳妩媚，别有一番风韵。尤其那迷人的歌声，更是令人心神悠悠，醺然如醉。

轻敛翠蛾呈皓齿，莺转一枝花影里。声声清迥遏行云，寂寂画梁尘暗起。

玉斝满斟情未已，促坐王孙公子醉。春风筵上贯珠匀，艳色韶颜娇旖旎。

（魏承班《玉楼春》）

魏承班的这首《玉楼春·轻敛翠蛾呈皓齿》，美艳逸丽，自如婉畅，可以毫不夸张地说是一首词中的《琵琶行》。汤显祖曾评价说："无一败笔……足悉其浑洒也。"

她"轻敛翠蛾"，樱唇翕动，"皓齿"微露，粉靥如春雪，含娇含羞。娉婷婀娜的身姿，轻舞慢摇，妖娆动人。她的歌声如月下花影里传来的流莺啼啭，婉转柔曼，清甜动人。一声声，如倾如诉，"声声清迥"，似行云流水，似银河仙音，清越空灵，令"寂寂画堂"，雕梁微颤，"梁尘暗起"，尘烟轻袅，似梦似幻。

"尘暗起"是出自刘向《别录》的"汉兴以来，善雅歌者鲁人虞公，发声清哀，盖动梁尘"；而"遏行云"则出自《列子·汤问》里的句意："秦青善歌，送薛谭之时，饯于郊衢，抚节悲歌，声振林木，响遏行云。"词人用这两个常来形容音乐声美的典事，来表现歌伎声色完美，技艺精湛，令人难忘。

画堂雅宴，舞榭歌台，华灯盛筵，琵琶、箫、笛、筝、笙……乐音徐起，伴随她那天籁般的美妙歌声，情切切，韵幽幽，充满柔情蜜意，迷离销魂，令满堂的王孙公子尽痴迷。他们一晌贪欢，玉杯酒盏"满斟"痛饮，觥筹交错，歌醉、酒醉、人醉，一切皆醉。

雅歌回旋的绮宴，美酒佳肴，绣幌佳人，一派笙歌狂欢的景象。那悠扬的歌声像串珠般“大珠小珠落玉盘”，圆润流畅，清脆而嘹亮，令听者犹如春风沐面，舒爽惬意，逸然欲醉。尤其那美丽的歌伎正值青春韶华，娇艳夺目，万种风情尽显“旖旎”，无不令人心神摇曳。

这首词与欧阳修的《减字木兰花》，总有一种似曾相似的感觉，总会在不经意间，将它们的意境混淆在一起比较、品赏，似乎这样更能体会出词中的妙意：

> 歌檀敛袂。缭绕雕梁尘暗起。柔润清圆。百琲明珠一线穿。樱唇玉齿。天上仙音心下事。留往行云。满坐迷魂酒半醺。
>
> （欧阳修《减字木兰花》）

两首词皆是描写美丽的雅宴歌女，无论是容貌还是歌声，都描写得极为相似，字字句句，仿若心有灵犀，比比皆是异曲同工之妙，写容貌的“轻敛翠蛾呈皓齿”“樱唇玉齿”；赞歌声的“梁尘暗起”“遏行云”“留往行云”；绘声色的“声声清迥……贯珠匀”“柔润清圆，百琲明珠一线穿”；画场面的“促坐王孙公子醉”“满坐迷魂酒半醺”等。

两位词人对歌伎的描写，惊人的相似，可谓如出一辙。他们把歌伎的美貌和歌艺刻画得入木三分，栩栩如生，无论词里词外，听者读者，都会情不自禁地醉倒在这一片惊艳的雅韵柔波里，流连忘返，痴迷陶醉。

画楼相望久

凤凰相对盘金缕，牡丹一夜经微雨。明镜照新妆，鬓轻双脸长。

画楼相望久，栏外垂丝柳。音信不归来，社前双燕回。

（温庭筠《菩萨蛮》）

这首《菩萨蛮》，充溢着深深的寂寞以及佳人渴盼情郎归来的切切之情。花谢花飞，莺燕无声，离人不归，满园凄清，相思难了，如此的情景，如此的心绪，怎不叫伊人孤苦无依，寂寞难耐？

国色天香的牡丹花，从来都是以高贵的姿势，开时倾其所有，落时惊心动魄。而此时此刻，这高贵的尤物，在静寂无声的夜晚，“一夜经微雨”，被暮春阵阵冷风，吹落成零零落落的一地残红。那落地的红，虽依然鲜艳绚丽，却毅然归于泥土，刹那芳华，落尽满天风花，这决绝的凋零，似乎令庭院里栖息的春莺也感到了一丝心痛，再无啼唱的兴致。

寂寞的佳人，在寂寞的画楼里，左顾右盼地在镜前无聊地照着自己刚刚穿上的新妆。那金丝绣成的两只金凤凰在轻柔华丽的罗裙上翩翩飞舞，映衬着她那张日渐清瘦的娇颜。站在画楼上，伫立凝睇：画楼围栏外的杨柳枯黄低垂。这春残笼罩的周遭，难免令楼里的佳人

倍感忧悒，总是无可救药地陷入对情郎深深的思念之中。曾经那些缱绻缠绵的美好时光，总是一遍又一遍地浮现眼前，令她沉溺而难以自拔。回忆是甜美的，而当下却是孤苦的。

翡翠的金钿，低低地垂掩在她的脸上，那冰凉的翡翠让她感受到一丝切切的寒意直入心间。一想起远行不归的情郎，那份浓浓情牵就如百结的藤蔓一般缠绕于心，眼泪就止不住地纵横于娇靥，泪沾衣襟。已经很久没有情郎的音讯了，眼看着春燕已在社日前成双成对地飞回了故乡，可为什么她的情郎却迟迟不归呢?

相思淤积心中，烦闷难耐，她不由得发出长长的哀叹。她的叹息惊扰了楼阁下的双燕，受惊的燕儿振翅离去。春去春来，花开花落，那昙花一现的花季又能有几？无尽的等待，无尽的寂寞，娇媚的容颜在等待与寂寞中渐渐枯萎，时光一去不复返，青春亦然。

暮春将尽的景色，处处触动着佳人脆弱的心扉。寂寞等待，是生命里最初的苍老。枯守了如许的时光，或许已习惯了等待、相思、回忆、苦涩，却始终无法习惯没有他的日子。似水流年，老去的终将是脆弱的红颜，不老的却是那曾经荼蘼如花的爱恋和那些浪漫香软的情怀。

旧时的女子，那一脉柔弱的气息仿佛只为一个人娇喘。那个人是她的天，是她的地，她生命里所有的意义，都依附于那个人，以至于她们的命运都是如此惊人的相似。且看温庭筠另一首《菩萨蛮·南园满地堆轻絮》中的女子：

南园满地堆轻絮，愁闻一霎清明雨。雨后却斜阳，杏花零落香。

无言匀睡脸，枕上屏山掩。时节欲黄昏，无聊独倚门。

（温庭筠《菩萨蛮》）

暮春的风儿，飕飕地吹着南园浓密的柳枝，杨柳飞絮，纷纷扬扬，轻盈地飘洒一地，落絮成堆，宛若冰雪覆盖，一片苍茫。突然，一阵春雨潇潇而来，淅淅沥沥，惊醒了春睡的佳人。这恼人的雨声使佳人顿生愁思，“愁闻一霎清明雨”。

雨过天晴，空气清新，夕阳悬落于天际的尽头，洒落一地橙色的余晖。杏花经不起风吹雨打，已花落去，庭院里满地狼藉，“风住尘香花已尽”；却是暗香依旧，满院“杏花零落香”。

昏黄的落日，满地的落花，落红犹香，倦鸟归家，唯有斯人不归。这凄美又苍凉的意境，在愁思纷扰的佳人心里，不难想象会是一番怎样的落寞、惆怅。

“雨后却斜阳，杏花零落香。”这清嘉之句，不知迷倒多少人咏唱，模仿。词评家沈际飞赞叹曰：“隽逸之致，追步太白。”（《草堂诗馀正集》）那隽永而深沉辽远的启示，从秦少游的《画堂春》里即可见一斑：

东风吹柳日初长，雨余芳草斜阳。杏花零落燕泥香，睡损红妆。

宝篆烟消鸾凤，画屏云锁潇湘。暮寒微透薄罗裳，无限思量。

秦少游的“雨余芳草斜阳，杏花零落燕泥香”，无疑是多了几分

花草脂粉的香浓，情丝也更为细柔精致；而温庭筠的“雨后却斜阳，杏花零落香”则更显清新婉丽，浑然天成。

值得一提的是，毛泽东也曾沿用过此佳句而作《菩萨蛮·大柏地》，词中有“雨后复斜阳，关山阵阵苍”的句子。毛泽东的风格，显然是铿锵有力，气势非凡。

暮春斜阳昏黄而沉落的景色无疑是惹人思绪零乱的。佳人忧思难绝，情绪低落。她没精打采地坐在梳妆台前，默默无语，懒懒地用脂粉均匀地拍抹在脸颊上，遮掩她睡眼惺忪的倦态。整理完妆容，她依然百无聊赖，无所适从，只好倚香枕，任时光流逝，任光阴虚掷。

黄昏时分，原本是个浪漫美妙的时刻。那些“月上柳梢头，人约黄昏后”的热恋情景，不知令多少怀春的男女憧憬向往。即使这有些愁苦的佳人，似乎也有一份渴望在心间荡漾，她莫名地又起身“无聊独倚门”，想必此刻她荒芜的心扉，已随夕阳的沉落，无奈地画上了凄美的断章，心已失落成一片茫然。

素锦流年，那些生死相许不想忘：执手相依到白头的诺言，似乎都抵不过宿命的离殇。有多少爱值得回忆，又有多少情值得一生守候。弱水三千，心却是一潭枯涸。一枕蔻华，一抹相思，一缕清愁，唯有蜷缩在懈怠和慵懒里，独自吞噬寂寞的滋味，独自抚摸灵魂的萧瑟，一任芳华散尽，“寂寞香闺掩”。

第六章　花之愁·一片春愁谁与共

阮郎何事不归来

柳色披衫金缕凤，纤手轻捻红豆弄。翠蛾双敛正含情。

桃花洞，瑶台梦，一片春愁谁与共。

洞口春红飞簌簌，仙子含愁眉黛绿。阮郎何事不归来？

懒烧金，慵篆玉，流水桃花空断续。

（和凝《天仙子》）

“柳色披衫金缕凤，纤手轻捻红豆弄。”这是一个诗意的姿态，看着是情，端的是愁，说的是一个有关永别的故事。

他和她离别的那日，风晴日朗，百鸟啼叫，天气一如既往的和暖，恍若未见人心的寒凉。风越暖、情越冷，声愈脆、心愈寂。他是铁了心要离开，便是连她的脸也不去看了。他并非不知，她脸上的残妆泪痕，是她最后一个可以将他留下的希冀，他却不愿再给她任何的机会，甚至把这最后的一点希望也一同碾碎了。

终于，她的愁容一分一分化为倦色。缓缓地，她低头提一壶泪珠儿，斟四杯，放在他面前。这一壶的泪，集于玉壶，盛于琉璃盏，满满的，是她一滴一滴收集起来的胭脂烫。第一杯饮下，是浅碧莹莹的咸冷；第二杯饮下，似又苦又涩的朱砂；第三杯饮下，又滚又烫，如

噎了满喉的烟霞烈火；第四杯饮下，无色无味，许是他的肝肠被烧断了，或是她的心被烧尽了。

他终于有了丝毫的动容，第一次看向她。但见她眉尖的疲乏懒色，如死寂一般，他心下不禁一痛，开口哄道："且待吾返乡一观以解父母之忧。而后续桃花流水之时，便是吾归返之日。"其实，他并非要离弃。她予他半年的柔情蜜意，他是在意的。只是半年来常闻百鸟啼鸣，便被唤起了思归心切。怎知一向温和的她，这次百般劝留，竟是不愿他离开片会儿。他不解，亦说不动她，便将心横了。人生羁绊本就很多，他是求面面俱到之人，即便是饮下她滚烫的泪水四杯，生了怜意，但那去意，亦并未被动摇半分。

在他安静的目光中，她扶额不做声响。长久，才开口，轻声说了句："罪根未灭，使君如此。"轻轻短短八个字，声似笑、意似叹，她说完后便再没有力气。其实，她心中有的是千言万语，但这些言语，如同她的千愁万绪融于四杯泪水一般，都浓缩成这八个字，再多的，就吐不出，皆化为胸中浓血了。

事已至此，能够心死便算一种福分。怕就怕，看着光影外徘徊远去的长衫，心不死，却牵着所有梦想和绮念，随着他去了。"翠蛾双敛正含情"，她其实多么想告诉他，人生纵是有千百浮华的可能，有些东西，却是如昙花一般，一旦谢去，便再不会有了，好像他以为的离返，他以为去了还能回，如同从花前到月下么？他却不明白她翠蛾微敛的意思。他不了解其中的意，不明白其中的情，更没有深想过，通情达理的她为何这次突然不依不饶？其实，他若真的在意她，定不该不问缘由就离开。这真是去留问题吗，还是，其实是真心与否的问题？若是她告诉他，她不是凡间女子，他这一别，便是缘尽，再无相见，他还会断然离去吗？她真的很想告诉他，但是她没有。

罢了罢了，蜡炬一燃，不论是将火熄灭，还是任凭泪干，一样的都是枉然罢了。当年，他误打误撞闯入瑶台桃花洞，遇到了尚不知风月情浓的她。她好奇地唤了他的名字，阮郎，从那时起，他们的蜡烛就被划亮。而后她变得一天比一天更深情缱绻，就这么将凡心一分一寸接连托了出去，不可收拾。可就在二人厮缠时，那蜡烛也已在一分一寸地燃烧。红泪不断滴着，人尚不知晓，直至忽的一天，他从梦中惊醒，开始有了分心，她方觉蜡炬已成灰七分，最后的三分，在眼睁睁看着他离去之时，变作心泪，在心中灰化了。

“桃花洞，瑶台梦”，从此，再与世无关。桃花洞处，即便是日月常新、春色长明，但这春色将再无人共赏；瑶台上的梦，幽幽一帘，也再无人听了。

她是瑶台冰雪女，纵是思尽红尘，却也无法半身涉足。她被困在这不大不小一方桃花源里，任那春色斑斓，她不以为意，只踽踽地立在和风中，披着柳色，把玩红豆，敛着远山眉黛，不知心作何想。这番斑驳悲戚，和着春色，白白转成春愁，懒听昨宵雨疏风动，倦看今夜落花成冢，春去春来俱无踪，“一片春愁谁与共”。

而他又如何呢？

他回到家乡，觉乡里怪异。眼之所及的景色，竟一样也不认得，唯独乡口那棵参天古树还如同记忆中般葱茏。他走在街道上，试图走

出记忆中的路线，却越走越陌生、越走越心慌。周身路过的人皆是惊疑地看着他，让他好不自在。他决定一查究竟。而这一查，却让他的世界轰然坍塌。原来，此地旧地，却早已不是旧时。那瑶台半年，已是凡尘七世。往生种种，早就被历史的滚滚车轮，碾为一地尘埃。

他满腹感慨地要回来，却不料，熟悉的人世并不为他停留等候。一瞬间，万千情绪涌上心头，他既为逝去的过去而哀痛，亦为未知的未来而迷失。站在十字巷口，他泪水奔涌而下，恍惚间看见小时的笑面、亲切的古井老藤和秋千，也恍惚看见，离别时她的泪眼，是那般残破，恍若现在的他。

回去吧，去到她的身边，再不离开，世上种种已不属于他了，唯有她才为他驻守。他是这样以为的。

可是，他竟然到现在还不知道她当时泪眼残颜的含义。他不知道，当时一个转身，迈出第一个离开的步子时，就已注定，凡尘仙境，都离他而去。

所以，他当然也不知晓，她现在的姿态。

“洞口春红飞簌簌，仙子含愁眉黛绿。”他不知道，她长久地蹙着淡远的眉黛，看着春红簌簌，听桃花流水的续断，反反复复、反反复复。她只念着“阮郎何事不归来”，念着念着，金炉熄了，香盘灭了，她却懒得拨弄。“懒烧金，慵篆玉，流水桃花空断续。”一颗心空空荡荡，连愁恨，都讲不出来，空付与春色了。

整个故事，原来不过南柯一梦而已。

六宫眉黛惹香愁

金缕毵毵碧瓦沟，六宫眉黛惹香愁。

晚来更带龙池雨，半拂栏干半入楼。

（温庭筠《杨柳枝》）

愁有几多种，离愁浓至，思愁绵绵，闲愁，却是千姿百态的。离愁、思愁，都是美时良宵的余味，如同清苦，是茶叶淡雅芳香的余味，这些愁苦，总归是要先种在一片春土中才会蔓延疯长。而闲愁，却是冬日里深埋于冰天雪地的种子，也许还未曾尝到天甘玉露的温润和暖，便先僵冷了。它亦是一瓢冰凉的白水，自始至终都是一片平淡。平淡则无味，本是别无苦楚可言，但闲愁浅浅的人，却自怨自艾，生生将平淡的白水尝出了先甜后苦的味道。这苦，是自己的苦，而甜，也许不是自己的甜，而是冬日对春情的斑斓幻想吧。

想那六宫深院中的女人们，大都是这样一些闲愁之人了，于是便有了这“六宫眉黛惹香愁”。

磅礴的金銮殿后，是迤逦的后宫。后宫越深越奇、越远越冷，旁人只道是富丽堂皇、春色娇艳，殊不知这一番精彩纷呈的斑斓和香艳，是用了多少女人的香粉调制出来的。三夫人、九嫔、二十七世妇、八十一御妻，总总凡百十者，皆歌破了毕生的歌、舞尽了浮华的舞，倾尽一辈子去调制女人香，这样方能为这迤逦后宫添上小小一笔

传奇色彩。然而，尽管是这般的呕心沥血，后宫里心机费尽的女人们，却也改变不了浮沉的宿命。

浮沉、开落、反复，无尽无歇，这就是后宫女人们闲愁的来源。后宫太过深幽曲折，有一些地方，是人心去不到的，即便是有隆恩盛宠，也不过只是恰逢春天。所以，不论是一枝独秀、平分春色，还是自生自灭，人和命运总归要凋零，如同春去春来般自然。而若是将心弄丢了，那便更可怜。帝王，是心之所牵最多、最重的人，亦是离桃花源最远的人。把心交付与他，便是将心交与了落落红尘，从此忽至忽去无凭据了。

身为六宫中的一个女人，她有时会觉得，生活真是枉然。她住的地方，庭院宽敞、楼阁明浩，一旦花开，便是易见的。但，一片烂漫春红，竟是开得静静悄悄，无人知晓。半年后，忽地一朝春尽，还是无人知晓。落红一地的春暮，黯然斑驳，这份惨淡是举镜自照的愁苦，就算扑香抹粉作可怜，博得的也不过是自己对自己的怜惜罢了。枉然，枉然，真是个开也恼、落也恼，那么，这开开落落做给谁看？与其这般有所盼、有所感、有所失落，倒不如真作春色，虽也是开开落落，但毕竟会润泽大地，也会牵扯一片春意春愁，那么这年年岁岁的枯荣，便也算有了意义。

如今又是春俏，又一次地，她独自观望这张狂烂漫的春色，将之临摹于笔下，呈现的却是细细碎碎的寥落闲愁。停笔，抬头再看“金缕毵毵碧瓦沟”。那毵毵细垂的柳丝和熠熠生辉的碧玉瓦，怎么看怎么都是明媚盎然，为何落在笔下却成了寂寞？想来是心里苦恼吧。话说这六宫之中，可有不苦恼之人、不微敛之眉黛吗？

闲闲叹了口气，空中瞬间弥漫着一股香软的气息。是她自己的气息。呵气如兰，香唇皓齿，可这又有何用？如今，她连帝王日日在做些什么、去哪里过夜，连这些事，她都不知晓了。其实一开始，她是想知晓的。既想知道，便想方设法地去查探，也不难。但不知何时起，她已没了这个心思，渐渐地，便连想知道的愿望也没有了。后来，她平日里，便只散散步、读读书，春来小憩、春去葬花，就此了了度日、草草了事，唯一愈发执著的，就是对闲愁的思量，越来越习以为常了。

闲愁，不浓不烈，却悠悠忽忽地，以千变万化的姿态时而来、忽而去。有时，它携着自怨自艾的酸苦从心头涌上，让人恍惚觉得自己蝼蚁不如，既无才也无貌，更无风情万种以承君恩；有时，它披着绚烂的春情弥漫于脑海，让人尽兴地想象蹒跚搀扶至颜老色衰的执守；有时，想到六宫百艳的争奇，它又卷着妒忌和不甘徘徊在身体的各个部位，压着风雨欲来的气势，直逼人心。而此刻的闲愁，是冷冷淡淡的。

如何不冷淡呢？她几乎没有尝过真正情意的滋味，脑中种种绮思，其实大都是因虚荣善妒而来，而那些贪念，是对美好的向往，却也不过是因生活味同嚼蜡，太过让人失望罢了。

景阳楼畔纵有千条路，却都条条一面，盼临君至，是一样的风景，如同后宫千百的面孔，皆是涂抹一样的妆颜，那妍丽之下暗藏嫉恨和辛酸的妆颜。而千条路，帝王每次只能踏上一条；千百容面，帝王每次只能为一面涂抹新妆。而人的踪影，来了不会留下；人的涂抹，上了色也总会掉色。就好像她的面容，也许曾几何时也曾经涂抹过，如今新妆变旧色；也或许它根本从未妍丽过，因为等待被涂抹的面容太多，而帝王只有一双手而已。

说来可笑，皆道圣恩广布天下，但真正惠泽的，有时只能是一点方寸、一个片刻。真真不如春，一个微笑便明朗了白日，恩照九州。想到这里，她又不禁感慨，若她是春日里的一株杨柳，可有多好啊。杨柳“晚来更带龙池雨，半拂栏干半入楼”，不仅得春恩，竟比人还更亲近浩荡隆恩。看那春日里的杨柳，日间有清风朗日来温养，晚来，则披垂在龙池上，轻抚水面，微漾涟漪。龙池上一阵雨落，更润泽了丝丝杨柳。看那千万条金缕在喝饱了龙池恩润后随风摇摆，以一种醉态美姿，一面扶着栏杆，一面随春入室。一室之内，便骤然洋溢了春情暖暖、恩情软软，大是一番活色生香。

不如就做了那杨柳吧。杨柳与龙池春色的交融，正是她最初所钟的情怀，那与君恩爱，托之以心、寄之以情的情怀。她想象着，她搀扶着她的夫君，微醉地走向内室，顺手点了香盘、收了青伞，伴着月上柳梢头之夜色，半拂栏杆半入楼……

惆怅闻晓莺

花半拆，雨初晴。未卷珠帘，梦残惆怅闻晓莺。

宿妆眉浅粉山横。约鬟鸾镜里，绣罗轻。

（温庭筠《遐方怨》）

花间词，有时是一个让人遐想的故事，有时是一种清婉丽质的姿态。它有时淡妆，有时浓抹，晴时方好，空蒙亦奇，这玲珑千面，皆因一片情致，总是相宜。温庭筠之《遐方怨》里的花间韵味，是一面温润清浅的残妆，浅淡中有新色，新色里有旧颜，虽不是一个故事，姿态却也颇是动人。

“花半拆，雨初晴”，那是昨夜疏雨风骤，吹海棠、动珠帘，一夜未曾消停，直至肥了绿叶、瘦了春红，方才将歇。此时看这雨后初晴景，花间一里，被打去了半里，余下了半里。半里间，俏色湿润，如泣后的颜色，楚楚可怜的面容，想来是为这绿肥红瘦怀有一番怜意吧。

昨夜，她的梦中也是一片风吹雨，不知是她梦了风雨，还是风雨入了她的梦。梦里，她看见的东西、遭逢的际遇，旁人并不知晓。但见她脸上薄薄的倦色，便可知，她是梦仍未央，人便醒了。所以，疲倦，不是睡不够，而是情未尽，徒增胸中抑郁，心便又伤了一次、凉

了一分。

你可曾有过这样的经历？梦断断续续地做着，你蹒跚地走在梦里，虽不是什么美梦，你却不想醒来，你甚至控制自己的思维，努力将自己的影子蜷缩在一方梦中，在浓睡和浅眠间来来回回地游走。总之，千方百计地，你就是不想醒来，因为不知为何，你就是贪恋。但突然一个瞬间，你还是醒了。梦戛然而止。

当世界的喧嚣在耳边响起，你猛然回神，才发现，须臾片刻，你胸中已满怀遗憾，亦带有丝丝冰凉的伤感。为何？也许是因为，纵然是平平淡淡的梦，其中的悠然和自由，也是你一旦醒了，便不会再有了；许是因为，你太疲惫了，不想醒来；再或者，你知道，不管是什么样的梦，都是只有睡眠才能带给你，而睡眠是人之始末，人出生前沉睡，死后又长眠，它无疑有着你最熟悉的味道。

与其说，梦中流连是对于梦的眷恋，不如说，它是对于睡眠的依恋。戛然而止的梦，是一种未完成，自是让人抱憾，它却更是一种残忍，让人感受到睡眠与现实的落差。人回到世界，便又想起种种真实，大不若睡眠带来的梦，就算平平无奇，却无需清醒面对。说来，做梦、追梦，是一种睡眠康复治愈吧。

对于她来讲，从睡中惊醒，让她比睡前更疲惫几分。她想继续待在梦里，想要继续睡下去，许是因新伤旧伤累累，太需要康复治愈了。

睡中本好，梦平铺，悠悠然然，周身都是和煦安然。无奈窗外晓莺啼鸣，声声脆脆，硬是将她唤醒了。顷刻间，梦便褪成残色，剥落了去。这速度，快得让她来不及适应。她愣了片晌，方才慢慢知晓，自己已经醒了。

是时，她开始埋怨晓莺的啼翠，那让她“梦残惆怅闻晓莺”的，可爱却可恨的东西。

晓莺的啼声，本来音是好音，和着晨色，声色悦耳，传入她耳，如今却是一片惆怅。环顾四周，“未卷珠帘”，她却懒得将其卷起，因为心知，外面纵然已是一片晴朗，她却只会看见一片红瘦。心不晴，斑斓光景于她便只是一种讽刺。

又一阵风动，掀珠帘轻摆，叮叮当当之声琅琅悦耳，似是催促她描眉抹妆。也罢也罢，既然已经醒了，怎也不能是一脸倦色。她唤来侍儿，漱口、更衣，然后遣散所有人，独自来到镜前，懒懒地要着一番淡妆。对镜一看，心中却惊叹不已，镜中的面容哪里只是倦色，分明就是旧颜。昨日新妆，隔了宿，便褪得暗淡了。深幽的远山眉，经一番风雨和惊梦，变成了粉山黛。“宿妆眉浅粉山横”，她不禁想到风雨后的落红。

当时明媚鲜妍，却是落红寻觅，尸骨连着当日的绚烂，都一并给冲刷了去。冲刷了去，又能如何？人人只看剩下的半边红花，看它们雨后更显格外清新可爱，谁想到残红，它曾经亦是可爱过的。一瞬间，她又想到了人。

也许，这红花，也就是她自己吧。

“试看春残花渐落，便是红颜老死时。一朝春尽红颜老，花落人亡两不知！”

不过还好，镜中的容颜，虽疲倦，但好歹年轻，还经得起命运的几番折腾，亦有时光，可经得起痴心和执念来蹉跎。她就是赌上了她的矜持和光阴，她还未圆满的夙愿周旋，纵是被心酸、痛苦和空虚所吞噬，她仍然想要一搏。有些执念，就是让人如此，它告诉你前途灰暗，你却被蛊惑了般，痴心不改地继续向前。

妆末了，她又挽了一个松松的髻，斜插入一枚钗，再看看镜子。这个场景何等熟悉。日复一日，一个单薄的身影对镜梳妆，每每都是“约鬟鸾镜里，绣罗轻”。她无力地笑笑，新的重复又开始了。但即便是重复，她也还得继续向前。她的日子，一日不尽，一日就还深陷在她的痴心和执意当中。

她的痴心和执念到底是什么？她的夙愿是什么？这和她的梦境一样，除她以外无人知晓。也许，那是某个人的回归；也许，那是某件事的了结；也有可能，那根本就是一个心结。无论是什么，都无可见，唯一可见的就是她的姿态，那花间黯然执著、日复一日的重复姿态，凭绣槛，解罗帏。你问她今日如何，她只道，海棠花谢也，雨霏霏。

这就是她的遐方怨。

独掩画屏愁不语

落絮残莺半日天，玉柔花醉只思眠，惹窗映竹满炉烟。

独掩画屏愁不语，斜倚瑶枕髻鬟偏，此时心在阿谁边？

（欧阳炯《浣溪沙》）

《浣溪沙》的词，一如这个牌名，有着西子的韵致。其中的美，绚烂夺目，光彩却是滟潋温润的。而这万般风情，更因一份孱弱而愈发楚楚，正如同病梅的风韵，红似血色，却并不热烈；姿态偏颇，却是病态怏怏；但正是这病态，尤显一番风华绝代。

西子浣纱，是风华而宁静的美姿；浣沙的词，也就是清丽而纤弱的描摹了。浣溪沙，当欢喜而温情时，词间好似有冬日暖阳的普照；当愁怨又忧伤时，词间则弥漫熏香的艾草，闻着的是幽香，实际却是细若游丝的清苦。

这首浣溪沙的情致，就是这般雅致而清苦的。

试想一番“落絮残莺半日天”的景色。天气朗朗，时值正午，一轮明日悬在高空，散发熠熠和光，普照四地。一方庭院被染上暖色，庭中景色更显明媚鲜亮，即便是春末的将衰残景，于半日天下，也是轻灵而温暖的。看那半空飘絮悠悠，辗转难落，忽而高悬、忽而低

俯，就在这偌大的庭院半空中翩翩然然，似是在落定前要极尽繁华之舞。而落絮的旋转，又有莺啼为奏。这翠莺，在临近春歇的时节，已然是十分少见。但仅这余下的数只，也足以啼花唤月。寥寥几声鸣叫，便是显出一番阳和野绿的生气。

这番暮春的正午景象，本来黯淡，却糅了和暖，便是既静且欢喜，当真是雅致。不过这别具一格的景色，却无法唤起佳人半点精神。

她懒懒的，满脸都是睡意。从日起眉梢，至日上当头，她都是一脸倦容。似乎是，夜间疲惫却睡不着，好不容易断断续续地浅眠，却在日头刚出一点犄角时，又醒了。身疲无歇，便白白成了心累。心头负荷，至此时，她连呼吸都是悠缓的。

美人贪睡，散发出一种玉柔花醉的味道。她倚着瑶枕，作了浅睡的姿态，将周身淹没在一片氤氲的烟气中。风动拂帘，亦将摇曳的竹影投映在一方窗荧之上。借着窗格些微的开阖，隐隐可见内室的一番朦胧景色，似是浓淡有致、非明非夜。炉烟缭绕之下，忽显出一个清瘦的影子，在暗淡的光影中似是虚化了。此番景象，何尝不是雅致至极。

但，倦怠的容颜，氤氲的淡烟，这“玉柔花醉只思眠，惹窗映竹满炉烟”的情致，衬在正午一片晴朗鲜色下，便是丝丝缕缕的无趣和慵懒了。

暮春、晴色，一个人悠悠躲在生气之外、阴影之下，试问，这人会是怎样的人？谁会在生气勃勃的正午，疲惫不堪、一脸倦色呢？想必，她不是睡虫，便是惆怅倦懒之人了。

“独掩画屏愁不语”，看这姿态便毫无疑问，她定是这惆怅倦懒的人。愁，所以倦，倦却不可睡去，便只好懒倚在枕上，凝眉不语，任心下万千头绪同炉烟散漫。这愁倦，便也就跟着散漫无定，一丝晕开，化作虚无，一丝又飘出，久久地，便成就了一室的冷香，浓浓郁郁。

想拨开重重烟雾，将她从缠绵的惆怅中救出来，放置在室外的一片晴朗之中晒晒。可惜，她的身子被重重遮掩，先是炉烟，后是画屏，如同隔了万水千山般远。这远，不是路程，而是心历。她的绵绵情愁，如丝裹蝉般，将她层层包裹了。她慵懒地缩在自己的一方氤氲中，早已自成一统，不管春夏与秋冬。

人只能在远处，隔着烟雾看室内，迷蒙中，只见有谁“斜倚瑶枕髻鬟偏”。是她斜倚着瑶枕，玩弄玉酒杯。偏头颔首的举手投足，使得髻鬟偏堕，散落下缕缕乌发，她却浑然不知。是什么让她如此入迷？是她手中把玩的玉酒杯吗？玉是旧玉，杯是空杯，小小一枚，在她十指间来回转动，反复如此，这可有什么乐趣？不过是思念人的无意之举。那么，她是在思念着谁呢？“此时心在阿谁边？”

相思，有时会是一种销金蚀骨的痛楚，若是着于眼下的残缺，悠悠东水都会是绵绵长恨；相思也可以是一种痴痴傻傻的臆想，若是沉溺于过去的花月，便是一梦不起，只怕人生也就此戛然止步了；有时它也会是一种黯然的消遣，不知所念为何物，或是一个人、一种情怀，只道是幽幽怀想，想的是人生所求、情之所动，这便不过是由于现实太过落寞罢了。

她的相思，不知为何。或许，她曾经有过痴情痴心，而今相思病苦毒，她不甘故事的残缺和遗憾，于是在梦中行遍江南，欲与离人遇；或许，她只是在想念一段旧时，但愿沉溺其中，于是，度日不过了，终日困倦吧；又或许，她相思起，为的不过是一次惊鸿的际遇，一个陌生的眼神，只因日日寂寞平庸，春来春去都是无人来往，唯听鸟雀歌嗽，肃肃花絮晚，独柴荆。

忽而听得她悠悠叹气的声音。朦胧的烟气，人看不穿，不见她此刻姿态，但可猜想，她此刻定是独坐含颦，或许，又伸手折了瓶中花枝，将别在髻间，然后开始想象有一个身影会缓缓趋近，去到她面前，对她笑得温和。她问，花更美？那人却指着她，缓缓说道，此花不与群花比。于是，她便笑了。

想着想着，她又浅浅睡去了。

此时正午将过，花鸟暂歇，午睡去了。庭院仍旧是风和日暖。忽地，起了一阵暮春的风。风儿悠悠然然地从南头吹到西头，踏过径草，走到她梦中去了。

两蛾愁黛浅

竹风轻动庭除冷，珠帘月上玲珑影。山枕隐浓妆，绿檀金凤凰。

两蛾愁黛浅，故国吴宫远。春恨正关情，画楼残点声。

（温庭筠《菩萨蛮》）

唐宣宗（李忱）大中年间，女蛮国遣使来朝，进献贡品。因来朝的使者发梳高髻，头戴金冠，身披珠宝，自号菩萨蛮队。唐教坊据此制成《菩萨蛮曲》（《杜阳杂编》）。这带着浓郁异域风情的曲子，轻歌曼舞着，流入了唐时的大街小巷。无数的人心被牵动，随之浅斟低酌地哼唱起来。一传十、十传百，这菩萨蛮声声，飘入了深庭。庭中佳人远远听来，即便不见一片风雅，一汪幽幽情怀，也平白地被扰乱了。

仔细聆听，隐约可听见词中有唱，“竹风轻动庭除冷，珠帘月上玲珑影”。不知这词曲，唱的是西子居吴思越的故事，还是唱着佳人拥金戴绿却空虚寂寞的春情。

“竹风轻动庭除冷，珠帘月上玲珑影。”不太工整的对仗，些微的零乱，却恰恰应了零乱的微风，临摹了一幅摇曳的月下风景。风于竹间穿梭，不留影踪，到过之处却闻沙沙簌簌，如同空灵的歌喉，那

声声叹叹，在空中无形地游走轻撞，身后又有游丝软系，宛如轻纱般幽幽婉婉的余音。这余音，煞是把人的心跳都拖缓了。

竹风像一个心重的女子，继续绕着竹林庭院信步徘徊，一路低吟浅唱。不知不觉已是月上中天，更深露重，地上蹿起的丝丝寒凉，沿着脊背一路爬上来，让佳人连打了几个寒颤。佳人起身回屋，踩着软鞋，拾阶而上，鞋底很快让霜露沾湿了。原来，这庭院和人一般，听了太久的风声，也在风中冷却了。进屋，关门，开窗，风即刻便扑窗而入，眨眼撩开珠帘，扑上了床。一帘珠玉被惊起，叮叮当当相碰，甚是零散，将珠帘间玲珑的月影夜色也摇碎了。那月影，便星星点点地，散作光斑，洒在了床幔之间。

环顾这个房间，豪华如斯，也是少见。墙是贴金的墙，地是铺玉的地。金碧之间又极尽女子香韵，四周都是以轻纱为饰、软绸为幔，一股甜腻的晚香玉更是弥漫在轻纱幔布之间。乍看之下，还以为人已步入了桃花洞中。再一看，便叹道“山枕隐浓妆，绿檀金凤凰”。佳人已经躺卧于软榻，头上枕着金凤檀枕。但见枕上凤凰欲飞，披霓裳、戴霞色，姿态婀娜，却不见枕间人的面孔。那面容，被隐在了檀枕之间，唯有一头厚重的毵毵乌发和那羽衣下暗显的曼妙体态，隐隐昭示着她惊鸿的妆容，想来，必是风姿卓越的。

此番景象煞是奢侈明艳，却不知，女子浓重的妆容下，正双蛾紧蹙，藏着点点愁思，便是把远山黛也化作粉山横了，恰如阵阵飘来的菩萨蛮曲，它正幽幽唱着，“两蛾愁黛浅，故国吴宫远”。它讲述的是西子的故事。

越王勾践卧薪尝胆后，第一计便是美人计。有言道，“夏亡以妹喜，殷亡以妲己，周亡以褒姒。夫美女者，亡国之物也”。西施被选作贡品，似乎当时就已定下了结局，注定她会背负那些她背不起的国仇家恨。越的仇、吴的恨，一起压在她身上，这副身骨，却有金玉的包裹、霓裳的装饰，其下的羸弱，便不可见了。她浓烈的长恨，也就此一分一分冷却，成了点点嗔怨，上了双蛾眉黛。人却看不懂，只道这是一种娇嗔美态。她当然也不会解释，只是在心头反复吟道，故国远、故国遥，越宫吴宫两相遥，好似那，碧云天共楚宫遥。

其实，她真正思念感怀的，未必真是越国。只是，在身不由己的落落红尘中，她太需要一个如同故乡般宁和的存在。

而眼下这名女子，她未必如西施一般，深陷权谋的网罗，可她的确和西施一样，被珠围翠绕，却恍然如同身在冷硬的冰窖中。试猜想她的“故国”是什么，她的“吴宫”是什么。也许，她是一个深受“父母命、媒妁言”之苦的少妇，嫁与了朱门绣户或是深海侯门，那么，她的“吴宫”便是这走不出的三尺围墙，她的“故国”便是自己曾经的旧梦。当思到西施的故事，她便生了同样的怜惜。也许，她的“故国情”是对于一个过客或一种情怀的思忆，如同西施的思念一般，她思念那能给她带来归属感的种种。其实，不过是寂寞和不满罢了。

“春恨正关情，画楼残点声”，这就是那种寂寞和不满的姿态了。愁恼之人，有太多事情可以感怀，比如这春来春去，便可作一番慨叹。而来去皆是关情，只道“怪侬底事倍伤神，半为怜春半恼春；

怜春忽至恼忽去，至又无语去不闻”。于春的悲喜，交织成春怜春恨，在这深夜，扰了人彻夜。她怀揣着春恨，静静地躺在床上，听画楼外的更漏，从一声敲响，现下已敲成了四声，还差一更，便可作天明了。她想着，这更漏子，一下一下敲，一声一声响，如同残点断续，听起来俨然是一首悲歌，而奏响这悲歌的，可是花魂与鸟魂？

远处，菩萨蛮曲早已歇，她却还久久沉浸在词曲的伤愁中，仿佛那曲子，已不是奏响在教坊，而是奏响在她心间了。这曲子，虽是讲述一人的故事，契合的却是太多人的情怀。毕竟，现实总是让人不满，而多愁善感的人们，又无力对抗三百六十日的风刀霜剑，便只能，将一腔伤感酿成春恨，独自饮下，醉得一夜无眠。

湿愁红

楚女欲归南浦，朝雨。湿愁红。小船摇漾入花里。波起，隔西风。（其一）

镜水夜来秋月，如雪。采莲时。小娘红粉对寒浪。惆怅，正思惟。（其二）

一点露珠凝冷，波影。满池塘。绿茎红艳两相乱。肠断，水风凉。（其三）

（温庭筠《荷叶杯》）

三段荷叶杯，描写的是不同之人的愁苦。檀郎之苦，是遥隔乱花烟雨之苦，送娇娥；娇娥之苦，是困顿于未央寒浪之苦，思檀郎；这愁苦本身，是零乱绿茎红艳之苦，水风凉。苦是清苦，愁是浅愁，道出来，是丝丝缕缕的叹息，如烟小般轻轻绕一圈，然后就消散，但毕竟是从心底发出，这心底，怕是要比叹息苦闷得多，恰似莲花，香气淡淡，莲心却堪比黄连。苦至极，将说出来，却不过是低吟浅唱，娓娓道，声声慢。

檀郎于南浦送别娇娥。他想借一首《别赋》应景，刚要道“春草碧色，春水绿波，送君南浦，伤如之何！”却不料淅淅沥沥下起了雨，将他满腔的离情别意淋湿了。这情意，就晕开成了一团水墨，他于是以口为笔，就着这水墨，将《别赋》换成了一句朴实的描写：

“楚女欲归南浦，朝雨。”

她是南国女子，是为“楚女”。在檀郎心中，这“楚”却似乎又有其他意味。想当时，见她楚楚纤腰，回风舞雪，颇是一番自在风流，融融箫玉；后又见，她泛舟摇漾，采撷青莲，红颜欲掩，秋波欲遮，一颦一笑间亦皆是楚楚。所谓“楚女”，是她打动了人心吧。

如今，人在南浦。南浦，是送别之地，纵满眼尽是一片凄然色，加上又湿了朝雨，便更是抹去了昔日的朝暮暖色。那么他的楚楚，此番又是怎样的一种姿态？

“湿愁红。小船摇漾入花里”，虽然依旧是她泛舟摇漾的景，那花红水绿、碧波澜澜，却失了喜色，徒留一片湿冷的红艳，由乱雨的湖面衬着，如同残妆。她摇曳入花，就快要与乱红融为一片。

檀郎焦急地锁定她的身影，心中万千惶恐，就想让那远去的身影晚些消失。却偏偏，西风作了，吹起一片波澜，晃动万千花影，将她的身影很快隐没于满眼的零乱之中。他的心里，似乎有些东西，也就这么一点一点不见了。许久，他终于凄然一笑，轻吐出这离词的最后一句，“波起，隔西风”。

西风隔去的何止是一片风景，更是一段感情。种种镜头、个个片段，由西风一吹，就皆成往事。有时，事情的开端与结束，就是这么始料不及的。

将这一首《荷叶杯》掷于水中，词中娇娥的身影和檀郎的悲意，很快就被碧水卷去了。

不知多久之后，同样的秋风中，这片碧水卷起寒浪，竟然将淹没的《荷叶杯》，又从水底翻了出来。而娇娥，恰好正泛舟摇曳于湖心，见一首离词随波漾来，她将其拾起，刚一打开，便觉一阵寒凉的水风扑面而来。

“镜水夜来秋月，如雪”，不知为何，微寒的秋，本来还依稀有着红绿青碧的颜色，但此时竟是一片雪白。娇娥环顾四周，镜水、夜色、月光，眼之所及的光泽都成了雪色，如同冬景般寒凉。许是，刚才那阵水风太过突然，突如其来的凉，恍若让人以为是冬日来了。而这寒凉的水风，其实正是从那被拾起的离词中吹起的旧日情怀。

旧日，这个东西真是奇怪。有时它欢快地来，携东风的温和与朝阳的暖意。然后它踩过一段光阴，走了。一来一去，虽是始末分明，但来时去后的和暖却是不变，如同一个季度之内，朝阳几度升起、又几度落下，更改的是光影，却不变那盎然生气，总是一片明媚的；有时，它欢快地来了，带来一片缤纷。走了，成为过往，却将曾经带来的颜色，也一并带走，毫不施舍一分一毫的色彩，甚至还自私地，将它来之前本有的几分斑斓，也霸道地拿走了。娇娥的旧日，似乎就不巧的，是这样一个吝啬的过客，忽至忽去间，偷将本有的欢喜换做惆怅。

其实，本不是惆怅。想当时采莲，与谁结伴将游，上兰舟、慵歌舞，永日闲从花里度，来时浦口云随棹，罢时柳梢斜月去。那时的采莲，是整日的欢喜。人的喜色，于红处转了风流。人以碧罗团扇遮羞，却更让喜色上了眉目双颊。

此时却是，“采莲时。小娘红粉对寒浪。惆怅，正思惟”，看那

双颊粉红，风流依然，相对的却是清冷寒浪。一汪碧波，将娇媚都摇得粼粼，变成惆怅片片了。

这无常的转变，其实不过是因为旧事，徒搅了心中的思念。记得曾经有人对娇娥说过，事情的开端与结束，总是始料不及。又记得，那人对她说了这么一句后，就忽地西风大作，将一片荷塘色撩得零零乱乱。此时，西风阵阵，不似当时的狂妄，却比那时更加厉害，它吹动的不是荷塘景色，而是她心底的残屑。这心间，就这样让万千思念撩乱了。

思念，也是奇怪的东西。有时它让人甘之如饴，有时又苦若让人饮下荼毒。摇头苦叹时，娇娥已将泉涌般的惆怅思念写成了另一首《荷叶杯》，连同先前捡到的那一首，一起投入烟波之中。

一点露珠凝冷，波影摇曳。西风继续，满池塘的绿茎红艳乱成一片。岸上的望莲人和寒波中的采莲人，一同喃喃念着“白莲池上当时月，今夜重圆。曲水兰船，忆伴飞琼看月眠。黄花绿酒分携后，泪湿吟笺。旧事年年，时节南湖又采莲”。

水风凉处，人断肠。

惟愿两心相似

星渐稀，漏频转，何处轮台声怨？香阁掩，杏花红，月明杨柳风。

挑锦字，记情事，惟愿两心相似。收泪语，背灯眠，玉钗横枕边。

春夜阑，更漏促，金烬暗挑残烛。惊梦断，锦屏深，两乡明月心。

闺草碧，望归客，还是不知消息。孤负我，悔怜君，告天天不闻。

（牛峤《更漏子》）

这两首《更漏子》，总让人解成是两首纯粹的离别相思词。词中有着浓郁的当归味道，苦涩至极。丈夫戍边，妻子倚门盼君，望穿春花秋月。但每每盎然的希冀，却一再被埋入泥土，然后年复一年地，从土中滋长出更深、更重的落寞来。

“星渐稀，漏频转，何处轮台声怨？”寥廖残星几点，衬着深黑的青天碧海，别是一张黯沉的丹青宣纸图。寥落星天下，有更漏声声，一声转为两声，又转为数点，都是很快的，仿佛长长的未央之夜被剪成了一个短小片段，满涂上了寂寞和凄清的色彩。恰又，伴着断

断续续的残漏，飘来一曲《轮台》，也是断续飘忽，如同梦里清歌。屋内人闻《轮台》，生幽怨。这幽怨，在刚生出的刹那，已骤然飘越千山万水，徐徐盘旋在边疆的旱地上。只是，这幽怨，是否单单是起于异地相思？两处异地，若是共享相同的婵娟之意，倒也算天涯咫尺的情绊。但这两乡明月心下，是否早已悄悄地，有不同的梦想生了出来？

“挑锦字”的故事可知道？苏氏蕙织锦回文，赠与先迁秦州刺史、后镇襄阳的丈夫窦滔。锦回文五色交错，纵横八寸、二十九方图，其间百八四十余字，宛转循环以读之，皆成文章，略加计算，乃为诗三千七百五十余首。都道这是一番空前绝后的绝妙相思，人却多有忽略，这锦回文下的凄婉词色，其实真正隐藏的，是一颗破碎的心。窦滔有宠姬赵阳台，歌舞之妙，无出其右。窦滔将镇襄阳，携阳台赴任，后与苏蕙断绝了音信。原来，这震惊文坛的锦回文，奇才巧思如是，其实，只不过是一个女人的破碎痴心，想用智巧唤回丈夫的情意罢了。

挑锦字，记情事，情事为何？答曰：“惟愿两心相似。”六个字，道尽了一往情深的苦。情之一事，到浓时转薄的辜负，总被千百口传唱。而就在这些对“薄情薄幸”的批判轰轰烈烈地深入情爱文化的同时，一往情深的爱恨执著，却在一旁浅浅唱着酸楚的调子，将毕生的心力耗尽了，燃起点点星火，却很快“哧”地又熄灭，仿佛从来不曾燃烧过。它在还未带来热度的时候，就追着风去了。有些一往情深的人，在痴心妄想中执著攀爬，浴血前进，每走一步都是连皮带肉的痛，却依旧得不到一丝渴望的垂怜。这付出的泪和心血，经光阴的灌溉变得根深蒂固了。终于，它烙在心里最隐秘之处，成了一股苦毒的源泉，给血液灌注了苦毒的药，让人从里到外都变苦了，将说道出来，却意外地，只是这么一句短短的叹息——惟愿两心相似。要的求的，其实就是感情上的回应和平等，但这，往往太过不易。

“锦屏深，两乡明月心。”这仿佛更是述说着“愿两心相似”是何等的痴妄。说着“锦屏深”，但其实深的并不是锦屏，而是被锦屏隔开的两个世界。一往情深的人在锦屏后的世界，被想着念着的人，在锦屏外的世界。两个世界都有月亮，是同一轮月亮，但心不同，看到的月亮便不同。也许，他看到的月亮是一轮幽深的白玉，美得无瑕，于是他可以不经思考地写一句“海上生明月，天涯共此时”。但她却只能看见明月的孤影，然后写一句凄婉的“两乡明月心”。这情爱，不正是如此么？毕竟，锦回文能唤回的，其实只是人的良心和一点对旧情的难忘罢了。那么唤回的情感，能否终有平等的唱和？有也许会有的，但终究还是太难。

寄锦字，望同心，这份希冀经多个春夏秋冬，枯荣了几番后，眼看场景又回归到阑珊的春夜。这个夜里，“更漏促，金烬暗挑残烛”。屋外响着声声更漏，急促地转；屋内燃着跳动的残烛，照着一盘散漫的灰烬。这样的夜、这样的情景，仿佛亘古不变，永远是碧草、春阑、星稀、漏转，轮台怨，至于那盼望的归客呢？“望归客，还是不知消息。”依旧是，连一丝一毫的音信也没有。经久的相隔，到底是人不归，还是心不归？

情爱之中，一往情深已够苦毒，若再加上执迷不悟，那便是可怕至极。才说，有些深情能够历光阴而根深蒂固，偏偏又，添上了执迷，便更是久久地，将人禁锢在光阴的夹缝中。经久年，走不出残缺的记忆，反而让记忆带走了现在的东西，人，就成了残破的人。这样痴心的人啊，堪为情魔，让人怎舍得辜负？但却偏偏，让人白白辜负了。痛苦么？愤恨么？悔不当初么？即便如此，却依旧爱恋。这样的纠结，该怎么办呢？忍不住心中痛呼：“孤负我，悔怜君，告天天不闻。”天不闻，只送来阵阵晚风，声声作，不知人恨，强要人听。

长久的挣扎，将人折磨得筋疲力尽。终于，收泪语，背灯眠。原来最后，还是落得这样虚妄的下场。玉钗横在枕边，懒梳洗，恰似将香阁掩，懒见门外一片杏花红。心头只道，“寂寞空庭春欲晚，梨花满地不开门”。这忽去忽至的种种，还是不关心吧，终归只是虚妄罢了。这也许就是哀莫大于心死吧。

少年何事负初心

雪霏霏，风凛凛，玉郎何处狂饮？醉时想得纵风流，罗帐香帷鸳寝。

春朝秋夜思君甚，愁见绣屏孤枕。少年何事负初心？泪滴缕金双衽。

寒夜长，更漏永，愁见透帘月影。王孙何处不归来，应在倡楼酩酊。

金鸭无香罗帐冷，羞更双鸾交颈。梦中几度见儿夫，不忍骂伊薄幸。

（魏承班《满宫花》）

少年何事负初心？

好简单的一问，答案却需要经久的酝酿。也许，将疑问埋下，然后经过白驹过隙的年年岁岁，突然间，一个朝夕，这疑问结了果，但那结果，却不过是一瞬间的慨叹而已。

春华秋实不老，岁月一笔都勾销，只留琴声空缥缈。不复当初，醉时狂歌醒时笑，与君携杯，伴夜色，几多娇。笑眼醉看美人，逍遥于红尘。当时只道是，留得一缕青丝与君伴，直至天涯海角（《金缕衣》歌词改编）。如今，却是“雪霏霏，风凛凛，玉郎何处狂饮”。

霏霏雨雪、泠泠寒风，将一番又一番隔着秋水的望盼，尽数卷入冬日危翠的松涛之寒当中。这寒冷，尤是夜来，惹门外竹风轻动庭除冷；门里，则是月上玲珑珠帘，印得满屋都是斑驳的影子。这些影子，黑压压的一片，又被珠帘一晃，碎得纷飞，零零碎碎洒了罗帐香帏一个遍满。怎堪那，落满碎影的罗帐香帏，憔悴如此，就像落了胭脂的残妆，看不出它当时的风流模样。当时的罗帐香帏，溢满了酒间花畔的甜腻香气。帐中是红绣被，两两间鸳鸯，鸳鸯交颈睡南塘，时来翻红浪。现在想来，这香腻风光的“罗帐香帷鸳寝”，原来不过只是短暂的迤逦。看来，“醉时想得纵风流”，是世上大多男子的共同脾性吧。风流纵横之后，玉郎便不见，不是风流不再，而是换一处风流，狂饮酒醉，另作一个风花雪月楼。

原来，一个人的风花雪月，是可以不断的。但在那雨沾云惹的翻来与覆去当中，什么被遗下了？是一厢情愿的痴心？还是满目疮痍的记忆……

“春朝秋夜思君甚，愁见绣屏孤枕。”有些譬如记忆的东西，总是有着巨大的力量，它将人的喜怒哀乐紧紧拽住，把人心狠狠地攫住。可当这一切被人丢弃后，它很快就变得破碎。怕就怕，当记忆成了回想，只需再稍加上一点点的痴妄，它就会成为无可救药的病。得病的人，他的春朝秋夜，会从斑斓褪成青灰；他的锦绣罗屏，将从绮美变得瑟瑟。人就在时光的老去当中，和周身所有的消退一起，慢慢单薄成支离的病骨。记忆加回想，消魂无说，愁煞人。

愁绪难开，便是“泪滴缕金双衽”。难忍住，湿了袖点点，凉了心层层。双衽绽开的泪迹，如同晕开的青色旧时。那段光阴，当时犹是风华正茂的苍翠色，其下养着种种的愿、处处的心。但那苍翠，毕竟随着春去冬来而掉色了。如今，初心已负，若问“为何”，如何能答呢？莫不是，忍听一句“等闲变却故人心，却道故人心易变”，还是想听一句“人生若只如初见，何事秋风悲画扇”？

“寒夜长，更漏永，愁见透帘月影。”寂寞长恨太会见缝插针，拿什么与之抗衡？偏生寒夜长久，冷得如天地冰窖，更漏又敲得脆生，这便如同尖锐的榔头一下一下敲在冰上，寒夜未裂，裂口开在心头。心破碎，将破碎，看破碎，于是，珠帘、月影，都变成一片零散，碎不成形。在这最需人陪伴之时，陪伴之人却不在，又偏不忍心问他的去向，难不成，明知故问，非要听得“应在倡楼酩酊”，方才死心？

情爱本是美好，恨的是，其间无奈太多，不忍也太多。而这，被辜负的一往情深，正是不忍又无奈的。有时感情，即便不得善果，但若心里开阔，也可无憾。倘若用尽浑身解数去追求一个念想，爱了、恨了、痴缠了，终不得圆满，那算作输了便罢。世事输赢自古难料，何况千百年世事也参不透的情爱。可恨的是，有时明明赢了，结果却是，赢得的只是一堆虚妄，好比饥渴的人赢得一个竹篮，用它去打水，结果，费了体力、耗了精力、付了心意，换来的是饥渴更甚，还平添了不少惘然，岂不是更加不堪？有些人，看似得来了，实际却是，他们向人索取得更多。交付他们以情意，他们却用它做成一条锁链，将人牢牢套住。这一个错付，便是失足的长恨，千古唱响在情情

爱爱的悲愁和缺憾之中。

而更恨的是，这样的人、这番错付的情意所带来的悲愁，偏是经久不减。与痴无关，这份深透的影响，定要等到时间敲响了那“过去”的一声钟响，方才能雨过天晴。一段感情，若是真心实意地付出了，那么，即便是一场空牵挂，也是不可任凭人随意收回的。就好像泼水，泼在了错误的地方，但水既出，便只能静待光暖，将湿透凉透的地方，重新涂上晴光之色。

所以，付错情意的人，只能怀抱着段段愈发苦涩的记忆，在日复一日的长夜和永漏之中，翻来覆去地梦入江南。行尽江南烟水路，“梦中几度见儿夫”。睡里消魂自是无可说处，然后忽地，惆怅闻晓莺，觉来惆怅更销魂。即便如此，却还是深深眷恋着错付的孽缘。心中千般苦涩，欲尽此情，却吐不出。不是因为失去言语，而是因为太过深爱，不知该将恨如何放置，这便是，“不忍骂伊薄幸”。

寒夜长，更漏永，以单薄躯壳相抵御。彻骨的寒风冷雪中，低低地问：“少年何事负初心？”然后泪滴缕金双衽……

第七章　花之怨·倾国倾城恨有余

别恨正悠悠

春尽小庭花落，寂寞。凭槛敛双眉。忍教成病忆佳期。知么知，知么知？（《荷叶杯·其一》）

歌发谁家筵上？寥亮。别恨正悠悠。兰釭背帐月当搂。愁么愁，愁么愁？（《荷叶杯·其二》）

弱柳好花尽拆，晴陌。陌上少年郎。满身兰麝扑人香。狂么狂，狂么狂？（《荷叶杯·其三》）

夜久歌声怨咽，残月。菊冷露微微。看看湿透缕金衣。归么归，归么归？（《荷叶杯·其四》）

我忆君诗最苦，知否。字字尽关心。红笺写寄表情深。吟么吟，吟么吟？（《荷叶杯·其五》）

记得那时相见，胆战。鬓乱四肢柔。泥人无语不抬头。羞么羞，羞么羞？（《荷叶杯·其六》）

金鸭香浓鸳被，枕腻。小髻簇花钿。腰如细柳脸如莲。怜么怜，怜么怜？（《荷叶杯·其七》）

曲砌蝶飞烟暖，春半。花发柳垂条。花如双脸柳如腰。娇么娇，娇么娇？（《荷叶杯·其八》

一去又乖期信，春尽。满院长莓苔。手挼裙带独徘徊。来么来，来么来？（《荷叶杯·其九》）

（顾敻·《荷叶杯》）

清丽婉约的九首《荷叶杯》，是顾敻别具风格的小词佳作。九首小词虽各自成词，却又意境相连。从一到九，在软媚中娓娓道来，仿佛眼前有一位多愁善感的美丽女子，正向你深情地倾诉她对情郎的一片相思之苦，一片别离之恨。

都说红尘如梦，良缘似雾，而那雾里最难坚守的，莫过于长长久久的苦苦等待。对于爱，对于分离，对于思念，那些生命里无法抗拒、无法逃离的宿命，无论苦涩，无论甘醇，无论欢悦，无论悲伤，都会在聚散之间从心底泛滥成多彩的情愫，妖娆了生命，丰润了情感，诗意了人生。纵然是“别恨正悠悠”，那一份因爱而纯粹了的等待，依然会秉着“天地合，乃敢与君绝”的执念，在遥遥无期的等待中，深情地守候。

“春尽小庭花落，寂寞”时，春天已悄然褪去了浓艳，绿红皆瘦。庭院里落花纷纷，漫天飞絮，落成一地的殇，令人不忍踏花而去。一场浪漫，一场零落，一场花事，花季里那些盛开的诺言仿佛也在春意阑珊的凄风中渐渐地凋零、苍凉、弥尽。庭院深深，寂寞深深，思念深深，深几许？

在这深深的庭院里，一位娇媚的女子，“凭槛敛双眉，忍教成病忆佳期”。她愁眉紧蹙，凭栏而倚。那一弯愁眉，一抹嫣红，一缕忧伤，一掬清泪，恍若又点燃了她对相聚的希冀。望着远方浩渺的苍穹，她多想任一缕清风轻盈地摇曳，如幻如影，随白云而去，飞逾红尘樊篱，穿越千山万水，绕过长廊水榭，渡过水湄斜阳，与远方的情郎游弋于旖旎的梦里，柔柔地、浓浓地、痴痴地邂逅那一份久违的温柔。

思念总是如疯长的藤蔓，缠绕着日复一日的寂寞愁苦，直教人相思难遏。远方的情郎，你怎么忍心，让她如此思念，怎么忍心，让她如此牵挂。“知么知？”你可否知道，她已相思成疾；你可否知道，她已孤独难耐。

此刻，不知“歌发谁家筵上？寥亮”。是谁家团聚的欢宴里，传出了清脆嘹亮的歌声？那絮语轻盈，如天籁的歌声，欢悦、“寥亮”在天际流转的悠扬里。又吟唱流落，落入深深庭院，仿佛要固执地惊扰这庭院里紧锁的“寂寞”以及在“寂寞”中相思成灾的忧伤女子。

一边是“寥亮”，一边是“寂寞”，可谓几家欢喜，几家愁。欢的是团聚，愁的是别离。“别恨正悠悠”，在遥望与守望间，她满载相思，满载离愁别恨，相思难却，别恨难绝。千万愁丝静蚀娇艳，而爱却不该有恨，唯有地老天荒。

天色暗淡，夜幕降临，思念无情地煎熬着忧伤的佳人。熄了香灯，躺在绮罗纱帐里，她却辗转难眠。此刻的她，正在“愁么愁”。孤单寂寥，愁绪纷纷，怎一个愁字难了。

柳絮纷飞，百花绽放。“弱柳好花尽拆”，更有阳光明媚的“晴陌”。这难得的大好时光，为她平添了些许踏青的兴致。于是，她走出寂寞的深闺，走出郁结的心扉，在飘逸泥香的原野上，在和煦温暖的阳光下，卸掉所有的忧郁、所有的愁绪，静静地坐在田埂上。微风轻拂，轻柔而过，惺忪了暮春。微微翻卷的麦浪，柔软了花草的芳香，渲染了人间四月的芳菲。

忽然，从远处芳草萋萋的陌上，飘然地走来一位风流倜傥的翩翩少年。他“满身兰麝扑人香”，那怡人的清香，那潇洒的神情，令她迷恋陶醉，春心荡漾，春情难掩。在她娇怯的心底，情丝已微醉沦陷，柔情已熏然迷离。“狂么狂”，那狂乱，那念想，那迷情，像极了年少时她与情郎初恋时的那种痴狂的感觉。

蓦然回首，还“记得那时相见”，正值豆蔻年华，他们两小无猜，两情相悦。每一次的幽会，都充满了“胆战”、热情、喜悦与慌乱。那份心跳的感觉，至今还令她历历在目，难以忘却。

曾经的花前月下朦胧里，曾经的桃红柳绿馨香里，她与他柔情似水，缠缠绵绵，缱绻难舍。他的拥抱，他的爱抚，他的亲吻，弄乱了她的发丝，羞红了她的娇靥。“羞么羞”，她默默含羞，羞怯难掩。“泥人无语不抬头”。

“泥人”乃黏着、软缠着人的意思，这对热恋中的情侣，痴缠柔柔、意乱情迷、难分难离，如此这般地相互“泥人”，这情景，难怪汤显祖也赞叹，此喻是“好形容”。

“夜久歌声怨咽，残月”。月残如刀，万籁俱寂，夜深沉。彼此“泥人”的少男少女仍然是情意绵长。夜色似墨，愈渐深浓，相会的时光流逝得太匆匆。眼看着分离在即，几许惆怅，油然而生。远处传来了幽幽怨怨的凄美歌声，歌声婉转悠扬，隐隐约约，如诉如泣，这伤感的歌声，此时此刻，倍添离愁。

“菊冷露微微”，浓夜的露水轻洒在菊花娇嫩的花瓣上，也微微染湿了华丽的衣衫。夜浓，露浓，情更浓，浓情蜜意，忘情痴缠，忘情痴醉，终难舍。“归么归”？不知归家，不愿归家，又必须归家。

“我忆君诗最苦，知否”？那些痴迷狂热的爱恋，那些慌乱的心悸、心颤，在心里斑驳成岁华里葱郁的苔泽记忆。在疏星淡月的日子，在苦苦思念的日子，那些美妙的记忆，都成了氤氲柔情得拂不去的痕。

对他的爱，对他的思念，对他的深情，他可曾知道？是否，那份浓浓的相思，惹来两处闲愁？她把满腹的心事，柔软成“字字尽关心”的浓情诗句，洒落在泪染的红笺上，用窈窕辞章写下一世的不舍，一世的爱恋。“红笺写寄表情深”，她祈望着飞鸿达意。“吟么吟”，能让他知晓她的一片相思柔情，能让他读懂字里行间里，她缓缓吟唱的芊芊心结。

红笺是古时用作名片、请柬、题诗的一种精美的小幅红纸。白居易的《江楼夜吟元九律诗成三十韵》也以“斜行题粉壁，短卷写红笺”的诗句来表达女子对男子的怀念。

“金鸭香浓鸳被，枕腻”。金鸭香炉里散发着浓郁的袅袅熏香。碧纱床橱里，铺着凝了鸳鸯的锦衾。夜深人静，孤寂的女子，独自斜倚在香软的枕上，“枕腻”而无所适从，辗转难眠。

一天又一天，多情的女子总是在等待中度过。“小髻簇花钿”，她精心地梳妆着漂亮的发髻，眉宇间贴着美丽的花钿，为悦己者容。她总想着，或许，在某个晨曦，某个黄昏，抑或某个夜晚，心心恋恋

的情郎就会突然地出现在她的眼前，看着她“腰如细柳脸如莲”。那纤纤细腰，那娇媚脸庞，那惹人怜惜、惹人疼爱，楚楚动人的模样。“怜么怜”？情郎一定对她更加地怜惜，更加地爱怜。

“曲砌蝶飞烟暖，春半”。流年如水，时光荏苒，转眼间，又是一年春意盎然时。庭院里曲曲折折的回廊里，溢满了馥郁的花香，柳枝飘垂。蝴蝶在花丛里翩翩起舞，仿佛在演绎一阕经年流唱的蝶恋花。只是那长相守的诺言，在漫长的等待中显得有些稀薄，有些迷茫，渐淡了那犹如“春半”般风华正茂的容颜。思念，美丽如盛装的少女，芬芳如深谷的幽兰，浸入灵魂经久不散；而那如花的容颜，却在这极致的思念中一丝一缕地弥散着娇艳与芳菲。

在深深庭院的回廊里，花丛中，柳荫下，到处都飘逸着她“花如双脸柳如腰”的绰约香影。她想问情郎，这如花的娇容，这如柳的腰身，“娇么娇”？可即便她娇媚又娇艳，却无人欣赏，无人迷醉，“空一缕余香在此”，只怕待到无花时，空枝却无人堪折。

“一去又乖期信，春尽”。眼看着花开花落，又是一年的“春尽”，思念的情郎却没有如约归来，逾了归期。无望的等待令她伤心断肠。庭院里花已凋零，没有了往日的芳菲；叶已枯黄，没有了往日的葳蕤。“满院长莓苔”，可那遍地的青苔，却无人踏，只有满园的寂寞，满园的凄冷，满园的伤心。

寂寞、孤独、无奈在她心里零乱地萦绕，她唯有伤心茫然地在庭院里“手挼裙带独徘徊”。她用纤纤玉手恍惚失魂地揉搓着衣袂裙带，心底仿佛在一次次焦急地呼唤，心爱的人儿啊，什么时候你才能出现在眼前，什么时候你才能如期归来！“来么来？”这一世，你是否肯为爱驻留，是否让爱不再途经那断肠的分离？

明知相思苦，却还要苦相思；明知等待苦，却还要苦等待。或许爱就是存于心底的一份信仰，一份希望，一份牵挂，一份守候。无论是多么沉重的思念，多么苦涩的相思，多么遥远的等待，只要心里有爱，一切仿佛终都变得美好而动人。即便有怨，有恨，也是甜蜜的怨，娇嗔的恨。

红尘有爱，别恨难断。一世的等候，或许就为了独守那一份朝朝暮暮“执子之手，与子偕老”的执念。那些寂寞的思念，寂寞的经年，或许就为了维系这一世情缘，为一个人缠绵的缘，为一个人沉醉的缘。这缘，消尽容颜，消尽轮回，却无怨无悔。

这九首词，“有浓有淡，均极形容之妙。其淋漓真率处，前无古人”。（《栩庄漫记》）读罢，令人思绪难抑。每首词中，前一句结尾所用的词，都是一次漂亮的点睛。仅仅两个字，便把全词的主旨尽展。末尾的“知么知”“愁么愁”，如女子的痴吟，用叠加述着相思与无奈。妙的，还有故事情绪的百转千回，由寂寞相思，转而晴陌思春，既而忆往昔情腻，忆君悠悠，终又回到春尽的庭院，独嚼寂寞。

让九首词连贯成一的，是一个“春尽”。开篇与结尾的呼应，使九首词仿佛一篇清新而幽怨的散文，在春花散尽的庭院，弥漫。那一阕阕的清词，洒满了女子的深情、思恋、忧伤、惆怅、等待、怀想、幻想，失望……切切地令人感受到那份思悠悠，爱悠悠，恋悠悠，愁悠悠，“别恨正悠悠”的无尽感伤。

如今情事隔仙乡

帘外三间出寺墙，满街垂柳绿阴长，嫩红轻翠间浓妆。

瞥地见时犹可可，却来闲处暗思量，如今情事隔仙乡。

（薛昭蕴《浣溪沙》）

薛昭蕴，王衍时官至侍郎，擅诗词，才华出众，在《花间集》里，列于韦庄之后。据《北梦琐言》记载，薛昭蕴性格轻狂，有些恃才傲物，我行我素。每到入朝时，大臣们都端正恭敬地执笏入朝，而薛昭蕴却旁若无人地玩笏而行，口里还时常念念不忘吟唱他的《浣溪沙》词。后来，他的一位门生辞归乡里，他前去相送。临走时，门生诚恳地规劝道："侍郎重德，某乃受恩。尔后请不弄笏与唱《浣溪沙》，即某幸也。"此话一出，时人皆认为这位门生的话十分中肯，可见薛昭蕴的个性在当时是相当另类。

薛昭蕴的词少有艳情缛文，风格清丽婉转，近似韦庄。近代文人李冰若曾评论说："薛昭蕴词雅近韦相，清绮精绝。"薛昭蕴最喜弄墨的就是《浣溪沙》，几乎首首皆为佳作，且各具特色。

茫茫人海，世间百态如一个个匆匆驿动的镜头，不经意地从身旁擦肩而掠。或许你不曾留意，也或许你毋须留意，只是，有的人，会在你豁然回首间，像触电一般，让你的心莫名地颤动，莫名地眷念。

于是，你伸出双手想要抓住那霎时的惊艳，可一转身才发现，那人已消失在灯火阑珊处，没有了芳影。

无论缘浅缘深，于千万人中，眼波偶然的驻留，或许就会成为你生命里再也无法抹去的记忆。那些眉来眼去、暗送秋波、芳心暗许、私定终身的爱情故事，不就是在浩瀚的人群中，彼此多看了一眼，便平生出令人心动的美妙情愫，从此，那无法阻止的致命诱惑，就将心坠落在了那未知的爱情路上，一发不可收拾。

在树影疏离的深深庭院，落叶在轻轻地飘，花瓣在缓缓地舞，莺燕无声，似乎院中的一切都怕惊扰了帘内那位身居显赫之位的词人。庭院的围墙爬满了青青的藤蔓，一墙满满的叶，茵茵的绿，似乎在有意无意地提醒词人，春色满园，墙外风光无限。在古代，三公所居谓之府，九卿所居谓之寺。因此词中的“寺”即为庭院的意思，而非寺庙。

温柔的春风，吹动着满街绿浓欲滴的垂柳，路旁春草萋萋，繁花怒放，花香醉人。词人漫步在盎然的春色里，怡然自得，十分享受。远处“嫩红轻翠间”，忽然有一位打扮浓重、明艳娇俏的佳人，于花丛中，风姿绰约，款款而来。在宫中见惯了佳丽名媛的词人，对于民间乡野的平凡女子，“瞥地见时”乍看一眼，也不过一般般，“犹可可”自然不会多加留意，更没有“惊鸿一瞥”的心动。

在百无聊赖的时刻，在寂寞孤独的时刻，“却来闲处暗思量”这样的时刻，或许最适合回首，去拾掇生活里那些不小心滑落的碎片和浅浅地残留的一些痕迹。当那些轻浅如絮的过往，满怀深情地去细细回味时，冥冥中那些早已偷偷潜入脑海的印迹便开始恣意蔓延，发酵，摇曳出如梦如幻的缱绻情丝。

独守的时光，沉眠于渴望的边缘，闪烁的星光撩拨着如梦的期许。偶尔将孤独的灵魂，凝成回望，拂去那些纷繁恼人的尘埃，驻留心间的却是那一抹如流星滑过、如彩云飘过一般的美丽倩影。虽说是时过境迁，可那“嫩红轻翠间”不经意的一瞥，却令他愈想愈觉得惊艳无比，愈思愈觉得恍然若仙，追慕之情难以释怀。可人海茫茫，那令人迷恋的佳人，又上哪里去找呢？他后悔自己为什么会在那一刻会漠然而过，为什么会错过如此美丽的佳人。如今，佳人不知身在何方，他们之间，就恍若隔着缥缈的仙境，或许那娇媚的佳人原本就是一位不小心坠落凡尘的仙女，只怨红尘擦肩，造物弄人，错过了佳人，错过了佳缘，情缘难再续，“如今情事隔仙乡”。

自古那些艳绝尘寰的红颜，不是每个人都有幸相遇。词人遇见了，却没有好好把握，令他遗恨难休。或许正是如此，他才倍感佳人难得，更加地痛惜那些倾国倾城的绝世佳人：

> 倾国倾城恨有余，几多红泪泣姑苏。倚风凝睇雪肌肤。
>
> 吴主山河空落日，越王宫殿半平芜。藕花菱蔓满重湖。
>
> （薛昭蕴《浣溪沙》）

不管倾城倾国也好，红颜祸水也罢，她其实只是想像一个平凡女子一样可以和深爱的人一起在西子湖畔泛舟终老。可为了少女那份痴心的爱，她宁可让她的爱人将自己亲手送去吴宫，以她那冰肌雪肤的绝世娇容，祸乱吴国。她就是素有“沉鱼”之貌的浣纱女西施，为了复兴越国，她的爱人范蠡，狠心地牺牲了她。

富丽奢华的吴宫，在西施眼里却是一片凄凉。人前，她强颜欢笑；人后，她以泪洗面。吴王夫差对她百般疼爱，用尽一切方法来博取她的芳心。秉性温柔的她也终是抵不过夫差捧上来的一颗炽热之心，她无法狠心将它摔碎，更何况，她原本就是被送来迷惑夫差的，这令她常常陷于两难的境地。

夫差对西施日渐沉迷，宠爱之至。她不知道要如何告诉他，她是使他亡国的女人；她更是一件被人利用的玩偶，像商品一样被送来送去。那绵延的战火与她无关，可她却要承受战火带来的无法承受之重，越国、吴国、范蠡、夫差，一切都令她感到痛苦揪心，这形同地狱一般的处境，她该怨谁，她又该恨谁，她又该如何抉择。然而她终究还是没有忘记她是一个越女，她更无法忘记那个初恋的情人，吴国也终于亡于她手，“山河空落日”。

当一切尘埃落定，她已是曾经沧海难为水。她迎来了范蠡，但却不知道是该爱他还是恨他。她没有与他在“藕花菱蔓”的西子湖上泛舟，尽管她已期盼了二十年。她走到越王勾践面前，请他赐她一死。

死，于她已是最好的选择，只是她终放不下心里那些萦绕的千愁万恨。范蠡负了她，她负了夫差。那个强盛的吴国因她而灭，而如今胜利的王者勾践却想要杀她，因为他怕越国也会亡于她手。权谋政治，从来就不计道德，只以成败论英雄，而无辜的红颜只能沦为强权者的牺牲品，真可谓“自古多情空余恨”，“倾国倾城恨有余”。

千万恨，恨极在天涯

千万恨，恨极在天涯。山月不知心里事，水风空落眼前花。摇曳碧云斜。

梳洗罢，独倚望江楼。过尽千帆皆不是，斜晖脉脉水悠悠。肠断白蘋洲。

（温庭筠《望江南》）

这是一首清雅隽永、情致深远的词，邂逅它，就如同邂逅一位久未相逢的友人，为你讲述着一个温柔而充满幽恨的爱情故事，听着，听着，你也就成了故事中人，共享那流水落花的爱恨情愁。

人生倘若心无所系，则梦时萧瑟，醒时落寞；倘若心有所系，又怕爱之愈深，恨之愈切。“花自飘零水自流”，月该缺时缺，该圆时圆。曾经的诺言依稀还在耳边回旋，人却早已杳如残雪消融，不知流向了何方。无论是泪雨如丝，还是愁楚满腔，那些流连孤寂的情愫，那些依稀伤怀的执著，那些空望伤情的牵盼，在思念的末端天长地久地浓缩，一路无声地踩着伤痛，化作“千万恨，恨极在天涯”。

世间的恨，有千种万种，但最令人恨得柔肠寸断的，莫过于那令人朝思暮想，浪迹天涯的不归人。这恨是爱极而生的恨，是相思成灾的恨，是等待成殇的恨，是心碎无奈的恨，恨至极致，恨至天涯海角，恨得干脆利落，动魂溅泪，“惨境何可言”。（沈际飞《别调

集》）

岁月有序，日升日暮，娇艳终将萎黄，花样年华也终将褪色，伊人也不再香茗才情、簪花模样。那些流逝的恋情，抓又抓不住，留又留得苦。人世间最漫长的煎熬莫过于等待，遥遥相距，清辉咫尺，心却天涯，无语凝噎，空对缁尘绮陌。人生自是有情痴，此恨不关风与月，“山月不知心里事”。

曾经，他是她花季时最美的梦，令她甜甜地沉醉于红尘的万千旖旎；如今，他却是她沾满眼泪的梦魇，令她沉寂于流年的遍野哀伤。独自坐在幽凉的月光下，轻瞑笼寒，天涯望处尘音断，心事无人诉。那悬挂山边的月亮，抚她一身清冷，却不知她的心里有多么的凄苦。湖水轻轻荡漾，卷来阵阵寒风，恁是把一地的落红吹落眼前，让她破碎的心亦如落花一样在心间凌乱坠落。

举头是“山月”，低头是“水风”。山月、水风看够了人世的冷暖沧桑，可偏偏就看不懂她的“心里事”，不由得令她心下生出几许抱怨，她抱怨山月偷窥她却又不懂她的心事，她抱怨水风故将落花撒在她的眼前，勾起她无尽哀怨。山月、水风不能善解人意，不能体谅她的孤独忧伤，这何尝不是在暗指那远游的情郎不解风情，不怜惜她相思情愁的苦涩。

那水风吹落的“眼前花”，开时娇艳，落时凄凉，分明演绎的是一场与她息息相关的花事。与其说她怜花惜花，还不如说她是在怜惜自己芳华易逝，容颜易老，一如这空落眼前的花，悲戚而哀婉。这情景，又怎能不撩起她耿耿于心的怨恨，像幽灵一样在心中游荡，令她

惶恐怅然，无所适从。“思悠悠，恨悠悠，恨到归时方能休。”这幽苦的境地，就如徐士俊的冷评：“幽凉殆似鬼作。”

寒凉的夜，从来就不适合忧伤的人用来抚摸伤痛。她原想把一切的爱恨细拧成绳，牢牢地扎紧，尘封于心。然而，当她辛苦夯埋的心栏遇到生命里那些无法剪断的缕缕情丝，她的心又无可救药地覆没。其实她从来都无法封存心中的离恨，那些爬满爱与恨的藤蔓，早就将她勒得满身伤痕。眼见那碧天的暮云在天空中悠闲地飘游摇曳，她多想自己也能身似浮云，人如飞絮，自由自在地在天地间飘荡，不必日日锁深闺，日日恨忡忡，苦苦等待那个四处云游的薄幸郎。

思念令人黯然销魂，等待使人愁肠百结。对爱人缱绻的深情，不是惊鸿掠影的轻浅，而是深入骨髓的钻探。青黛蹙三千，憔悴了执念，清瘦了娇颜，凝泪的目光纵然穿越千重雾，望断万重山，也要等到他的归来。

人生须臾芳华短，别时容易见时难。爱恨之间，那饮不尽的闲愁，剪不断的相思，终是以等待的姿势将期盼盈满眼眶。年复一年，日复一日，她几乎每天都是匆匆地梳洗完毕之后，便独自登上望江楼，倚栏眺望江面上从远处驶来的艘艘船帆，因为她始终笃信，也许哪一天，哪一艘船就会将远行的爱人带回她的身边，与她相聚。

她满怀期盼地望着江面，每每驶来一艘船，她即引颈瞭望。船渐行渐近，她的心也揪得越来越紧，可是当船临近了又渐行渐远时，她又失望地收回视线，独自神伤。希望又失望，失望又希望，反反复复，不断地纠结着她，折磨着她，可她仍然没有绝望，仍然一如既往地目光投向远方，投向那一艘艘的孤帆远影。直到轻舟已过，“过尽千帆皆不是”，她依然痴迷于她的执念，望穿秋水盼归来。

俞陛云说：“‘千帆’二句，窈窕善怀，如江文通之‘黯然魂消’也。”（《唐五代两宋词选释》）江河烟沙、帆影渐远，看着千帆过尽，只留下她空对离愁。“过尽千帆皆不是”的苦苦等待，希望与失望的巨大落差，都无法改变她固执的祈望，可想而知她的内心是多么孤寂，以至于要如此极端地盼归。这不禁让人想到舒婷的《致橡树》：“与其在悬崖上辗转千年，不如在爱人肩头痛哭一晚。”这痛快而决绝的离恨，倘若能穿越千年，或许就不必等到“过尽千帆”，心中早已是别样的风景。然而旧时的女子，她们别无选择，她们唯一能做的除了等待，还是等待。

夕阳西下，一早就怀揣着一腔满满希望的她，随着落日的渐渐沉落黯淡，她的希望也慢慢坠落谷底，失落忧伤写满脸庞，就连那落日的斜晖仿佛也十分同情这个痴情的女子而脉脉含情地望着她，不忍离去，慢慢地收敛余晖，那悠悠流不尽的江水，也如女子对爱人绵绵的柔情和斩不断的思念，终是离愁无穷尽，“肠断白蘋洲”。

恨重重

梦觉云屏依旧空，杜鹃声咽隔帘栊，玉郎薄幸去无踪。

一日日，恨重重，泪界莲腮两线红。

（韦庄《天仙子》）

“天姥连天向天横，势拔五岳掩赤城，天台四万八千丈，对此欲倒东南倾。”（李白《梦游天姥吟留别》）几千年来，因为这首名诗的流传，天姥山已成为人们无限向往的人间仙境。在这个神奇的仙境里，流传着很多美丽的神话故事，如“刘阮遇仙”。韦庄的《天仙子》，讲述的正是关于“刘阮遇仙”的爱情故事。

天姥山由刘门山、细尖、大尖、芭蕉山、拨云尖、莲花峰等群山组成，沟壑险峻，重峦叠嶂，气势磅礴。据《幽冥录》记载，在东汉永平五年（公元62年）的一天，有两个叫刘晨和阮肇的少年不远千里来到天姥山采药，不慎在茂密的深壑中，迷失了方向。

在他们抖尽粮袋、“饥馁殆死”、奄奄一息的时刻，他们忽然发现在“绝岩邃涧”上，有一棵结满桃子的果树。于是他们竭尽全力“攀援藤葛”，摘得果子充饥。当他们在溪边取水喝的时候，他们发现水里漂浮着一些胡麻饭，他们想，这里一定有人居住。于是，溯流而寻，行了有二三里远，在溪边的桃花丛里，他们看到了两位姿质妙绝、美若天仙的少女。她们一见刘阮二人，就像非常熟悉的朋友一样，笑嘻嘻地直叫出他们的姓名：“刘、阮二郎为何晚来也？”刘阮二人大惊，还没等他们反应过来，已被两个妙龄女子簇拥着走进了桃花掩映的桃源洞里。

在流水桃花香满涧的桃源仙境，两位少年与两位仙女顿生爱意，坠入爱河，并结为夫妻。没过多久，刘阮二人惦记家人，便想要归家。热恋中的仙女自是不舍，苦苦挽留，他们盛情难却，只好作罢。半年后，“气候草木是春时，百鸟啼鸣，更怀悲思，求归甚苦”。（刘义庆《幽冥录》）两位少年越发思乡心切，善良的仙女只好同意他们回去，并依依相送。花开洞口，无时不在，而水到人间，却无复有回时。仙女无奈地与刘阮二人在溪边作别，心知往后的岁月，没有爱人相随，恐怕也只是良辰美景虚设了。

刘阮二人离开后，两位仙女终日沉溺于思念之中，只能在睡梦中与他们欢爱缠绵，而梦醒之后，眼前除了那用云母镶嵌的精美画屏，已再无情郎的身影，四周显得空旷而寂静。虽是别有洞天，却春光寂寂，月色茫茫，心中的忧愁无边无尽。

窗外不时传来杜鹃凄婉的啼叫，声声如诉如泣，仿佛在为她们呼喊郎君“不如归来、不如归来……”两位“薄幸”的美少年，一“去无踪”，再无音讯。时间“一日日”地流逝，对郎君的幽怨也日渐“恨重重”。不食人间烟火的多情仙女，她们是多么渴望得到人间的真情，享受爱情的甜蜜，可这到手的爱情，却偏偏是如此的短暂，怎不叫她们幽恨难绝?

情郎远去，宛若晓露风灯，易于零落，悠悠仙梦，乃与尘寰相隔，此生想必已无处寻访，可仙女们却依然祈望情郎能回心转意，能再度归来，回到她们身边，与她们重温琴瑟和鸣的甜美生活。耳旁杜鹃那一声又一声的哀鸣，不禁令她们粉脸泪下，“泪界莲腮两线红”。“泪界”比喻泪水双流而印下的两条泪痕，“词用‘界’字，始于韦端己（韦庄）《天仙子》‘泪界莲腮两线红’，宋子京《蝶恋花》效之云：‘泪落燕支，界破蜂黄浅’，遂成名句。”（《雨村词话》）

刘阮二郎的离去，令两位仙女十分难过，终日以泪洗面。后来她们的姐妹知道此事后，纷纷前来陪伴安慰她们。

> 金似衣裳玉似身，眼如秋水鬓如云。霞裙月帔一群群。
>
> 来洞口，望烟分，刘阮不归春日曛。
>
> （韦庄《天仙子》）

一群“霞裙月帔”的美丽仙子，飘然相聚在云雾袅绕的桃源洞口，陪伴她们两个伤心的姐妹，一起等待刘阮二郎的归来。她们的霓裳如金色朝霞熠熠闪烁，肌肤如无瑕白玉润泽光滑，眼眸如清澈的秋水晶莹剔透，云鬓如厚重的乌云浓密飘逸，惊艳之至。

“霞裙月帔”是古时贵妃、贵妇们穿的帔肩，绣有花卉，长及膝盖，色彩鲜艳夺目。裙、帔上面分别绣着精美的朝霞和明月，看上去十分华丽高贵。

春日里阳光明媚，春风和暖，桃源里芬芳四溢，花香袭人。山涧流水潺潺，山崖上飞流直下，恍若笙簧奏鸣，余音袅绕。水面粼粼皱碧，花丛灼灼殷红。一群群仙女翩然而至，这如诗如画的浪漫景色，无论谁看到都会熏染如醉，流连忘返。

汤显祖认为韦庄的几首《天仙子》都属上乘之作，唯有这一首显得比较草率，缺乏深度，“岂强弩之末，江淹才尽耶”。然而，李冰若却认为：“此首正合题目，唐五代词词意即用本题者多有之，似非强弩之末也。”（《栩庄漫记》）此所谓仁者见仁，智者见智。但无论如何，这首词的内容与词牌名的寓意是十分吻合的，且用词浓淡相宜，美不胜收，就如况周颐所说：“韦词运密入疏，寓浓于淡，如《天仙子》‘蟾彩霜华’、‘梦觉云屏’……非徒以丽句擅长也。”

韦庄的词到此已戛然而止，而刘阮遇仙的故事还没结束。

刘阮二人回乡后，发现家已无处可寻，唯有离家时种下的那株小树苗，竟已长成了参天古树。原来仙境半年，人间却已过三百年，他们与家乡人已形同陌路。于是他们决定重返桃源，与两位美丽的佳人团聚。晋太元八年（公元383年），他们又回到了天姥山桃源。可此时，两位仙女已被狠心的玉皇大帝化成了双女峰。悲痛欲绝的刘阮二人在桃源搭建了一间茅舍，种药施医，与双女峰相伴到永远。

刘阮遇仙的美丽传说，给古代文人墨客带来无数灵感。在灿如星河的古诗词里，涉及这个传说的就多达上千首。韦庄、白居易、元稹、司马光、欧阳修等著名的诗词大家，都情不自禁地将古老而浪漫的传说渗透到了自己的诗词中，并赋予了各自不同的韵味，就如把一幅神奇的水墨丹青，注入人仙爱情的山岚之气，融进千百年悠悠的时光里，令人们遐思无尽，感慨万千，生生不息地传诵着这个美丽而伤感的爱情故事。

杏花凝恨倚东风

翡翠屏开绣幄红，谢娥无力晓妆慵，锦帷鸳被宿香浓。

微雨小庭春寂寞，燕飞莺语隔帘拢，杏花凝恨倚东风。

（张泌《浣溪沙》）

品张泌的《浣溪沙》，要把自己当做一名手执画笔的临摹者，在五彩缤纷的调色板上，精心地调配出艳丽的色彩，然后再一笔一笔地细细描摹。那画中的玲珑曼妙，自会在扼腕抬手间，从笔端浸入心扉，涂沫出一幅惊艳的水墨丹青。

落笔，即是“翡翠屏开绣幄红”。一抹绿，一袭红，慢慢地匀染开来。那绿是清澈剔透、浑然天成的绿，是翡翠独有的绿，镌刻着青山绿水，花草树木，镶嵌在木骨的屏风上，蜿蜒展开，像一脉绵延起伏的小山，横卧在佳人的床橱前，映衬着垂落床前的那一幔猩红色的薄纱绣花帐帷。

屏风折叠，纱帘卷起，红色帐幔里露出佳人倦怠的娇脸。她慵懒地起身，盘坐在床边，睡意朦胧，精神不振，想必是夜里心绪零乱，辗转难眠，无好梦。床上零乱的鸳鸯被，还散发着隔宿的残香，“宿香浓”。古时的熏香被，有为男女欢娱助兴的意味。可此刻，熏香的被衾，无人共眠，兀自残留一缕余香在此，佳人的心情，免不了寥落、寂寞、凄凉。

日光从爬满藤蔓的窗外洒进香闺，落在翡翠精美的花纹上，折射出耀眼的光彩。佳人懒懒地坐到梳妆台前，“谢娥无力晓妆慵”。她没有雅兴认真地去描绘那一弯楚楚动人的黛眉，只是随意地轻轻一扫。描眉对女人的妆容是十分重要的，当年的殿脚女吴绛仙，就是因为一对眉毛画得好而得到隋炀帝的宠爱，并独享画眉专用的“螺子黛”。那名贵的黛色，产自波斯国，在当时，可是价值不菲。

扫完眉，她打开一个精致的镜奁，指尖轻轻蘸出一抹红，点在唇间，她甚至懒得用纤纤玉手去慢慢揉开那一点朱红，只是上下嘴唇轻轻地一抿，淡淡的朱色便温温润润地匀开了，模糊了红唇的菱角，有些散漫，有些漫不经心，微微透着佳人落寞的心绪。

“谢娥”泛指大户人家的美女。从香闺里华丽的翡翠屏、绣帷、鸳鸯被、熏香，可以看出，词中的美女，定是一位贵族家的千金小姐，生活环境十分奢华，可她却柔弱无力，不整晓妆，可知她内心深处是何等的幽怨、哀伤。

窗外下着淅沥的春雨，“微雨小庭”冷冷清清，更显深深庭院的“春寂寞”。燕子在屋檐下双宿双栖，相依相随。隔着帘拢，佳人听到了它们恩爱的莺莺燕语，对比自己形单影只的孤单模样，她心下不禁黯然神伤，备感孤寂。

春风化雨，一汀烟雨洒过，湿染了杏花。雨细杏花更香浓，那馥郁的芳香沁人心脾，可浓香吹尽之后，即是无尽的憔悴与凋零，“杏

花凝恨”，无处避春愁，正如佳人无法排遣心中的空虚与寂寞。人亦花，花亦人，这苍凉的宿命，从来都是天注定，难违拗，唯有无奈地“倚东风”，将那份“凝恨”怨愁倚于风中，任凭风吹雨打花落去，伊人无力，杏花残。

一幅优美的彩墨丹青终以凄美的色调收场，而那画中蕴涵的孤寂与悲凉，却令人久久难以搁笔，令人总想为画中的佳人增添一点明丽欢悦的色彩。可古时候的女子，在封建礼教的束缚下，闺房几乎成了她们全部的世界，无论生活多么奢华，精神上却没有任何的依托，生活枯燥乏味，年复一年，日复一日地重复着昨天的日子。如此苍白的日子，又何来明丽，何来欢悦？那百无聊赖的心绪，常常使令她们陷入烦闷孤苦之中而幽恨绵绵。

来瞧瞧这位午睡初醒的佳人吧：

偏戴花冠白玉簪，睡容新起意沉吟，翠钿金缕镇眉心。

小槛日斜风悄悄，隔帘零落杏花阴，断香轻碧锁愁深。

（张泌《浣溪沙》）

她带着一丝浅淡的倦慵与恍惚，从午间的睡梦里悠悠醒来。白皙的玉腕，轻拢秀发，秀发上白玉簪微微松动，拢不住发髻上那一朵娇艳的花冠。花冠偏斜，懒懒地倚在脸庞，别是一番风韵。许是心情不好，她也懒得去梳理。那金缕束绕的翡翠花钿，随意地垂落在眉心，在紧蹙的黛眉间，轻轻摇摆。

又是一个“三步不离闺门”，单调而空乏的日子，这样的日子，她早已厌倦。一个怀春的少女，她原本应该活在爱情里，活在青春年华的欢歌笑语里，可重门深锁的大院，却把一切旖旎的风光都锁在了门外，她只能待字闺中，等待许嫁。虽然她也无数次地幻想过心里渴望的爱情、婚姻，可命运终究不由她来掌控，一切的美梦，都只能交给命运去定夺，不容她去理论。她只能囹圄于深闺的井中天，一天一天地打发着一成不变的日子，虚度光阴，等待命运的安排。

庭院里，小槛危立，斜阳透过树梢洒落一地斑驳。轻风悄悄掠过，摇曳满树杏花，红稀绿少，香消叶绿，“隔帘零落”，落絮轻染绣帘，点点殷红，淡淡花香，几许凄凉暗暗浮动。那“断香轻碧”，落红阑珊处的苍凉，不正是青春苍老后的风景吗？这风景，撩拨着伊人的万缕愁丝，幽恨难抑。

“寂寞深闺，柔肠一寸愁千缕”，这染指年华的寂寞，带着梦想，带着伤感，在暮春里蔓延着，像风的指尖，轻轻地划过凝愁的脸庞，锁住了满脸的清愁和一帘的惆怅。时光在无边的寂寞里悄然流逝，梦中的情愫迈不开囚囿的步履，空洞的双目望不穿瑟瑟的未来，青春在流星下不经意地淡去容颜，流逝在沧海桑田中，“锁愁深”。

有恨和情抚

烟雨晚晴天，零落花无语。难话此时心，梁燕双来去。

琴韵对薰风，有恨和情抚。肠断断弦频，泪滴黄金缕。

（魏承班《生查子》）

迷迷漫漫的烟雨，细柔地飘着，那轻曼，那娉婷，那柔软，和着漫天零落的花瓣，裹一袭淡淡的幽香，在天地间悠悠地轻舞飞扬。那绰约的风姿缥缈而迷离，令屋檐下听雨的佳人，凝目沉醉。烟散，雨退，嫣花在烟雨里，舞尽最后的妩媚，散尽最后的芬芳，默默地零落成一地残红，化作香尘，凄美地逝于风中。

这霎儿雨，霎儿晴，烟雨乍晴的黄昏，这雨后凋零的景象，免不了又让这豪门深宅里多愁善感的佳人触景伤情，浮想联翩：那些飘零的花儿，不正如她一天天苍白的日子里零落的绮丽梦想和姣美容颜吗？

风雨停了，花儿谢了，梁上的燕子双双对对，而佳人却茕茕孑影，思念的人儿也不知身在何方，此情此景，她心中翻涌的凄楚惆怅真正是无以言说，“难话此时心”。而“此时心”正是对燕子的艳羡之心，微妙而玲珑，“亦为弄姿无限”（《柳塘词话》），就如俞陛云所评“此词上阕花落燕飞，有《珠玉词》‘无可奈何花落去，似曾相识燕归来’之意”。（俞陛云《唐五代两宋词选释》）想必晏殊这流芳千古的佳句，灵感正是萌发于此，难怪黄昇在《花间集注》里说：“‘难话此时心，梁燕双来去’二句，隽语也，隽不在言，而有不尽之意。”

向晚，风，柔柔地，带着些微落红的残香，不时飘进佳人的香闺。那淡淡的馨香，透着几分淡淡的清愁，就如香炉里燃尽的熏香，香魂绕于空中，“薰风”醉人。佳人、黄昏、残红、馨香、清愁……这香软婉约的景致，这愁思纷扰的心境，对于佳人来说，想必是最适合抚琴，“琴韵对薰风”，用那空灵的曼妙之音来倾诉心中的无限怅惘和无尽幽恨，“有恨和情抚”。

佳人缓缓地坐在琴前，抬手，皓腕若凝脂，玉指轻弄筝弦，衣袖翻飞若舞，恍若蝶翼颤动。那清澈悦耳的琴声在绕指间缓缓溢出，时而轻缓柔曼，如行云流水，蝶飞凤舞；时而急促凌厉，如风雨飘摇，如珠落玉盘；时而如梦，如幻，如烟，如雾；时而如红雁翔空，如燕剪春风，如鹰穿柳浪……丝丝入扣的琴声，在佳人修长的玉指下起伏跌宕，翻云覆雨，那缠绵悱恻的柔情、思念、幽怨、离恨从心间倾泻而出，余音绕梁暗尘起，柔美而悲戚，浩渺而苍凉，直教人动魂溅泪，怅然而泣。

佳人沉醉在撩人心魄的弦音里，忘情而激动，狂乱的心绪，一发难收，高亢断肠处，频频拨断琴弦，“肠断断弦频”。看着那砰然断裂的琴弦，她的心中止不住泛起阵阵酸楚，泪如雨下，点点滴滴，滴

落在金丝织就的裙袂上，湿染出一片深深的泪痕，就如心底疼痛的伤痕，仿佛怎么也无法拭干。

思念情郎的佳人，因花落而伤感于逝水流年，容颜易逝。伤心处，心事无从诉说，也难以诉说，于是沐熏风，将心事付瑶琴，琴随心动，心随琴动，纷乱的芊芊心事在琴弦上狂乱起舞。情殇而弦断，那凄然不详的断裂，令佳人的心也随之断裂，恨不能断了那三千痴缠而了无盼。肠断而弦断，弦断而心裂，心裂而泪流，佳人的离愁别恨至此渲染到极致，“怀旧而兼悼逝，殆有凤尾留香之感耶！”（俞陛云《唐五代两宋词选释》）

“有情和恨抚”，漫长的等待，苍老了容颜的女子，千载而下，又岂止她一人呢？

寂寞画堂空，深夜垂罗幕。
灯暗锦屏欹，月冷珠帘薄。
愁恨梦难成，何处贪欢乐。
看看又春来，还是长萧索。

（魏承班《生查子·寂寞画堂空》）

深夜，月光皎洁，那如霜的银灰透过画堂薄薄的珠帘，落下一地的悲悯。空寂的画堂，烛影摇曳，灯火昏暗，那熔熔点点的烛泪，仿佛在为谁相思，为谁愁楚。华丽的锦屏依墙斜靠，默默地陪伴着倚窗望月的佳人，在夜的凄寂里，凝眉遐思，那一潭深陷的碧波秋水，仿佛暗浮着无限的孤寂与愁恨。

月冷帘薄，残云黯淡，星光依稀，一如梦里摧损的落花，花落几多，哀怨几多，“愁恨梦难成”。夜漫漫，睡难眠，泪眼模糊了视线，朦胧了夜色，柔肠寸断，却难断对斯人的深情爱恋。一天天孤苦难耐的日子恍若白驹过隙，怎堪风华逝、红颜老，短暂的青春，在浮光艳影里，淡然失色，她却甘愿为他作茧自缚，画地为牢，而他却不知在谁的温柔乡里，醉卧芳姿，“贪欢乐”，那些死生契阔，海誓山盟，从来总是奢望。

原本两个人的舞台，两个人的世界，如今却只剩她一个人，在冷月下，在黑夜里，忧伤独舞，独自痴守那一季又一季的春去春来，花开花落；独自弹拨那一首又一首的高山流水。弦切切，韵依依，昔日缱绻身旁的知音却无处寻觅。春去秋来，那漫长的等待，使如花的娇艳在芬芳中寂寞、凋零。那长长久久的孤单岁月，终是看不完流水落花的瑟瑟风景，终是“长萧索”。

落花，伤了流年，红颜印满凄凉，清泪湿了相思。爱一个人久了，心会醉；恨一个人久了，心会疼。也许一辈子的等待，也挽不回一个美丽的转身，也许一辈子的恨，也依然因爱而终结。所谓海枯石烂，所谓地老天荒，不过是烟雨红尘里无奈的传说，唯有宿命才是生命里永远无法更改的永恒，无论是爱，还是恨。

第八章　花之殇·离魂何处漂泊

何事行人最断肠

南内墙东御路旁，须知春色柳丝长。

杏花未肯无情思，何事行人最断肠。

（温庭筠《杨柳枝·定西番》）

淡淡的伤春离别萦萦围绕，温庭筠就这样将那些一片一片漂泊孤离的魂魄托付给了这春色中最销魂的丝丝柳枝。只言片语的四句小词，不知飞卿创作风格的人们，极易在初读的瞬间将它扣上“七言绝句”的名号。然，温公却能依着这只言片语的浅唱低吟，引得漫天的行人情思随着这柳色的沾染，逐渐成为最断肠的思念。

思念这件小事，有时候是无关风的缠绵，花的煽情，雪的浸染，月的氤氲的。它属于某种自然而然的境地，带着最漫不经心的执念在每个人的心底绽放出噬人的罂粟花。这样的思念不一定非得要带着沁人心骨的灼热感，时时刻刻都惹得心中的感情有迸发的念头。大多数时候，人们都只是把思念藏着、掖着，唯恐他人窥视到其中的软弱无力，寻觅到之间的战战兢兢。直到，周遭事物的无意中牵扯出缠绕其间的枝枝蔓蔓，故意触碰到覆盖其中的丝丝缕缕，那份思念才再也无法安然以待，寂静而安。这样的事物可以是故人用过的一纸一笔，也可是一起赏过的一书一画，当然也可以是这里的一条柳丝，一朵杏花。

“南内墙东御路旁。”本应是“廊腰缦回，勾心斗角”的兴庆宫墙，却因这被春色染黄了的柳丝绦绦，生生地勾勒出一抹柔媚可爱来。只是这样的柔媚婉转，不仅没能够引出行人的侠骨柔肠，反倒带出了他们最断肠的离思之情，从而坠入无限的惜别之境。

似乎又忆起了，那年，十里长亭外，杨柳飘絮中，友人三步一回头的眷念，他们久久不肯收回的视线，连同友人手中那枝代表挽留的柳枝，仿佛要将这世上最为断肠的情感抒发殆尽一样。若非死别，绝不生离，而今却只能无可奈何地望着友人渐行渐远的背影，暗自神伤、断肠。

这样一场宏大而幽怨的情感汇集，似乎从一开始就给予了这满园春色别样的对待。同样长在御路旁的明艳杏花，也被寄予了这样厚重的情思，成为他人离别馈赠的代表物，然后拥有传唱悠久的命运。虽然“杏花未肯无情思”，奈何行人却依旧偏爱这垂下万条绿丝绦的垂丝柳，仿佛只有它的姿态，它的样貌才足以阐发他们的幽思。其实，这样的区别对待，从来都无关乎时间的早来后到，物种的优劣良次，只是“长安陌上无穷树，唯有垂杨管别离”而已。所以，杏花再怎样绚丽灿烂和凋零空寂，关乎的只是因春而发、春尽而逝的怜惜，而不是别离的脉脉深情。

唯有这枝叶无限婉转的柳树，才能承载如此千回百转的惜别之意。然，这娇柔婉约的柳丝却不是惹得行人魂销肠断的始作俑者。只有那些在远方漂泊摇曳的离魂，那些在异乡流离颠簸的游子，那些在别处风餐露宿的倦鸟，才是行人心底最深也是最痛的思念。而当这个离魂、游子、倦鸟成为某个闺中女子心心念念的人时，那场名为等待的煎熬，便早已不是断肠所能容纳了。

细雨晓莺春晚。人似玉，柳如眉，正相思。

罗幕翠帘初卷，镜中花一枝。肠断塞门消息，雁来稀。

（《定西番·细雨晓莺春晚》）

离恨悠悠，离愁殇殇。那份肝肠寸断的愁思，顺着细雨绵绵的点点渗透，在“晓莺春晚”的暮春时节，直直地将那个“人似玉，柳如眉”的妙人儿，化作了黛眉轻蹙，朱唇微抿的哀怨女子。望眼欲穿的痴痴等候，“正相思”的恰如其分，不仅是为颜如朝露无人采的幽怨，也为着红颜易逝弹指老的无可奈何。

当她还能在罗幕轻卷的刹那，露出她花一般容颜的时候，良人却在关塞以外的茫茫之地，守着大漠孤烟的苍凉，看着长河落日的孤寂。属于她一生中最美好的时节，就在两地相思、两地闲愁中，悄然流逝。往来于他们之间的鸿雁，迟迟不肯带来云中锦书，以此来解除盘亘在她远山芙蓉间的漫漫离愁。那又能有什么东西，来慰藉她逐渐凋落的心呢？

那一缕缕漂泊在外的离魂，带走的不只是友人的惜别柳枝，还有伊人那等在季节里如莲花般开落的容颜。而那些飘荡在异地他乡的身影，是否也会在每个日落暮春时节，忆起他和她在月上柳梢头时的海誓山盟，在人约黄昏后的耳鬓厮磨；是否也会在他乡的护城河边，望

着蜿蜒伸展开来的柳树，想起他们在高台厚榭里的高谈阔论，在登高望远中的豪情万丈。

倘若，这样的牵挂与思念带着双方的印记，来来回回于彼此错过的时光中，似乎也不能全然赋予哀悼的命运。至少，一个在这头以归家的温暖熏染着那边疲惫难耐的心，一个则在那头以奋斗的名义守护着这边衣食无忧的家。那份舍弃掉的花前月下，似乎也只有“两情若是久长时，又岂在朝朝暮暮”的安慰，才能排遣他们各自寂寞的心。

只是，等待，这最为残忍的寂静，会在无限的不确定中，老了容颜，残了时光，最终成为不可救赎的消逝。伊人没了如花容颜的支撑，空留满腔的余怨成为红颜凋落最沉醉的毒药；友人没了意气风发的陪衬，徒剩满怀的壮志未酬成为风华衰退最灿烂的悼念；就连那远走的离魂，也没了斗志昂扬的承载，只余下满身的暮气沉沉成为年华最绚丽的讽刺。于是，一种漂泊，三处神伤的幽怨局面，在这年华易逝、红颜易老的情境中，终于落下了最断肠的帷幕。

日斜人散暗销魂

粉上依稀有泪痕，郡庭花落欲黄昏，远情深恨与谁论？

记得去年寒食日，延秋门外卓金轮，日斜人散暗销魂。

（薛昭蕴《浣溪沙》）

薛昭蕴喜欢也擅长用这般清丽淡雅的文字勾画那些深闺女子刻在眉间、养在心间的片片离恨。这些噬骨的离恨是在美玉、娇蕊的陪伴下慢慢生成的。有了如此娇美的耳濡目染，这样的离愁别恨自然也就有了欲语还休的缱绻感。不过，花难长开、琉璃易碎的物是人非感，也同时给予了这份离恨最煽情的多愁善感。

每日每夜的等待，没完没了的期盼，那些女子究竟要拿怎样的一往而深，才能抵消那无数次翘首以盼后的怅然若失。她们又是否知晓，情深不寿，慧极必伤，从来都不是杞人忧天的无稽之谈。当爱进入极致的辗转反侧，却迟迟等不来两情相悦的举案齐眉时，再浓的情真意切也只能化作无言的欷歔，然后缓缓坠入无尽的深恨苦悲中，至死方休。

于是，眼泪带着某种蚀人心骨的绝望感，在每个寂寥的夜里，频频造访，擦不掉，也拭不干，又会在每个苏醒的白日，带着或深或浅的泪痕，继续她日复一日的等待与希冀。那曾灿若桃花的粉颊，在日积月累的泪水熏染下，渐渐失了梨花带雨的憔悴怜惜，慢慢化作怨念横生的泪人儿，似有似无地印证了“去年今日此门中，人面桃花相映红。人面不知何处去，桃花依旧笑春风”的无奈。可就算到了这样凄惨的地步了，女子似乎还是不愿收回眺望的眼神，宁愿守着那一寸自欺欺人的荒芜缥缈。

直到“郡庭花落欲黄昏”，又一个“夕阳无限好”时刻来临，她才猛然惊醒，光景又划过一个没有结果的等待。庭前的那一簇落英缤纷，她曾惊艳过它们的姹紫嫣红，感慨过它们的繁花似锦，如今却只能看着满院的支离破碎，借着黛玉葬花的凄清，埋葬那些曾繁华如斯的生命以及自己曾灿烂如梦的青春。“庭院深深深几许”，锁住的究竟是绿肥红瘦的芬芳还是那个如花容颜女人的寂静开落，而那份思念要多厚重，才能如此轻而易举地锁住一个妙龄女子所有的流年韶华。

这样一番情景，倒颇有点“看庭前花开花落”的慵懒气息，不过独独少了那份“望天空云卷云舒”的潇洒况味，也让那份宠辱不惊、去留无意少了一份自在的味道，生生成为闺怨的最好诠释。“远情深恨与谁论”，那份眺望的深情厚意，即使想要最平静的叙述，恐怕也只能凝咽不能语了。向谁而论，为谁而论，与谁而论，终不过是如人饮水，冷暖自知的暗自遣怀罢了。那消逝在自己眼前的花团锦簇，那留存在自己眼中的夕暮残照，怎么看怎么想，都像极了她的生命轨迹。如此美好的青春年华，竟白白空缺，她不知道自己还剩下什么，可以与这个比瘟疫还可怕的流逝时间相抗衡。毕竟，现在的她，剩下的也就只有满心满肺的思念和满天满地的回忆了。

这记忆经过无数次的倒带和拉回后，似乎总爱停留在黄昏融尽归鸦翅膀的离别时刻。爱情里最甜蜜的那段时光，她总是忍住不去想，怕眼泪将她唯一的美好时光给充斥殆尽。所以，她只能让回忆屡屡拜访那天，他的离去，她的销魂。

凄清寂寥的寒食节，少了火光灼灼的摇曳通明，本就凉薄难耐，更何况还要附上离别的意味，自然就越发凄凉无边了。延秋门外那辆迟迟不肯驶离的马车，徘徊不定的究竟是于心不忍的思念如潮，还是那前途未卜的仕途之路？成家立业，这四个字容忍下的，究竟是男子的顶天立地，还是那默默等在身后的女子无以言说的辛酸凄苦？

不过，可以肯定的是，那个留在延秋门内的女子，痴痴望过去的眼光中，只有对车内郎君的切切情意和深深不舍。她的眼里，在乎的从来都不是他要许给她怎样的丰功伟业和锦衣玉食。她只是怕，怕她人生最美好的风景，还没来得及尽情展现，便再也不会有良人驻足欣赏了。

当夕阳的余晖划破最后一丝天穹，她的良人也带着孤寂的背影，消失在了昏黄阳光中。只是这样的阳光，空有璀璨诱人的颜色，却丝毫不能给人以最基本的温暖慰藉。日落人又散的孤苦，直直地落在了她一个人的身上，销魂断魄。而回忆也在这时恶作剧般的清晰无比。每次她的回忆，到了这里，要么是一场潸然泪下的洗礼，要么便是一出欲哭无泪的恍惚。走不出去，又回不了头。

更为让人销魂的是，她的这些凄苦、断肠，始终是一场不能倾述的独角戏。站在戏台上的她，不管如何地声嘶力竭、声泪俱下，却没有一个人能够读懂她的悲凉与哀伤。只因为，那个唯一能看懂的人，就是这场悲情剧的始作俑者。所以，无法言说又凄楚万分，她就只能把这些悲与伤藏在心里，然后经过无数次的郁结、纠葛后，化作最浓重的相思泪，淋湿粉面，肝肠寸断。

女子也会时时猜想，那个漂泊在外的离魂，是否也同她一样，在凄寥孤独的夜里，痛饮一番，然后任凭酒入愁肠，化作浓浓的相思泪。如若能得如此的心心相印，便也丝毫没有辜负那一颗芳心的全然托付。奈何，从征程启动的那一刻开始，她便失了确定的答案，所以只能凭着时光的慢慢雕磨，将他们彼此相爱的心磨得只剩下最初的期待和最后的坚持。那条无尽的漫漫长路和归期无定，刻上了他们彼此的无可奈何、无能为力后，也就自然而然地、牢牢地拴住了两颗暗自销魂的痴情心。

兰棹空伤别离

河上望丛祠，庙前春雨来时。楚山无限鸟飞迟，兰棹空伤别离。

何处杜鹃啼不歇？艳红开尽如血。蝉鬓美人愁绝，百花芳草佳节。（《河渎神·其一》）

孤庙对寒潮，西陵风雨萧萧。谢娘惆怅倚兰桡，泪流玉箸千条。

暮天愁听思归乐，早梅香满山郭。回首两情萧索，离魂何处漂泊。（《河渎神·其二》）

“河渎神”这个词牌，在绝大多数的情境中，都是用来咏叹鬼神祠庙一事，带着浓郁的神幻色彩，造就一山浓厚的神明关照。可飞卿却偏偏喜好借题发挥，于最稀松平常中谋求最出其不意。于是就有了上面两首满含祠堂、寺庙因素，却又饱含伤春别离女子哀怨的词作出现。

选择的别离带着一束形而上的神秘光辉，似乎连女子的哀愁都蒙上了一层淡淡的神圣光环，不容亵渎。而飞卿又极为擅长刻画那些低到尘埃里的女子满腔难发的郁结，满心悲愤的无奈。所以，读这样的作品，非但不会被其中的封建意味所抛离，反而会因着这一丝封建意味的无可奈何，更加怜惜女主人公片片离愁后千转百回的幽幽离恨。

登高望远，思念的是那份血浓于水的温润亲情，而当那份思念成为刻骨铭心的炽热爱情后，又要用怎样的方式才能倾情而出呢？想来，也唯有像飞卿所写的那样，乘上一叶扁舟，带上一种离愁，“河上望丛祠”，看河边的寺庙、祠堂掉入春雨绵长悠远的愁绪中。要是遇到“孤庙对寒潮”，连那样一番春光都吝啬起来时，便只能乘着寒潮的凄冷，面对西陵峡最萧瑟难耐的风雨凄凄了。远处连绵起伏的山峦连同徘徊其上的飞鸟，似乎也沾染了船上女子的愁苦满肠，变得萧瑟寂寥起来了。于是，女子眼中映衬出的便是茕茕孑立的远山黛影、孤鸟单飞，眼里饱含的便只有那止也止不住的鲛人之泪了。

然而，世上的依依别离，倘若已然开始，就从来都不会允许带着仓促的脚步结束，悄然溜走。甚至，还会在火上浇点油，让灼烧的刺痛感将所有的敏感神经都调动起来，成为一碰就痛、一想就哀的逆鳞。这些停留在视线中的悲伤，到这里既不是结束，也更不是唯一。因为还有一刻不肯停歇的声音折磨，肆扰着女子孱弱的心。“兰棹空伤别离”，响彻在耳中的是兰棹徐徐划水的寂地空静；“何处杜鹃啼不歇”，那声声不歇的沙哑，述说的究竟是谁的声嘶力竭、谁的痛彻心扉；“暮天愁听思归乐”，那一句句荡漾在天地间的“不如归去、不如归去”，又究竟会不会如约传到那抹离魂的耳中。那份杜鹃啼血的绝望，究竟要多坚强，才可以忍心让耳朵背叛心，容下声声入耳。此情此景，又怎会不让人生出苦离，长出脆弱！

如果哀怨真的能流动，她的悲伤是不是早就逆流成河，载着船上的她飘荡在恍惚不定的未来里。左岸是她和他之间无法忘却的回忆，右岸是她想要把握住的璀璨年华，而流淌在中间的那潺潺飞逝的河水，则是她日复一日、年复一年、年年岁岁断不尽的感伤。

而开在两岸，不停绽放炫耀的花朵，也应该有那么一刹那沾染过她的悲伤。不信你看，“艳红开尽如血”，那娇艳欲滴的凄迷，控诉的究竟是谁的思念如潮、谁的容颜凋落。那簇艳红似血的绽放，又究竟要多勇敢，才可以容许眼睛背叛心，剩下心力交瘁。不信你闻，“早梅香满山郭”，花香四溢的阵阵飘散，传递出来的芬芳，在此时此刻，早已失了料峭傲骨的高洁信仰，只余下当初折梅送别的点滴，痴痴缅怀。

其实并不是这样的春光不够迷人，不能牵扯出漫天的粉红记忆，让人陶醉，让人痴。只是，心已倦，眼前的风光再堇色婉转，也只能成为最鲜明的对比，生生地将自己的愁闷、哀绝植入最为显眼的境地，供人讥笑。“蝉鬓美人愁绝，百花芳草佳节”，百花在这韶华安好的春日相聚，让地平线上的一切都有了天真烂漫的憧憬。而自己却只能满脸哀愁地望着天际，苦苦遥想着那头的良人，如此显而易见的对比，又怎能不突显出那份别离所代表的深情远恨呢？

其实也不是那样的冬日不够唯美，不能塑造一处银装素裹的雪白浪漫，令人痴迷，令人醉。只是，心有牵挂，眼前的风景有多馥郁芬芳，身边少了一个人的缺口就有多明显。那份不能独自承受的风光旖旎，便化作蚀骨的毒药，日日缠绕于心，夜夜不能寐。豁达之人倡导的“回首向来萧瑟处，归去，也无风雨也无晴”，到了她身上便只能是“回首两情萧索”的脉脉幽离了。她的心中似乎早已溢满了对远方良人的思念和抱怨，但口中却始终讷讷不能言，关于那份思念的浓度以及那份抱怨的厚度。而“离魂何处漂泊”的脱口而出，足以让世人窥探出，深埋在女子心中那份“欲语泪先流”的关情。

其实，关于“两情若是久长时，又岂在朝朝暮暮”的大义，女子是深刻明白的。可脑中的认知再怎么清晰无比，心里却无论如何都绕不过那个理智的弯，只能随着情绪的细水长流，生成无以言喻的感性悲伤。思念太过悠长，久到等待都成为了一种奢侈，心里还要不断拿一碰就碎的理由，一遍遍地慰藉着自己千疮百孔的心；还要让自己清幽孤寂的愁怨，配上那藕断丝连的关怀和担忧，越过千山、跨过万水，直直地落入那个人的心间。最终，她剩下什么呢？心徘徊在来与回之间，情耽搁在行与走之间，就连那“为伊消得人憔悴”的身子，也都被愁绪折磨得孱弱不堪了。最后，便只能暗自销魂了。

魂梦欲教何处觅

独上小楼春欲暮，愁望玉关芳草路。消息断，不逢人，却敛细眉归绣户。

坐看落花空叹息，罗袂湿斑红泪滴。千山万水不曾行，魂梦欲教何处觅。

（韦庄《木兰花》）

作为韦应物的第四代孙，韦庄似乎在名号上就占据了先天的优势。可事实上，韦庄除了有一个名号在那里支撑以外，并没有在其他任何方面得到家族传承的优势。家族早已衰落的他，还不幸地落入父母早亡的凄惨境地，最后也只能凭着不屈不挠的斗志，傲然挺立地活着。不过，韦庄在诗词的风格上，还是多多少少地与他的先祖——韦应物有着相似之处。生性喜爱清丽淡雅的他们，一个将这种肆意悠游寄情于山水之间，成为继王维、孟浩然以后又一出色的山水田园诗人；另一个则将清丽不失骨秀的清冷感注入延绵的离愁别恨中，成为与温庭筠并称的花间派代表词人。

就拿这首《木兰花》来说，这个词牌名在《花间集》中仅收录了三首，其本身所蕴含的“前后片各三仄韵”，也唯有搭配上韦端己的清丽凄雅，才能将其中的曲折、迷离发挥得淋漓尽致。词牌名本身韵律、平仄规定中的婉转、晦涩，经过韦庄精心的梳妆打扮，赋予了那些仄声韵清疏别离的外衣，也就有了属于这首词的清淡别离、清幽感伤。

当愁思遇上这将尽未尽的暮春时节，惆怅似乎也有了理所当然的抒发空间。“独上小楼春欲暮，愁望玉关芳草路”，一个“独”字让女子的寂寞寂静地流淌了出来。独自依着凭栏，独自望着远方，独自思念着某个人，然后还要独自一人守着这韶华的暗自凋落，无怨无悔。而这无怨无悔，又能不能在容颜挨过时间的侵蚀后，换来“愿得一心人，白首不相离”的不离不弃？答案，似乎，已经没有了追问的意义。

因为，当一个女子愿意拿青春当赌注，去等待一个归期未定的灵魂时，这一切其实与他人无关了。在这个等待的世界里，女子的心境总是与周遭的一切牵扯着、连贯着。就像现下，烂漫春光将逝，无可奈何的女子，只能任凭这衰败情绪的牵扯，慢慢走向一个哀怨的境地。小楼外的风景，其实没什么特殊，无非花残柳败、红疏绿瘦。所以才把目光投在遥远的天际，想象着玉门关外的芳草路上，有着不同的风景，更会有着那个人刻在那风景中。

然而，“一夜征人尽望乡”的辛酸苦楚，控诉的似乎远远不止这样的牵肠挂肚。更重要的是，那些思念、那些担忧、那些爱恋都被来回的鸿雁给搁浅在了迟迟未到的锦书中。没有关于远方的消息，也没有可以问询的人，送来理智上的安慰或是灵魂上的感动。只剩下这个在楼上愁的女子，期期艾艾地随着春的淡去，而渐渐淡去自己的风华。

这场望断千山万水的思念，因为少了相互感应的对象，便只好“却敛细眉归绣户”了。女子的愁怨，就算再怎么深沉，也只能让一双黛眉敛聚成山岚的形状，温婉地述说着自己的愁绪漫天，最后依然还是要迈着贤淑的步子，回到自己的小世界中，继续所有关于淑女养成记的细枝末节，为以后某一天不期然的相聚，呈现出自己所有用流年锻造的美好。

如果相思也能随着物事的转移，而衍生出别样的心境，那也就不会有“别后相思空一水，重来回首已三生”的沉痛感慨了。归到绣户的女子，虽然手中已拿起了昨日未完成的女红，映在那剪水双瞳中的却还是窗外那株依稀快要凋落的繁花。没了锦绣年华做色彩最鲜艳的映衬，原来如花似锦也不过是刹那芳华后的斑驳陆离。想来自己的年华如斯，也不过是昙花一现的骤然璀璨，别离得总是太过匆匆。何况，这璀璨了整个天空的绚丽多彩，还偏偏没有落入那个人的眼中，就像一个万事俱备、只差王子的残忍童话，支离破碎得有股魂飞魄散的绝望感。

女子就在这样的等待中，渐渐熄灭成冰冷的尘烟，还奢望着能随风飘荡到玉门关外，看到远去的征人安好的身影。单是这样的念想，都能引出女子的长吁短叹，引出那娇艳似血的泪水，染湿那锦绣繁复的罗裙。那以后的愁思、怨情究竟要拿怎样的承载，才能经得住以后漫漫时光一点一点的摧残？

或许，唯有在梦境中才能分担这份缠绵悱恻的思念了吧。“千山万水不曾行”，并不是因为女子不堪忍受长路漫漫的坎坷与颠沛，而

是因为那份“不知何路向金微”的无奈沧桑，狠狠地把她困在了这一方绣户中。所以，就算女子的愁怨荒芜了春秋、冷倦了流年，却因着方向感的丧失，演变成了凄哀的无头苍蝇。最后，连梦中相会这种低到尘埃的期望，也只能是“魂梦欲教何处觅”的奢望了。

“水复山重，梦魂难觅”啊，这份试图借着思念的无形、缥缈，代替自己走过千山万水的念想，最终却只能迷失在山高水远的未知中。那究竟还剩下什么，能让这份缺了温暖根基的思念，有个寄托的处所，容下日复一日的愁人之感、怨妇之思。就算只是一份自欺欺人的安慰也好，也好过让没日没夜的叹气和流泪，染上她年华的一寸一丝。世人常说的日有所思、夜有所梦，难道还是必须要在魂梦中找寻良人的影子，然后借此度过每一个白日期望落空的时光么？等待啊，究竟要消磨掉多少情人的韶华春光，染红多少怨妇的明亮双眸，催白多少征人的万丈青丝，才能停下蹉跎的脚步，还他们一个平平淡淡的花前月下？

断肠无处寻

永夜抛人何处去？绝来音。香阁掩，眉敛，
月将沉。
争忍不相寻，怨孤衾。换我心，为你心，始
知相忆深。

（《诉衷情·其一》）

香灭帘垂春漏永，整鸳衾。罗带重，双凤，
缕黄金。
窗外月光临，沉沉。断肠无处寻，负春心。

（《诉衷情·其二》）

一场单相思的呈现，一出寂寞闺情的释放，丢了《荷叶怀》清丽淡愁的步调，顾敻赋予《诉衷情》的是另一场关于愁怨的入木三分的刻画。他将厚重得有点压抑的愁怨，掩盖在了秾丽香艳的句词当中。或许是这份感情太多浓稠，所以需要一种刻意的掩饰，才可以在读过这两首词后，不至于深陷其中。抑或正好相反，这么繁华灿烂的艳丽，配上这么衰败惨淡的悲伤，似乎才更能体现女子离离哀愁的盛大壮烈。

其实，这世界上最遥远的距离，从来都不是某种空间上的折磨。因为，人们还可以凭借着距离上的欲语还休，窥探出彼此若即若离的

神秘来。若是还能允许自欺欺人喘上一口气，那么来往之间的鸿雁还能成为怪罪的始作俑者，承载那无人知晓的深沉思念。所以，当两个人的空间距离无限接近，可心理间隔却无限拉长的话，那才是真正难以弥补的遥远。没有爱做支撑，一颗尘埃的重量，似乎都能成为彼此最沉重的愁怨，不能释怀，也无法挽救。只能任凭飘摇的愁绪，驮着那日益丰满的哀怨，一寸一寸地原地踏步。

夜晚能给予人们几多遐想，就同样能勾引出养在深闺的女子几多愁怨。“永夜抛人何处去？绝来音”，在如此深沉又神秘的夜里，抛下佳人，独自远去。那颗深埋在男子心中，漂泊不定的心，究竟向往的是怎样的旖旎缱绻。独自躺在红鸾床上的女子，不能揣测，也不敢揣测。因为，隐藏在这阴暗黑夜中的胡思乱想，总是爱恋、相思最致命的毒药。

女子只能让眉心像闺阁的房门一样，掩住一片的流光溢彩，或是，让那颗早已千疮百孔的心随着明月的沉落，缓缓坠入无边的落寞之中。其实，多么希望自己能扛住心里大大的空洞，还自己一个安眠到天明的无忧时光。可，如此孤单、凉薄的衾被就在身旁，时时刻刻地提醒着自己，一个人的温度，单薄到让人心惊。而这般心悸的感触，要让她怎样勇敢，才能忍住那痴痴寻找的眼光。究竟，要怎样，才能唤回那流连忘返于外的郎君？

或许，真的要“换我心，为你心”，拿一个女子最璀璨年华时的真心实意，交换一个男子最意气风发时的三心二意，才知“辜负”二字，是凭着怎样的残忍，活生生地撕裂关于一个女子一生的期待。也唯独有了这样一场交换后，那份深入女子骨髓的相思相忆，才会给予夜半抛人去的男子一次酣畅淋漓的醍醐灌顶，才会让浪子回头的期盼成为女子最终哀怨的救赎。

只是，这份期望毕竟太虚无，不仅不能让人心生希望，反而会使人没来由地生出悲凉的感叹来。白日里，受够了春光的烂漫无邪，唤来成群结队的游人流连忘返。而女子却顶着娇好的容颜无人懂、没人赏，这也罢了。可等到夜幕降临后，她还是只能听着春漏滴滴答答传达出来的信息，数着良人夜夜不归的次数，然后默默地吞下那份容颜凋落的辛酸之泪。

“香灭帘垂春漏永”，本来就无尽哀伤的愁思婉转，再遇上春夜漫长的折磨，使得这份思念似乎有了更加漫长的等待，看来又是一场彻夜无眠的苦痛了。可又能怎么样呢？女子只能看着衾被上的鸳鸯、双凤，幻想着自己终能抛下当下的寂寞蚀骨，熬到终有一天的团聚。不过，这些发出微微光亮的金缕针线，却只能拥有眷顾自己的能力，无法拥有多余的温度，来照亮女子逐渐冰冷的身躯，反而映衬着她愈渐苍白的面庞越加清冷、憔悴。

“窗外月光临，沉沉”，女子已然记不清，自己这是第几次抬头遥望窗外的月色了。每次都感觉，这皎洁的月光快要沉暮下去了，新的一天带着每日新的希望就要来临了。可，每次撞入她视线中的都是那一片月色的迷离，用相同的角度，告知她关于等待的长久性。最终，沉下去的不是星月交辉的轻盈飘逸，而是女子关于男子最后一丝怜悯的期待，是她这一生有关“死生契阔，与子成说”的妄想。

迢迢长夜中的情丝缠绕，辗转反侧，无处可寻的情人，似乎每一个因素都成就了女子的孤枕难眠。稍早之前的夜夜难眠，女子还会深究良人的去处，并为他找这样那样的理由，放过他的同时，也放过自己的痴情。但大多数时候，她其实非常明了，那个彻夜不归的负心汉，早就已经成了另一个女子的良人了。

女子虽在时光消逝的漫长时光中，逐渐知晓了关于事实的真相，也学会了怎样分散自己的念想抑或期待。只是，这绵绵春日的招惹，终究还是让她长久以来的默默无言，化作虚空一份，飘散在了以往的艰辛中。

世人都赞赏的春光无限，柳軃莺娇，莺声婉啭，连带着所有妙龄女子也都有了娇媚可人的姿态。而这样的姿态又是风华正茂的君郎，最为倾慕的对象。所以，这样一场容俱天时地利人和的爱慕情怀，又怎地叫人不向往、不动情？

只是奈何这两首词的女主人公，这样的情怀都快溢满于心了，而那个牵扯出少女春心的男子，却夜夜不归，让一片痴情支离破碎在月夜最皎洁的光辉中，让满腔春心凋零在独守空闺的寂寞愁情中。那份肝肠寸断的付出，却让那个断肠人继续流连于窗外的花丛中，女子也只能期盼着这漫天的春光能早日离去，至少能给她一处不沾染丝毫恋慕的风景，给得起她寻寻常常的生活与呼吸。

残絮尽

见花好颜色，争笑东风。双脸上，晚妆同。闭小楼深阁，春景重重。三五夜，偏有恨，月明中。

情未已，信曾通。满衣犹自染檀红。恨不如双燕，飞舞帘栊。春欲暮，残絮尽，柳条空。

（欧阳炯《献衷心·见花好颜色》）

作为《花间集序》的撰写者，欧阳炯的作品无疑是花间词主导创作风格最佳实践者之一。或许正如况周颐在《蕙风词话》中说的那样，花间词从整体上极为符合“自有艳词以来，殆莫艳于此矣”的称号。但虽说整体状况如此，可欧阳炯的作品却不完全拘泥于明艳绮丽的格式，而是赋予这些闺思哀怨的主题以清丽蕴藉的笔触，于是整个词作就有了清新染遍娇媚的绰约感，幽怨而不失优雅。

借着笔触上的清新绮丽，欧阳炯还在选题上大下功夫，就算是在描写花间词最基本的题材——闺怨愁思时，他都会先让整篇词作有了厚重的质感后，再描绘上明艳的外壳，从而生发出一种自然而然的哀愁。这样的词作会让人一读，就忍不住地反复念叨，久久地被那一句话、那一个词所感动，然后轻而易举地知晓关于一个女子的寂寞，是怎样的一唱三叹，是怎样的百转千回。甚至有的时候，很多人并不知道真正感动自己的是哪一个字，却清晰地明白，触动自己的究竟是哪一种情绪。也许，这才是人们乐于读诗品词的原因，因为这世上总有那么一个人写出了你的悲欢情愁，与你感同身受。

就像这个看着春日花朵灿烂绽放的女子，一边窥探着东风抚摸下的繁花千娇百媚的摇曳姿态，一边也在心里揣摩着自己的双颊，在晚妆的装点下，是不是也可以拥有能与那些花儿相媲美的姿态。世人皆称赞盛开在那锦绣深处的如火如荼，却往往置那绽放在桃花深处的出水芙蓉于不顾。所以，就算女子的容颜娇艳得连花都羞敛了整个盛开的身姿，又能怎样？毕竟，那个让她的美丽最能肆无忌惮释放的人，却不在身边。

“闭小楼深阁，春景重重”，于是只能让春景跨过重重的思念，锁在小楼的外面，让女子的娇羞越过深深的眷恋，留在深阁之中。如此，女子才不会因为看到外面的春意盎然而触景生情，也不会因为外面的只言片语而毁了那颗默默等待的心。

只是，这样的自我安慰到了“三五夜”，却无论如何也忍不下“偏有恨”的点点滴滴。“明月几时有”的团聚时光，却偏偏少了“但愿人长久，千里共婵娟”的美好祝愿。还要独自面对着这“月明中”的良辰美景，饮下极具讽刺的桂花酒。满满的寂寞就在“举杯邀明月，对影成三人”的无奈中，缓缓地流淌开来了。这样的月下独酌，偏又不能进入无忧无虑的迷醉状态，反而让人越发觉察到心里那股酸楚在寂静发酵后，每一丝想要落泪的欲望。

异地相思的无奈，当事人其实都知晓，这样的爱恋，从某种意义上说，是一场与时间、空间相斗的赌博。倘若，他们都能在时间的侵蚀下，丝毫不改初衷，守着内心深处那份执著的爱恋，也能在空间的隔阂下，没有一丝的怀疑，坚持着感情线上那份不可代替的对方。那，他们就可以凭着这样的心心相印，一步一步地走向最后的两情相悦。而，如若不能，那等待着的，自然便是一场辜负与苦痛的悲情。

所以，当女子的情感世界中，只剩下“情未已，信曾通”的独角戏时，似乎也只能让“满衣犹自染檀红”了。一个“曾”字，似乎就说尽了女子那份等待的凄楚无助和两地相思后的情不能达。停留在过去的那封锦书，曾给她载来了关于继续等待的理由，也曾给那个他送去了关于自己忠贞不渝的爱恋。可这一切的一切都已成为不能逆转的过去，如今的她只能带着那份怀念，让衣襟沾满愁思的眼泪，让染透双颊的檀红尽掉。

现实许给她的是无限的揣测和未知，而寄出去的那一份情又无法收回来，她便只好把期望寄给未来，希冀有一个如“双燕飞舞帘栊”般的美好结局。“在天愿作比翼鸟”勾勒出的情意绵绵，总是有着让人不忍拒绝的美好，女子也情不自禁地将最后也最卑微的念头，寄托出来，祈愿上天最仁慈的怜悯。

因为女子害怕，当看到自己的容颜如这娇俏的春日，一点一点地融进暮色中，没有一丝回头的余地，她不知道，那时她是否还会像现在这样，这样相信自己的坚持等待，是这世上最永恒的执著。她也不知道，当她的良人带着满身的荣耀凯旋而归时，而她该拿怎样的骄傲

和窈窕来证明，自己是那个曾经倾国倾城的伊人。

也许，可以凭着自己在那一场等待中耗尽的“残絮尽，柳条空”来渲染她的辛酸，博得他的同情。她不愿去猜测残存在这个情意中零星的可能，更不愿去赌男子身上留存的过去会有那么深厚的力量。因为，女子比任何一个人都明白，等待中的容颜要抗争的除了有韶华的流逝外，还有世俗那无休止的折腾。

所以，那份红颜究竟承载了多少的忧愤与苦痛，而这些从来都不是三五几个字就能涂抹干净的。那些苦痛夹带着思念，忧愤掺杂着爱恋，一层一层地酝酿、沉淀，消磨了女子的时光，折堕了女子的期望，然后只剩下满心的痴情，幽幽以待。这就是一个女人的一生，她们倾其一生，往往只是为了心爱男子的一个转身、一个回头。而支撑着这份无怨无悔等待的，与其说是男子的良心或情深如水，还不如说是女人们那份“情不知所起，一往而深”的毅力。她们为那份旷日持久的等待能够延续下去储备了足够多的理由，就算自欺欺人也理直气壮，毕竟，谁会为了无望而让煎熬成殇。

第九章 花之醉·醉入花丛宿

劝君今夜须沉醉

劝君今夜须沉醉，尊前莫话明朝事。珍重主人心，酒深情亦深。

须愁春漏短，莫诉金杯满。遇酒且呵呵，人生能几何！

（韦庄《菩萨蛮》）

弹指流年，时光荏苒，斟一杯浊酒，将所有凡尘俗事注入酒盅，与天与地与风与雨与心痛饮痛醉，“醉酒当歌，人生几何，譬如朝露，去日苦多”。生命中的一切繁华与沉落都不过如醉酒时的南柯一梦，梦醒之后，一切成空。

今夜，远去了兰舟，远去了芳草；忘了晓风残月，忘了杨柳岸边；不忆藕花深处，不忆月满西楼，不恋红尘，不恋风月，只须“今朝有酒今朝醉，明日愁来明日忧”。红尘一梦醉千年，“劝君今夜须沉醉”。

酒虽是消愁之物，可又能消得了几多时？更何况“抽刀断水水更流，举杯销愁愁更愁”。只是此时的韦庄，已是七十多岁的耄耋之翁，历经沧桑，看破红尘，且身处乱世，无欲无求，自是“好酒当饮直须饮，莫待樽空对月愁”，哪管他今宵酒醒何处。

彼时，正值“纷纷五代乱离间”，国家离乱，兵戈铁马，硝烟四起，生灵涂炭。面对血腥与暴乱，文人们只能迷茫地在乱世里苟且偷安，沉溺于花间酒樽、绮靡华宴、绣幌佳人、红烛玉枕、浅唱低吟的末日狂欢里，醉生梦死，及时行乐。就如五代蜀主王衍的《醉妆词》里所咏："者边走，那边走，只是寻花柳。那边走，者边走，莫厌金杯酒。"

垂暮之年，眼见山河破碎，衰草连天，流离异乡的韦庄已是心灰意冷，对生命再无任何的奢望，于是与朋友纵情于诗酒，不提往事，不谈明朝，更不问政事，只是在毫无意义的人生末途，对酒雅歌，谈诗论词，一晌贪欢。

独在异乡为异客，"珍重主人心，酒深情亦深"。主人情深意切，盛情劝酒，这情景，像极了白居易的《问刘十九》："绿蚁新醅酒，红泥小火炉，晚来天欲雪，能饮一杯无。"想那新酿的米酒，泛着细小如蚁浅浅的绿沫，嫩生生地浮在杯中，香醇扑鼻；那宛若紫砂红一般的小小的红泥炉，燃着红彤彤的炭火。那熊熊的火光，驱散了暮色的昏暗和严冬的寒冷，暖酒，暖身，更暖心。雪是冷的，酒是温的，情是热的，心是暖的，这温馨的场面，让人沉醉的又岂只是美酒？

时光匆匆，人生苦短，更何况身处离乱之世，过了今宵，就不知明朝，安危难卜，像今夜这样朋友欢聚一堂，互诉衷肠，同饮同醉，已是十分难得。如此难得的美好时光，短暂而仓促，"须愁春漏短"，何不珍惜良辰美酒，不必推辞主人的殷勤美意，也不必再说"金杯满"，"遇酒且呵呵，人生能几何？"来来来，大家把酒斟满，开怀畅饮，一饮而尽，一醉方休。

岁月流走，人生将尽，在时间的荒芜里，感叹岁月的无情，碎念过往的的悲苦，惆怅几多，唯有“呵呵”地强颜欢笑，借酒浇愁，麻醉灵魂深处隐隐的悸动，用落寞的寂寥，去祭奠生命里那些无法抹去的伤痛。醉了知酒浓，醒了知梦空，人生一如那天上的流星，转眼即逝，留下的只是些淡淡的烟雾与尘埃，在历史的烟波浩渺里，消失殆尽，无影无踪。

苍老的岁月，暮年的人生，词人除了借酒浇愁，还时常沉浸在对以往青葱岁月的美好回忆里，回味那些年少时不曾体会到的美妙感受，尤其是美丽的江南，似乎“如今却忆江南乐”，才真正地体会到为什么“人人尽说江南好”。

如今却忆江南乐，当时年少春衫薄。骑马倚斜桥，满楼红袖招。

翠屏金屈曲，醉入花丛宿。此度见花枝，白头誓不归。

（韦庄《菩萨蛮》）

曾经年少轻狂，放荡不羁，身处江南，却并没感悟到江南是那么地令人快乐和惬意。那时的他，锦衣飞舞，“春衫薄”，骑在骏马上，更是潇洒飘逸，英俊迷人。每当他骑着马儿斜倚桥上，那满楼的佳人都会为他俊逸的英姿而倾倒，一双双含情的目光，深情地投落在他的身上，令他得意忘形，沉迷于烟花柳巷，倚红偎翠，“醉入花丛

宿”。

“春衫薄”，仅是这轻盈而明快的着装，就让人看到了一个穿着色彩明丽，质若薄纱一般春衫的翩翩少年。他纵马于陌上，小憩于流水潺潺的桥上，玉树临风，那俊美，那矫健，那英武，那挺拔，俨然如童话中的白马王子，也如李商隐诗中所咏“庾郎最年少，芳草妒春袍”。如此俊朗的一位少年，又怎能不惹得“满楼红袖招”呢？

江南的温软香艳、吴侬软语想必也令韦庄一度沉迷，流连忘返。他的风流和多才与后来的柳永十分相似，只是与柳永不同的是，在韦庄的心里，心心念念地只记挂着一个无以伦比、无人替代的美人爱姬。因此，无论那时的江南有多么迷人，秦楼楚馆的佳人有多么令人忘情，韦庄都无法完全酣畅淋漓地去沉醉其间，因为他身在江南，心却不在江南，他的心留在了中原爱姬的手心。

如今爱姬早已离开了人世，他的心已再无牵挂。孤清时，再度拾掇记忆的碎片，回想年少时江南的点点滴滴，才发现，江南是如此的好，如此的妙，如此地令人快乐。倘若现在再让他重回江南，再醉入温柔的脂粉堆里，再度“见花枝”，他一定是沉醉不知归路，“白头誓不归”。

曾经年少轻狂，“春衫薄”，如今却云鬓斑白，忆往昔。怀念的羽翼，划破记忆的湖面，荡起微妙的涟漪！记忆像捧在掌心的水，无论是松开还是紧握，都会从指尖一点一滴地慢慢渗出。时间的沙漏沉淀着无法磨灭的过往，记忆的双手也总爱拾取明媚，把阴霾留给浓酒后的迷醉。每个人都有“春衫薄”时的浪漫和垂老时的落寞，于时间的荒芜里，青春与苍老不过是转瞬间的华丽蜕变。在那生死两茫茫的年代，无论是“醉入花丛宿”，还是对酒当歌，终归是“人生得意须尽欢，莫使金樽空对月”。

醉容无语立门前

小市东门欲雪天，众中依约见神仙，蕊黄香画贴金蝉。

饮散黄昏人草草，醉容无语立门前，马嘶尘烘一街烟。

（张泌《浣溪沙·小市东门欲雪天》）

张泌的《浣溪沙》共九篇，每一篇都是风花雪月的珠玑佳话，是一个多情公子对于花间美女的款款描述，极尽艳词情语。末一篇《浣溪沙·小市东门欲雪天》作为尾篇，承前之语深切，收尾之言轻描，淡写情，深说景，却是最为动心。

张爱玲曾说："于千万人之中遇见你所遇见的人，于千万年之中，时间的无涯荒野里，没有早一步，也没有晚一步。那也没有别的话可说，惟有轻轻地问一句：'噢，你也在这里吗？'"于千万人之中遇到对的人，这真是命运带给人最大的恩赐，如果真有这样一个人，如果真有这样一次遇见，那这一辈子还有什么遗憾呢？只是命运总爱跟我们开一些拙劣的玩笑，要么是"还君明珠双泪垂，恨不相逢未嫁时"，要么是"君生我未生，我生君已老"，想在年华正好时遇上最美好、最圆满的邂逅，却似乎难于登天。

缘分是一件神奇的东西。佛说，前世的五百次回眸才换来今生的擦肩而过，那得修几世的福才能换来今生的相守呢？席慕容说：“如何让我遇见你，在我最美丽的时刻，为这，我已在佛前求了五百年，求佛让我们结一段尘缘。”是不是必得在佛前诚心拜祷五百年，才能换得今生的一次短暂相逢呢？

这首小令的主人公是如此幸运，滚滚红尘，喧嚣人世，他可以在正好的时间恰恰遇到那个人。大雪的天气，东门小市人来人往。在一片白色的世界里，人们裹衣而行。天气寒冷刺骨不堪，瑟瑟缩缩地行走是路人冬日里难以摆脱的动作习惯。人们依偎作伴，匆匆而过，呼出的热气在飞舞的雪花里缓慢融合升起，就像一条初生的蟠龙，顶着透明如纱的身子，在透彻的冰冷世界，婉转舞蹈，自顾弄姿。路人岂有心思与精力去欣赏这梨花溶溶的景象，他们只是颓然而过，即使欣喜片刻也会隐藏于心。

天气如此恼人，寒风凛冽，脸上被刺骨的风刮得生疼。他本觉得扫兴，步履匆匆，无暇他顾。路过东门时，不知是命运的指引，还是月老的安排，只是匆忙间的一瞥，竟再也无法挪动脚步。他想起诗经中的句子：“野有蔓草，零露漙兮。有美一人，清扬婉兮。邂逅相遇，适我愿兮。”真正是邂逅相遇，我愿足矣。他以为那温婉美好的女子，必在郊野中草木深深处等待着他。他为她劈荆斩棘而来，纵然“道阻且长”，艰难险阻，又有何惧？原来生活毕竟与诗歌不同。人潮汹涌中，她明眸如睐，浅笑如花，红尘十丈，瞬间都沦为她的背景。缘分，从来妙不可言。

那是怎样倾国倾城的一个女子？“众中依约见神仙。”人群里她莲步轻移，款款而来，雪肤花貌，容颜如玉。她眉眼间的蕊黄贴、发髻上的金蝉簪子，反射着雪天的光芒，内敛地熠熠发光，“蟠龙”更若腰间环带，大气而温婉，活脱脱仙女下凡。一切就从这倾心一刻开始，从她蕊黄额、金蝉钗开始，从她温柔饗、醉人姿开始。女子额头的蕊黄似乎散发着香气，即使相隔很远很远，他也嗅到了，如同贴身在花丛中游荡，嗅到的是满鼻花香，是沁人的温润。

心动在先，心痛在后，就像已然过了好些时日的爱恋，让人百转纠葛若感刀绞滋味——刀锋刀背来回温柔翻转，一面是甜，一面是涩；一面是疼，一面是爽。只是不管怎样，都会使得那心房变迁不少，这变迁过程是血与肉的厮磨，是极乐与极痛间的温柔较量。

时日在指尖流走，男子瞩目着美人儿的华丽，却又不敢靠近，只能远观欣赏。他也曾想上前攀谈，也许这是一段情的开始，但也未尝不是悲剧的倒计时。词人只能按捺住骚动的心，远远地凝望，静静地欣赏女子的美好，牢记她的美丽，她的善良，她的莞尔一笑。情之所起一往而深，那就任这如柳絮的思绪和浅情放飞吧，只消一根细细的柔丝牵引，它便能在天涯都开出绚烂的花。

纵然他心里千回百转，她却无知无觉，莲步翩翩，在人群中越走越远。男子的脚步仿佛有自己的意识一般，向着她离去的方向行去。他呆呆地跟随，看着她走进了街旁的宅子，才失魂落魄地前去赴宴。宴席上美貌的歌女频频向他暗送秋波，他却再也没有了与她们调笑的兴致，只是无数遍地在心里回想她如玉的容颜。

“饮散黄昏人草草”，散席时已是黄昏，天上的黑云压得更低，一场风雪就要来了，街上的行人步履匆匆，怕来不及在雪落之前赶回温暖的家中。他浑浑噩噩地走着，没有方向，没有目的，仿佛大海上一只没有舵的孤舟，只看命运将他带向何方。

在陌生的门前停下来时，他愣了好久，想不起这里是哪里。也许他是真的醉了，才会在风雪欲来的黄昏，舍了回家的路，不知不觉地来到这里。冷风吹过面颊，他忽然有了一瞬间的清醒，蓦然想起那惊鸿一瞥的女子。原来命运又一次将他带到了她的面前。只是这一门之隔，却仿佛天涯。“醉容无语立门前”，他只能呆呆地站在她的门前，什么都不敢做，什么都不能做。

天气将暮，时节已晚，“黑云压城城欲摧”，肃杀的景象惊惧了行人。“马嘶尘烘一街烟”，街上尽是着急回家的人们，马的嘶鸣响彻街道，马车跑过扬起的尘土久久不曾落下。他仿佛是这个世界上唯一静止的人，周围的喧嚣吵闹丝毫都没有影响到他，他只是静静站着，似乎打算就这样站到地老天荒。

而在门的后面，一墙之隔，他朝思暮想的那个女子，会不会也像他一样，一见之下，再难忘记？会不会也像他一样，失魂落魄，茶饭不思？会不会也像他一样，坐卧不宁，相思难忘？

醺醺酒气麝兰和

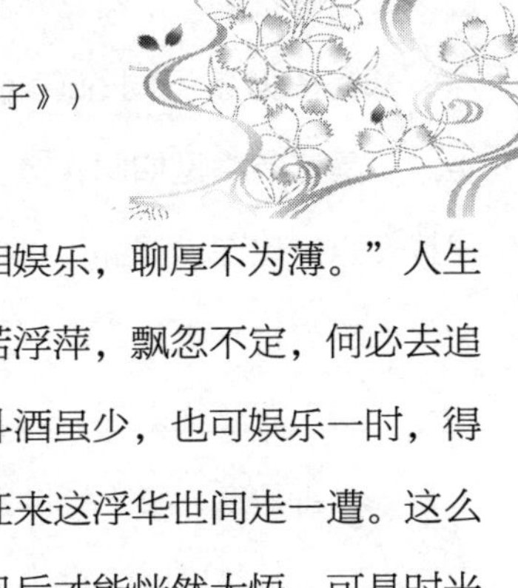

深夜归来长酩酊，扶入流苏犹未醒，醺醺酒气麝兰和。

惊睡觉，笑呵呵，长道人生能几何！

（韦庄《天仙子》）

“人生天地间，忽如远行客。斗酒相娱乐，聊厚不为薄。”人生在世，匆匆数十载而已，生命的轨迹宛若浮萍，飘忽不定，何必去追求那些虚无缥缈的功名利禄富贵荣华？斗酒虽少，也可娱乐一时，得逍遥时且逍遥，得自在时且自在，才不枉来这浮华世间走一遭。这么浅显的道理，很多人却总要等到过尽千帆后才能恍然大悟，可是时光不再，伊人不再，想要挽回时已然太晚。

韦庄是性情中人，深得其中三昧。他一直给人风流浪子的印象：“骑马倚斜桥，满楼红袖招”，他是身骑白马、风流英俊的翩翩公子，随便一站，便俘获了无数佳人的芳心。可是他终究也只能是她们生命中的过客，不管当初怎样信誓旦旦，也只是一时兴起的敷衍。他爱你时可以对你一心一意，柔情蜜意，但是他的感觉总是走得那么快，往往让人措手不及。他是飘忽的风，许多人试图抓住他，却连他的行迹都看不透。

风流浪子的生活里，不缺美人，更离不开酒。不喝酒的书生只能叫腐儒，酒高才高的才是才子。韦庄便是这样一个才子。“深夜归来长酩酊”，三更已过，夜色深沉，万籁俱寂，万千繁华凋零，此时，酒筵阑珊，各自归去。一天的光阴又倏忽而过了，再热闹的歌筵酒席也终有散场的时刻。雪肤花貌的歌女留在昨天，留在昨天的光阴里，而他只能向前走，走向未知的终点。这是人生，这是命运，我们只能遵循命运的轨迹，不管它将我们带向何方。人生的轨迹指向同一个终点，却有千万条不同的道路，自己的道路，命中注定，只能一个人走。可是这条路是如此寂寞，前路渺茫，归途已断，才不得不在酒中寻找安慰。也许，喝醉了，这个世界便可以是另一种模样。可是一夜一夜的醉酒，一夜一夜的沉湎，终究看不清那路途。

“扶入流苏犹未醒，醺醺酒气麝兰和。”芙蓉帐，缀流苏，锦衾玉簟，兰香盈室，影影绰绰的烛光里，公子绝世，玉山倾颓。酒醉得确实不轻，从筵席回到家中，一路颠颠簸簸，竟然尚未醒来。香炉里燃烧着心字香，麝兰馥郁的香气盈满了室内，他呼出的酒气和麝兰之气相融合。

《世说新语》中曾评价：“嵇康身长七尺八寸，风姿特秀。见者叹曰：‘萧萧肃肃，爽朗清举。’或云：‘肃肃如松下风，高而徐引。’山公曰：‘嵇叔夜之为人也，岩岩若孤松之独立；其醉也，傀俄若玉山之将崩。’”嵇康是高大英俊、风姿特秀的，连醉酒时，也那样优雅，像玉山将要倾倒的样子。韦庄应也是不遑多让的。魏晋风骨，他固然难以企及，但“风流”二字，是最恰当不过。

梦中有美丽的歌女在弹着琵琶，“舞低杨柳楼心月，歌尽桃花扇

底风”，依稀还是熟悉的江南风景。那时年少，春光春水，画船美人都视作等闲，“春水碧于天，画船听雨眠”，是那等逍遥自在。那弹琵琶的歌女依稀还是熟悉的模样，浅笑低眸，每个表情每个动作都熟悉到骨子里。他爱着这个女子，可是她是那么遥远，怎么走也靠近不了。直到曲终人散，她抱起琵琶，慢慢淡出他的视线。他努力追，却迈不开步子。眼看她的背影已经模糊的看不见了，他大叫一声，忽然从梦中惊醒。原来只是一场梦。

“惊睡觉，笑呵呵，长道人生能几何！”醒来之后，梦中的情景却再也想不起来，韦庄也就抛诸脑后。人世有那么多的事要烦恼，又何必为了一个虚无缥缈的梦而耿耿于怀？脑袋有点昏昏沉沉的，应该是醉酒的后遗症。可是他毫不在意，人生苦短，及时行乐要紧，管那许多做甚？还是曹孟德的《短歌行》最是慷慨：“对酒当歌，人生几何？譬如朝露，去日苦多。慨当以慷，忧思难忘。何以解忧？唯有杜康。”一边饮酒一边高歌，日月不淹，春秋代序，人生能有多少岁月？就像晨露，朝阳一出，转瞬即逝，而浑浑噩噩度过的日子已经太多了。高唱慷慨之声，心里却有忧思充盈。什么能够排解这忧伤？也只有眼前的酒了。曹孟德是英雄，应时而生，“骊酒临江，横槊赋诗”，豪气干云。

古龙小说里，小李飞刀李寻欢嗜酒如命，经常喝得烂醉如泥，他是“忧思难忘”，却并非“慨当以慷”。李寻欢用这样的方式惩罚自己，因为他亲手把自己心爱的女子推进了别人的怀抱。酒并不能排解他的忧伤，相反只能增加这愁苦，“抽刀断水水更流，举杯消愁愁更愁”。酒之于他，更像是穿肠毒药。他因为自己做了一件错事，就要用剩下的一生来惩罚自己，实在是不明智的。他喝酒并非行乐，却是自苦，这又是何必呢？他是那么睿智聪明的一个人，明察秋毫，却仍旧看不透他自己的这盘棋局。“长道人生能几何”，人一辈子能有多少时间，与其在痛苦中追悔，不如及时行乐，才不枉此生。

正如《古诗十九首》所说，“生年不满百，常怀千岁忧。昼短苦夜长，何不秉烛游！为乐当及时，何能待来兹”。我们活在这人世间，虽不若蜉蝣朝生暮死，也实在太过短暂，连一百年都不到，可是很多人却忧愁着身后千百年的事，岂不是太可笑？白天那么短暂，夜晚却又那么漫长，真是令人苦恼，为什么不执起蜡烛出去游玩呢？行乐要及时啊，哪里能等到来年？

“惊睡觉，笑呵呵”，这就是韦庄，那么真实的韦庄。

为他沉醉不成泥

钿毂香车过柳堤，桦烟分处马频嘶。为他沉醉不成泥。

花满驿亭香露细，杜鹃声断玉蟾低。含情无语倚楼西。

（张泌《浣溪沙》）

如果爱情是开在心中最美丽的花朵，那么离别就是摧花的风雨，“夜来风雨声，花落知多少”，一夜风雨，红颜零落，花叶凋零。谁不希望花常开不败，可是世上千般事，并不是所有都能随我们的心意。所以才有那么多的人写下伤情的诗句，写下心间的哀愁，写下眉间的怅惘，只因离开你，仿佛鱼儿离了水，连呼吸都困难。

南朝梁有名的大才子江淹是最善于抒写离别的人，一篇《别赋》，倾倒了多少骚人墨客，江郎未才尽之时，确实令人折服：“春草碧色，春水渌波，送君南浦，伤如之何！至乃秋露如珠，秋月如珪，明月白露，光阴往来，与子之别，思心徘徊。是以别方不定，别理千名，有别必怨，有怨必盈，使人意夺神骇，心折骨惊。”春天的芳草已染上了碧绿的颜色，清澈的河水荡漾开翡翠般的涟漪，在南浦送你离开，我的心里充满悲伤。时光疏忽而过，转眼已到秋天，露水像珍珠一样闪烁，一弯孤月像玉珪一样不能圆满，月光下莹白的露珠透着阵阵寒意。光阴似箭，岁月如梭，你的离开仍然让我在月光下徘徊难眠。离别没有规律可循，离别的理由有千千万，有离别必有怨怼，怨怼不断增长，最后使人意志消沉，心痛难当。

离别是刻骨铭心的痛，离别的诗句读来总是伤心泪落。张泌也是善于抒写离别的人，在华丽辞藻的背后，有一个小小女子，被思念折磨得形销骨立。谁说思念是幸福的事，每天对着空洞的时间回忆曾经的种种美好，一天天沉湎，一天天情陷，久而久之，也许连自己也不知道是活在现实还是活在虚幻。

“钿毂香车过柳堤”，这是一幅如此美好的画面，车轮上饰有金花的华丽马车驶过杨柳依依的堤岸，微风过处，一阵阵沁人心脾的香味飘散在空气中。也许，会有一只修长的手掀开金线装饰的车帘，英俊的脸庞随着渐渐远去的马车逐渐模糊，直到再也看不见。这就是离别的痛，将一个人硬生生地从眼前抽离，想要伸手抓住，却连举步的勇气都没有，一切都是徒劳。当横亘在我们面前的是命运这条巨大的沟壑时，我们除了默默接受，还能有什么办法？

“桦烟分处马频嘶”，桦木皮可以卷蜡为烛，称为桦烛，燃烧桦烛的烟，称为桦烟，《国史补》：“正旦晓漏以前，三司使大金吾以桦烛拥，谓之火城。”桦烟可代指朝廷，此处的桦烟，应当是指这个男子是新科进士。他平步青云，功名成就，成为人人艳羡的新科进士，得到皇上的接见，“春风得意马蹄疾，一日看尽长安花”。本以为可以从此花前月下，弹琴品茗，做一对神仙眷侣，谁成想离别来得那么快。可是有什么办法呢？她甚至不能表现得太过悲伤，因为她是

通情达理识大体的大家女子，不能为了一时的私心阻碍夫君的前程。只是夫君啊，你可知道，站在你面前微笑着看你的身影逐渐淡出视线的女子，内心有多么的翻江倒海、心如刀绞？

骏马嘶鸣，是否连它也不愿离别。可是，马鸣的声音渐渐远去了，最终，也只剩了她一人，在柳绿花红人来人往的桥头，呆呆地望着他离开的方向，直到，夜幕降临，“为他沉醉不成泥”。《诗经·邶风·氓》里有一句话可算是金石之言：“吁嗟鸠兮，无食桑葚。吁嗟女兮，无与士耽。士之耽兮，犹可脱也。女之耽兮，不可脱也。”女子天生便容易沉溺，往往陷进一段感情便是一辈子。可是男子的心有太多东西，家国天下，功名利禄，情爱不过是生活中的一剂调味而已。所以世间有那么多的痴心女子负心汉，怪男子寡情薄幸，也怪女子掏心掏肺。这首词中的女子，应该是极聪明的。她陷身在爱情里，爱那个男人如痴如醉，可是她知道度在哪里，沉醉，但是并非醉极。

“为他沉醉不成泥”，女人的心里都应该有这样一个度，情深不寿，慧极必伤。《西厢记》中崔莺莺送别张生时的唱词，句句锥心，字字泣血，便是“成泥”，按佛家的说法，是魔障。“【正宫】滚绣球：恨相见得迟，怨归去得疾。柳丝长玉骢难系，恨不得倩疏林，挂住斜晖。马儿速速的行，车儿快快的随，却告了相思回避，破题儿又早别离。听得道一声‘去也’，松了金钏；遥望见十里长亭，减了玉肌。此恨谁知？”

“花满驿亭香露细”，夜晚的露水打湿了驿亭边的繁花，又一天过去了，可是仍旧不见他归来的身影。十里长亭，送君别去，何时能待得君归？在这驿亭边一天天守望又能如何？空等得一次次的失望而回罢了。

传说中，杜鹃是古蜀国皇帝杜宇死后魂魄所化，叫声是一声声凄厉的“不如归去”，直到最后泣血而亡。“杜鹃声断玉蟾低”，杜鹃鸟的叫声已经听不到了，还有谁会在他耳边说着一声声的“不如归去”？还有谁会敦促他早日回家？冷月如霜，月华如练，照着这满室凄凉。三更已过，连月亮都已经低低地悬在天边了。可是毫无睡意啊，思念如此磨人，倾宵无语，只是思君。

“含情无语倚楼西”，只能在深夜里默默地想他，想着初初相遇时的美好，想着共结连理时的幸福，想着花前月下的缠绵，想着煮茶论诗的闲适，想着红袖添香的温情。在思念中凝望着月亮滑落的轨迹，有时候，也是甜蜜。

世上有千般不如意，但是，遇到他，即是今生最大的幸运。以后诸般阻碍，皆可视作等闲。

魂销千片玉樽前

红杏，交枝相映，密密濛濛。一庭浓艳倚东风，香融，透帘栊。

斜阳似共春光语，蝶争舞，更引流莺妒。魂销千片玉樽前，神仙，瑶池醉暮天。

（张泌《河传·红杏》）

铁马秋风塞北，杏花春雨江南。印象中，杏花总是和江南烟雨联系在一起。仲春令月，空气中还残留着淡淡的寒气，春寒料峭，连南飞的燕子都还来不及动身。一树繁花似锦，静静伫立在小桥流水之间，岁月静好，一世安然。“自在飞花轻似梦，无边丝雨细如愁”。

这首小令是花间词中难得的咏物词，用温柔缱绻的语言来描摹杏花的娇美和幽香，让人仿若置身神仙洞府，瑶池仙境，美丽不似凡尘。此物只应天上有，人间哪得几回闻！

“红杏，交枝相映，密密濛濛。”重门之内，高墙之中，深深的庭院里，不知是谁种了一院子的杏花。也许，是多情的夫君，送给娘子的礼物，只为了娘子在花开时那刹那的惊喜；也许，是漂泊的旅人留给家中惦念的人儿的念想，让这些在春风里灼灼盛开的鲜妍花朵，代替他陪她度过寂寞的流年；也许，是多愁善感的少女，将满庭空寂都化为盛开的绚烂，只为了，“如花美眷，似水流年”，寂寂深闺，不那么孤独。这一庭院的红杏长得那样好，枝条交错，密密层层的花朵像一片片彤云，远远望去如烟似雾，如梦如幻，似乎要将这灼灼春光燃烧起来。

“一庭浓艳倚东风，香融，透帘栊。”东风来时，无声无息，仿佛一夜便温暖起来，满庭的杏花以最美的姿态在风中翩翩起舞。枝条相偎，花叶相触，那是春天带来的生命律动。花朵的幽香消散在风里，消融在空气里，仿佛无处可寻，又好像无处不在。女子被满室萦绕的香气吸引，纤纤素手揭起窗前的帘子，院子里的香味便扑面而来。看这满庭灼灼盛开的杏花，原来春光已经这样盛了。时光真如流水，抓不住，追不上，徒自怅惘。

可是，日已夕暮，不管夕阳如何绚烂，终将一点一点被夜晚吞噬，就像命运，那么残忍，那么冰冷，那么毫不留情。“斜阳似共春光语”，连夕阳也舍不得这美景，总想再多看一眼，哪怕只是一眼，起码，会少一分遗憾。如果夕阳也懂得感情，如果夕阳也有回忆，如果夕阳也知道眷恋，那它就会知道，这在满庭芳菲中孤独伫立的女子眼中的苍凉。这春光留不住夕阳，这夕阳终究慢慢隐去，留下满院的黑暗和凄凉，终究只剩她一人和这满院的杏花。

轻风吹起墨色长发，发丝在眼前纠缠。女子静静地站着，望着那最后一丝光线消失在天的尽头。夜幕已然降临，只是她仿若未觉。眼前仍是黄昏时的景象，夕阳为杏花笼罩上了一层柔和的光晕，“蝶争舞，更引流莺妒”。蝴蝶在花枝间翩翩起舞，连黄莺也不甘寂寞，纷纷唱起了歌。“魂销千片玉樽前。”清风拂过树梢，带起纷纷扬扬的花瓣，像一场盛大的花雨。她看得痴了，吩咐丫鬟在凉亭里备下酒菜。这些生命中盛极一时的繁华，在凋零时，竟也这样美。她在凉亭里坐下来，飘零的花瓣被风带着旋转，落下。一片红色的花瓣浮在白玉酒杯里，妖娆的红配上剔透的白，美得难以置信。她忽然没有来由地悲伤起来，是否所有的美好都难以长久，是否所有的相聚之后便是别离，是否生命的起承转合都暗藏难以言喻的悲伤。“神仙，瑶池醉暮天。”这暮色中的杏花，仿佛只有西王母的瑶池才有如此景象，且饮下这一杯玉液琼浆，方不负如斯美景，如此良辰。

杏花有一个美丽的传说，她是十二花神中司二月的花神，其神主是杨玉环，一个所有人都不会陌生的名字。她的名字总是伴随着红颜祸水的骂名。如果不是唐明皇，她将一直是寿王府里被捧在掌心里呵护的妃子，就算最后年老色衰，难免失宠，也得以安享晚年，何至于红颜命断，背负千载骂名？明明是这个本来是她公公的男人强取豪夺，她一个弱女子，怎么反抗，连天下都是他的。“天生丽质难自弃，一朝选在君王侧。”红颜祸水，第一个受害者其实是她自己。

可是这个男人，这个帝王，将三千宠爱给了她，将世界上最贵重的珍宝给了她，“后宫佳丽三千人，三千宠爱在一身”。这个世界上从没有人对她这样好过，就连寿王，也做不到如此。她的心不是铁，不是石头，怎么能够视而不见，怎么能够不动心呢？她其实只是渴望爱情的小女人而已。后来的弄权，也不过想巩固自己的地位，想让这个男人离不开自己而已。可是她错了，她从来没有政治天赋，事情向着难以控制的方向发展。直到“渔阳鼙鼓动地来，惊破霓裳羽衣曲”，她才知道自己犯了多大的错，引狼入室的人是她，她却没有能力力挽狂澜。

“六军不发无奈何，宛转蛾眉马前死。”马嵬坡下，中军帐里，她知道他举步维艰，亦知道自己命难长久。多少帝王爱美人不爱江山，但他却不是这样的人。虽然他曾经为她罔顾伦理，却不会再为她罔顾苍生。不知什么时候，她居然已经如此了解他。行刑的时候，她内心其实是平静的，在忐忑中等待了太久，解脱的时刻终于到了。她最害怕的是，他看到自己现在的样子。希望他安坐在锦帐里，千万千万不要出来。这离别，不需要“执手相看泪眼”，只望君一切安好。“花钿委地无人收，翠翘金雀玉搔头”，她从不曾料到，自己死时竟是这般凄凉。

她被草草收葬，就葬在马嵬坡下，昔日玉颜妖娆，终究只剩一抔黄土。而在第二年的春天，坟上长出了一株杏树，开了满树的红花。传说中，这是她的灵魂不灭，以另一种方式，守望着他和他的江山。

莫辞醉

芳草灞桥春岸，柳烟深，满楼弦管。一曲离肠寸寸断。

今日送君千万，红镂玉盘金镂盏。须劝，珍重意，莫辞满。

白马玉鞭金辔。少年郎，离别容易。迢递去程千万里。

惆怅异乡云水，满酌一杯劝和泪。须愧，珍重意，莫辞醉。

（韦庄《上行杯》）

佛说，人生有八苦：生苦，老苦，病苦，死苦，怨憎会苦，爱别离苦，求不得苦，五蕴炽盛苦。爱别离，爱别离，两个人明明相爱，却要忍受离别的痛苦。从此，红尘繁华都褪色成萧条的背景，姹紫嫣红都付与了断井颓垣，如花美眷空对着似水流年，只因那人的离开，带走了她眼里所有的生机，“新来瘦，非关病酒，不是悲秋”。

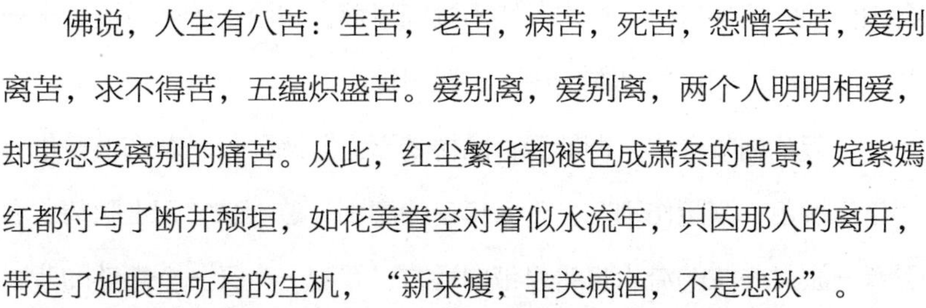

送别是我国诗歌历史上永恒的主题，因为命运这只翻云覆雨手，你永远不知道未来有什么在等待着你。韦庄善于用清丽委婉的语言来抒写离别，浓浓的哀愁在字里行间萦绕不去，却又有一份决绝。小令里的女子，绝没有“执手相看泪眼”的拖泥带水，只道一声“珍重”，千言万语，尽在不言中。

她以为世上真的有纯粹的幸福，她以为离别和衰老都是那么遥远的事，她以为“执子之手，与子偕老”并不仅仅是一时情动的脱口而出，可是，直到离别正在眼前了，她才知道自己错了，错得离谱。也许这一场爱情，深陷其中的只有她自己而已，否则他怎么可以那么轻易地抽身而去，徒留她在原地，想着曾经的一往情深。

“一向年光有限身，等闲离别易消魂。”人生苦短，光阴易逝，这浮华尘世的每一次相聚都值得细细回味，因为离别总是来得那样快，让人措手不及。

离别在即，她知道这一切都无法挽回了，他有他的鹏程万里，她有她的锦绣人生，两只偶然在漫漫人海中邂逅的扁舟，终于在短暂的停留之后，驶向各自原本既定的轨迹。而曾经的誓言，也像这流水一般，不知流向了何方。长不过誓言，短不过善变。总归是她太傻，才会相信他的信誓旦旦。泪水不知不觉间滑落，将脸上的脂粉浸染出一条淡淡水渍。泪珠摔碎在铜镜上，触目惊心。

“芳草灞陵春岸，柳烟深，满楼弦管。”灞陵目睹悲伤很多年，“年年柳色，灞陵伤别”，千百年来的离别，总不教它闭上眼睛。它看着一波又一波的流水将船只带向远方，看着一个又一个黯然的背影消失在眼前，可是它不老，岁月不老，流水不老，谁走谁留，又有多重要？芳草萋萋，烟柳离离，烟花三月，繁花似锦，这样美好的时节，却总是伴随着离别。她为他设下送别的酒筵，手执玉笛，吹一曲缠绵的《折杨柳》，“昔我往矣，杨柳依依”。千年前的感情，忽然和这一刻的情景重叠起来。这笛声仿佛在风中飘荡了千年，在这一刻，又把人的感觉攫住。整栋楼的喧嚣似乎都在刹那安静下来，只有这凄楚缠绵的笛声，在人的耳边萦绕不去。

笛声呜咽了两声，戛然而止。"一曲离肠寸寸断"，泪痕爬满了她妆容精致的脸，她无声地哭泣，这一曲《折杨柳》再难继续下去。不是她不够坚强，而是这爱太浓，这离别太痛，这曲子太伤。

"今日送君千万，红镂玉盘金镂盏。须劝，珍重意，莫辞满。"今日送君离开，千里万里，也许今生永不能相见。即便相见，也是红颜零落，鬓发如霜，相见争如不见。"脍下玉盘红镂细，酒开金瓮绿醅浓"。玉盘里盛着美味佳肴，刻着花纹的金酒杯里倒满了美酒。这一场离别里，只有她，只有她，带着格格不入的悲伤，真像是讽刺。

她执起白玉的酒壶，为他的酒杯再添上满满的美酒，"须劝，珍重意，莫辞满"。她温柔地笑，翦水双眸定定地看着他，欲说还休，一腔情意都隐藏在秋波下，暗流汹涌。他端起满满的酒杯，一饮而尽，苦涩顺着喉咙滑下，冰凉的一片。

"白马玉鞭金辔，少年郎，离别容易。迢递去程千万里。"他的白马就拴在楼下的柳树下，金辔玉鞭，远行即在眼前了。柳树，留树，却只能见证一次又一次的离别，如果它也有思想，是不是也会为这命运叹息呢?

年少时，总觉得生命还长，离别并没有什么大不了，轻易地爱上，轻易地离开，追寻远方那虚无缥缈的风景。等到足够成熟，却发现远方仍旧是远方，而回头的路，却再也找不到了。"行行重行行，与君生别离。相去万余里，各在天一涯。道路阻且长，会面安可知。”送君天涯，从此各安天命。只有在无数个梦回怅惘的夜晚，才能回忆起曾经的海誓山盟，却也只能暗叹一声命运不公。

“惆怅异乡云水，满酌一杯劝和泪。”异乡风景，可还有烟柳如丝，可还有姹紫嫣红，可还有碧水蓝天，可还有画船美人？饮下这杯酒，前路漫漫，君须珍重。她为他斟酒，眼泪却不知不觉滑落下来，融进金酒杯里，荡漾开浅浅的波纹，然后无声无息。她笑，脸上绽放绝美的笑容，将酒杯送到他的唇边。最后一滴眼泪，她已为他流尽。她曾经想用这一辈子的时间来抚平他眉间的惆怅，可是命运不肯给她那样长。她曾经想要随他去天涯海角，不需要锦衣玉食，不需要仆婢成群，只要两个人，安安乐乐，欢欢喜喜也是一生。可是这些只是她所想，却没问过他想不想要。原来，她的情真意切，他根本不在乎；她的天涯相随，他根本不想要。

“须愧，珍重意，莫辞醉。”面对她的一片深情，他是否也会愧疚，是否也会为这轻易的离别而惆怅？可是他的眼神还是一如既往的坚定，他这样的人，会为一个女子抚琴作诗，却绝不会为了女子停下脚步。当初爱他，是因为他的志在千里；如今恨他，也是因为他的志在千里。他的目光在那么远的地方，如何能够看到眼前渺小的女子？“劝君更尽一杯酒，西出阳关无故人。”满饮此杯，从此，再也不见。

红炉深夜醉调笙

露桃花里小楼深，持玉盏，听瑶琴。醉归青琐入鸳衾，月色照衣襟。山枕上，翠钿镇眉心。

红炉深夜醉调笙，敲拍处，玉纤轻。小屏古画岸低平，烟月满闲庭。山枕上，灯背脸波横。

（顾敻《甘州子》）

顾敻的小令以“工致丽密”见长，写人写情都入木三分，深入骨髓的缠绵，仿佛是心上以热血浇灌的玫瑰，艳冶中透出炽热浓烈的情感，因为太过强烈，反而透出几分若有若无的绝望。抵死缠绵，最后的结果总是遍体鳞伤。

这两首小令就像旧时画册上的美人图，那么鲜活明丽，一帧帧都是精心画就，一个动作，一个眼神，一个表情，都十足的精心，连那眉间的清愁，心上的相思都刻画得入木三分。这又是一个为情所苦的女子，“问世间情是何物，直教人生死相许？”情之为物，无形无相，却又能缚住人的思想，左右人的情感，让人身不由己，欲罢不能。

“露桃花里小楼深，持玉盏，听瑶琴”，桃花，深院，小楼，连背景都是如此精致。古诗《鸡鸣高树颠》有“桃生露井上，李树生桃旁”的诗句。桃花又叫露桃。桃花是鲜妍美丽的花朵，诗里常用来比喻女子如花的容颜。“桃之夭夭，灼灼其华。之子于归，宜其室家。”这出嫁的女子容颜灿若桃花，必能宜室宜家。

在这样一个种满桃花的庭院里，飘荡着缠绵的琴声，一声声如怨如慕，如泣如诉，不绝如缕。桃花仿佛是一层层帘幕，掩映着琴声，似真似幻，若有若无。桃花深处，坐落着一座帘幕低垂的小楼，仿佛帷幕一层层揭开，才现出深藏在花林里的居所。

手执白玉酒杯的美人，斜靠在榻上，醉眼矇眬，入神地听着家伎弹奏的琴曲。这琴曲是他最爱听的，可是，在这深夜里听曲的却只有她一人了。“合昏尚知时，鸳鸯不独宿。”连合欢花都知道开放的时节，鸳鸯鸟儿交颈同居不分离，可是人怎么就能轻言别离呢？世间种种繁华，迷人眼目，不过都是过眼云烟，哪及得佳人在怀，岁月静好？可是这样浅白的道理，他们总要历经沉浮之后才会明白，那时，红颜零落，时光已晚，后悔莫及。

“醉归青琐入鸳衾，月色照衣襟。”高兴时，酒不醉人人自醉；愁苦时，酒入愁肠愁更愁。不是不知这些道理，只是“没乱里春情难遣，蓦地里怀人幽怨”，他一去不还无消息，万里鹏程多艰难，有这些愁儿压心头，怎不教人恨在心上，怨在眉间？一杯杯酒下肚，神智逐渐模糊，眼前仿佛现出他挺拔的背影。踉踉跄跄地跟在他的身后，想要抓住他的一线衣角，可是他忽然消失不见，毫无行迹，原来不过一场空欢喜。更深露重，夜色苍凉，她终于觉得累了，跌跌撞撞地回

到卧室。可是毫无睡意啊，自从他离开，仿佛把她的睡眠也带走了一般。推开窗，如水的月光泻了一室，一轮皎洁的月亮挂在天边。又是月圆，曾经对月吟诗时，也是这般好月色，他执着她的手，眸色深深，嗓音清润。如今形单影只时，仍旧是这月亮。月光还是那月光，却见出满眼的伤。

月亮是世间最薄情的东西，见证了那么多悲欢离合，聚散悲喜，却仍旧淡漠地高高在上，不动声色。月亮无情，圆缺阴晴，本是天命。她终究也只能苦笑一声，眼角暗暗流下一滴清泪。当初离别时答应了他不流泪，原谅她没能信守承诺，只是这月光太冷，这房间太空，这夜色太寂寞，她溃不成军，原来自己远没有想象中坚强。鸳鸯绣被在月色下显得苍白，睡吧睡吧，相逢只能在梦中。只是“梦见在我旁，忽觉在他乡。他乡各异县，辗转不相见”，连梦也骗不了人。梦中他从未稍离，从未稍离的他开在她的心上，夜色寂寥时便化作心间的伤。

“山枕上，翠钿镇眉心。”忽然好累好累，没有心情卸下妆容，精致的翡翠花钿压在眉心上，是他最爱的模样。而如今，鸳鸯双枕，只得她一人独眠。

“红炉深夜醉调笙，敲拍处，玉纤轻。”这首词承接上首而来，百无聊赖的女子，只能在寂寞的夜里借酒消愁，仿佛这样就能遗忘他，将相思抛诸脑后。可是殊不知，“酒入愁肠，化作相思泪”，一切的一切，不过是徒劳。香炉里升起缕缕轻烟，熟悉的味道满室充盈。她忽然想起许久不碰的玉笙，没来由地想吹。纤长如玉的手指轻轻按着玉笙，缠绵的曲子在寂静的夜里被风带得很远。可是终究不能去到他的耳边。这千山万水，世事茫茫，如何跨得过？

“小屏古画岸低平，烟月满闲庭。”面前的屏风上，画着一江春水，江岸低平，岸上烟柳如丝，繁花似锦。窗外夜色凄迷，月光如水，朦朦胧胧地笼罩着寂静的庭院。想他离开时，也是春水碧波的时节，眼见长帆高挂，渐渐消失在眼前，泪水忽然迷蒙了双眼。而今日月流转，却始终也未等到他归来。传说有痴情女子为等夫君归来，在山巅站成了石头，是否，她也要在日复一日的凝望中变成石头，才能感动天地，再见他一回，一见，即永诀？

“山枕上，灯背脸波横。”吹累了，女子和衣躺在床上，却始终难以入眠。想那《诗经》中的男子，辗转反侧夜不成寐时，心里是不是也是这般忧愁感伤？他是“求之不得，寤寐思服”，她是思君千里，坐卧难宁。愁有千百种模样，却都是如此伤人。最终她也只能侧转身子，背向灯光，眼波盈盈流转，流下一滴泪，湿了鬓角。请不要笑她软弱，只是在这样的夜里，谁都难免失控。

好想在庭前种满萱草，忘忧忘忧，花开时节，我定能将你忘掉。从此夜色下再也没有独酌的女子，为你吹奏你最喜欢的曲调。

第十章 花之梦·暖香惹梦鸳鸯锦

旧欢如梦中

星斗稀，钟鼓歇，帘外晓莺残月。兰露重，柳风斜，满庭堆落花。
虚阁上，倚阑望，还似去年惆怅。春欲暮，思无穷，旧欢如梦中。

（温庭筠《更漏子》）

一首婉转哀怨的《更漏子》，道尽了深闺的寂寞。即便住着朱楼绣阁，深闺女子的生活仍谈不上快乐幸福，因为无人理解这份融化不开的孤独。温庭筠的词总是能恰到好处地写出女子心中无人知解的惆怅，词中写“兰露”、“残月”、“落花”，并没有一个字真正道出女子的孤寂，但正因如此，才更真切地表现出深闺女子心中思念身在远方的情人，却又无法与人诉说的忧愁情怀与孤独寂寞。曾经的美好就宛如这残月、这落花，转瞬即逝，不复当初的模样，徒留人空思念。留在记忆中的美好时光，在这清冷寂静的清晨回想起来，更映衬现如今的满腹孤寂，一句“旧欢如梦中”，如似酒入愁肠，不解愁，却是愁更愁。

“星斗稀，钟鼓歇，帘外晓莺残月。”天际还隐隐看得到稀疏的星斗，显得天空更加寂寞，钟鼓已远去了声音。晨光还未大亮，隔着窗帘，听着窗外晓莺一声声啼叫，天边一轮残月，这月，就在莺鸟的啼鸣中渐渐西坠。女子在这样一个寂寥的清晨醒来，独自倚窗而坐，本应是一个好眠的清晨，但孤寂的景象却引得女子陷入无限的惆怅。

“兰露重，柳风斜，满庭堆落花。”寂静的清晨，这样寂寞，想看看窗外的景色，以驱散心中的孤独感，然而，看到的却是满庭落花。兰花上晶莹的露水，在月光下泛着冷光，让人不由从心底生出一丝寒意。柳枝随风在空中孤寂地舞动，空有玲珑姿态，却无人欣赏，想来它也是寂寞的吧！月是残的，花是落的，此情此景，怎能不让人悲伤？心中思念种种，都因这残月落花而被勾起。

“虚阁上，倚阑望，还似去年惆怅。”楼阁空荡荡的，这个孤寂的女子环顾楼阁，无数声叹息在空空的楼阁中回荡，她慵懒地倚着栏杆，望向远方，就在望不见尽头的远方，有着让她深深思念、深深眷恋的人，那是她心头的牵挂，抛不开、放不下。只是望穿秋水，却依旧不见那人的身影，终日思君不见君，惆怅依旧。时光令事物蒙尘，令记忆模糊，只有这惆怅，年复一年，与去年并无差别。

“春欲暮，思无穷，旧欢如梦中。”看看庭院中那满地的落花，就知道春天快结束了。春天有期，但经年不见，这思念却无穷无尽，永远止境。每每午夜梦回，想起旧日里欢愉的时光，也都如这梦境一般，分不清是真是幻，唯有这相思入骨的思念，是那么真实，一年一年，从不曾因时光远去而变得淡薄。

尽管温庭筠在这词中并没有写出这个女子因思念而憔悴的面容，但通过女子所看到的残月、落花，一个与爱人分别多年，深深思念着爱人，并因思念而变得形销骨瘦的痴情女子形象跃然眼前。一句“旧欢如梦中”，道尽了多少不为人知的心酸。只是为痴情相思而苦的，又何止这位清晨醒来陷入思念中的女子一人！

玉炉香，红蜡泪，偏照画堂秋思。眉翠薄，鬓云残，夜长衾枕寒。

梧桐树，三更雨，不道离情正苦。一叶叶，一声声，空阶滴到明。

（《更漏子·玉炉香》）

“玉炉香，红蜡泪，偏照画堂秋思。”玉炉之中燃烧着熏香，轻烟袅袅。燃烧的红烛已化作点点相思泪，照亮了这华丽的屋室，映衬出一室凄迷。在这样华美的屋室中，一位女子，正陷入秋思离情之中。心中为离情所困，即便有玉炉焚香，有装饰华丽的“画堂”，也无法让她一展笑颜。那朦胧的薄烟，残落的烛泪，反而更勾起了她的情丝，映衬出这位女子为情所困的忧愁模样。

情人不在身边，这个深深痴恋着情人的女子也无心再画出精致的妆容，正所谓“女为悦己者容”，如今能欣赏自己的人已经不在这里了，就算装扮出最美丽的样子，对方也无法看到。于是便有了这“眉翠薄，鬓云残”的憔悴模样。黑夜那么漫长寒冷，就连枕头被子都已凉透，让女子无法安眠。长夜漫漫，更是徒增对远方恋人的思念。

“梧桐树，三更雨，不道离情正苦。一叶叶，一声声，空阶滴到明。”三更天的细雨冷冷清清，打在梧桐树叶上，那声音不急不缓，

更让人听得心焦。那雨滴不知人愁，也不管屋中的女子正在为离情别绪而苦恼，只顾着一滴滴地打在一片片梧桐叶上。雨声一直从黑夜滴落到天明，无眠的女子，也从黑夜一直思念着恋人，伴着这恼人的雨声，直到天明。

男子离别的原因各不相同，但两位女子对恋人的思念却是一样的深厚。因为心中牵挂着不在身人的恋人，所以才有深夜的辗转难眠，或是天光未亮时，独倚栏杆，望着天边稀疏的星斗，对着空荡荡的楼阁独自叹息；或是听着三更冰冷的梧桐细雨，数着那一声声不识愁滋味的雨滴声，来打发这漫漫长夜。不管是哪一种，都道尽了深闺女子无法言说的寂寞和惆怅，道尽了她们孤独寂寞，如死水一般的生活。

梦余空有漏依依

钿匣菱花锦带垂，静临兰槛卸头时，约鬟低珥算归期。
花茂草青湘渚阔，梦余空有漏依依，二年终日损芳菲。

（薛绍蕴《浣溪沙》）

薛昭蕴其人，恃才傲物，狂放不羁，但是他的小令却写得清丽委婉，欲说还休。就像这首《浣溪沙》，只是寥寥几笔，便勾勒出一个温婉寂寞的深闺女子独守空房，思君心切，相思成灾的惆怅模样。

“黯然销魂者，唯别而已矣。”世间最伤人的，莫过于离别。相思千里，相望天涯，萍踪无影，归期难定。明明知道我们呼吸着同样的空气，仰望着同样的蓝天，沐浴着同样的月光，可是“与君生别离”，如何能不“思君如满月，夜夜减清辉”，如何能不天涯思恋，愁损玉容？

词的上阕像一幅细腻的工笔画，细节刻画独到，线条柔美精致，仿佛只要闭上眼睛，一个手执菱花镜斜倚栏杆，华妆盛服的女子便活生生地出现在我们面前。全词没有一个字着意于刻画女子的容貌，但是浮现在我们眼前的，却是一个“手如柔荑，肤如凝脂，领如蝤蛴，齿如瓠犀。螓首蛾眉，巧笑倩兮，美目盼兮”的女子。她一举手一投

足的优雅，从那静倚栏杆的慵懒姿态，从那低垂眉目的温婉，都能体会出这女子的美好。那美不是“回眸一笑百媚生，六宫粉黛无颜色”的惊艳，不是“一顾倾人城，再顾倾人国”的魅惑，也不是“扬眉转袖若雪飞，倾城独立世所稀”的艳冠群芳，而是一种静若流水的美，婉约而从容。

深深的庭院里，盛装的女子静静地靠着雕花的栏杆，栏杆外是一丛丛淡雅芬芳的兰花，寂寂地盛开在重门深锁的庭院里。“钿匣菱花锦带垂”，装首饰的小匣子放在身旁，里面的首饰随意地散乱着，再是精美，也不过是搁置在匣子里蒙尘而已。纤纤素手执起菱花镜，镜上系着的锦带垂落下来。镜中的容颜如花般娇美，可是那眉间的点点忧愁，却在镜中都显出清晰的纹路。

佳人每天盛装打扮，戴上最美的首饰，穿上最美的衣裳，画上最美的妆容，只为心上人回来时，可以看到最美的自己。即便自他走后，相思如跗骨之蛆，日日蚕食，清减了她的小腰围，只余下一个日渐消瘦、日渐憔悴的自己。可是一切都是枉然，一日日的等待，一日日的失望，这样看不到尽头的折磨，到底还有多久呢？等待，到底需要多大的勇气，才能在这日复一日的失望中坚持下来，才能在这日复一日的煎熬中支撑下去。

“静临兰槛卸头时”，女子对着菱花镜，将发上的珠钗一个个拔下来，一头青丝就这样披散下来。“白发三千丈，缘愁似个长。”也许再过不久，白发也会突然侵袭她如瀑的青丝云鬟，那如花般的容颜啊，最是禁不住时光的轻慢。况且相思刻骨，思念磨人，这日日夜夜的等待，怎不将青春慢慢消磨？“思君令人老，岁月忽已晚”，时光就是这样，当你反应过来时，它已远去。

女子把松散的头发随便绾起来，松松地垂过耳际，那耳上坠着的明珠闪烁着淡淡的光。“约鬟低珥算归期”。他走了多久了呢？当初承诺回来的时间就在眼前了，可是为什么人还在天边？

那夕阳无限美好灿烂，可是夜晚的阴影一点点笼罩下来，让人措手不及。会不会，她的青春也同这夕阳一样，在绚烂美好之后瞬间转入凄清惆怅，来不及，抓不住，徒增怅惘？

摇曳的烛火闪烁着明灭不定的光亮，给这一室的凄清冷寂点亮了一丝温暖，也映照出形单影只的惆怅。那梦中的一切仿佛还在眼前，繁花似锦、芳草萋萋的时节，姹紫嫣红都开成了心上的欢喜，她和夫君泛舟江渚之上，巧笑嫣然。“花茂草青江渚阔”，碧波春水，恩爱情深。他是那么挺拔英俊的男子，临风站在船头，便自成一处风景。江风拂动他的衣袂，碧水中映出他玉树临风的影子。他为她吟新作的诗，字字缱绻，句句情真。

可是那只是梦啊，无论多么美好，终究只是一场空。而梦中的情景越欢乐，越衬出梦醒之后的忧愁。“梦余空有漏依依”，醒来时仍旧茕茕独立，只影向谁诉？只有滴滴答答的更漏声，在这空寂的夜里，显得格外清晰。她拥着锦衾坐起来，迷蒙的双眼在闪烁着昏昧烛光的室内还来不及习惯。更漏的滴答声在耳边放大成一声声空洞的轰鸣，梦的余韵还在眼前，仿佛伸手就能够到他翻飞的衣袂。可是眼前只有一室的凄冷，鸳鸯双枕宿孤影，怎能不叫人心下凄恻？她忽然想起前人的诗句，“秋风萧瑟天气凉，草木摇落露为霜，群燕辞归雁南翔。念君客游思断肠，慊慊思恨恋故乡，何为淹留寄他方？贱妾茕茕守空房，忧来思君不敢忘，不觉泪下沾衣裳。援琴鸣弦发清商，短歌微吟不能长。明月皎皎照我床，星汉西流夜未央。牵牛织女遥相望，尔独何辜限河梁？”原来，千百年来，无数个女子有着同样的忧伤。

辗转反侧，夜不成寐时，便习惯性地数着他离去的日子，算如今，整两年。连那北飞的燕子，都来来去去两个轮回了。离人不似堂前燕，春来燕归人不归。离人却似堂前燕，秋来随风无处寻。“二年终日损芳菲”，离别的日子里，思念将时光一点一点刻在眉梢眼角。容颜也像暮春的花朵，一场风雨，便是绿肥红瘦。早知如此，早知如此……“悔教夫婿觅封侯”，想来，夜深人静的晚上，有多少个女子曾哭泣着想到这一句诗。

佛说，爱欲于人，犹如执炬逆风而行，必有烧手之患。可是爱情就像毒药，就算明知是饮鸩止渴，仍旧有那么多人甘之如饴。离别虽苦，起码还有梦，起码还有回忆。

梦中说尽相思事

枕转簟凉，清晓远钟残梦。月光斜，帘影动，旧炉香。

梦中说尽相思事，纤手匀双泪。去年书，今日意，断人肠。

（牛希济《酒泉子》）

整个《花间集》的创作，充斥其间的总是各种各样的相思郁结、闺怨纠葛。而这些深闺女子背后，驻扎的却是一颗颗坚硬刚强的铮铮男儿心。难以想象，这些男子究竟凭着怎样的心思细腻抑或丰富想象，才能如此惟妙惟肖地诉尽女子的哀伤、绝望，令人读之心灵震动。就拿牛希济来说吧，虽然《花间集》只收录了十一首他的作品，可毋庸置疑的是，每一首都有着叩问灵魂的震慑力。

牛希济带给《花间集》的，其实没那么多绮丽明艳，他喜欢将女子的哀愁幽怨、男子的薄情漂泊写出清冷的味道，让这世上最残忍的生离，在萦绕万千的情感过后，还能轻而易举地带出人们藏在心底、埋在脑后的凄楚感。虽然，他头上戴着一顶“牛峤之侄”的高帽子，甚至于他们的词都被收录在了素来被称作“婉约绵缠、妩丽香艳”的花间词中。然而，这仍是未能让牛希济的词作，沾上太多过于华丽的事物。

都说“别中还梦别，悲后更生悲”，可从梦中悠悠转醒的女子，却认为这样只是让心中的悲痛再遭受一次悲伤的洗礼而已。毕竟，在梦中所遭遇的凄酸楚楚早在现实别离时，都已体会过了。梦中的那次道别，只不过是翻开旧伤口的一次撕裂而已。可这世上，真正比悲伤还要悲伤的事，却是明明你我在“梦中说尽相思事”了，甚至连良人那达达的马蹄声都已缓缓逼近她的窗下了。然而，就那么一刹那的恍惚过后，随着意识的逐渐清醒，眼前景物的慢慢清晰，铺天盖地的悲伤也喷涌而出，原来一切不过是梦中的幻境。

这种来自心底的感悟，在女子醒来后的很长一段时间里，都让她难以找到回归正常的维度。因为，一直徘徊在混沌不堪脑中的，除了相见时的欢喜外，还有当年离别时的忧恨。于是，经历了一长串大悲大喜后，女子已然不能理清停留在自己心底的究竟是怎样的一种情绪。

只能，凭着去年的信件，默默地怀念他的倾述，他们的过往。可是当视线转移到如今的茕茕孑立时，如潮的离愁感就似快要淹没她的趋势。苦恨断肠，女子最想知道的，仍旧是远在他方的那个人，是不是也和她有着相同的默契。其实，在阳关之外待多久都没关系，可那份同样的思念，如若能顺利地传达到她的心底，那么再怎么艰难的守候，她都会竭尽全力守候。可是，她不知究竟是来来回回的鸿雁不能如期到达，还是那个良人已然失了想她的心，亦或是再也没有那样一个人可以让他思念了。她不敢想，也不能这样想。

待她辗转反侧，从玉枕上翻来覆去的烙印中，知晓自己仍旧形单影只时，那块已经结了疤，即将愈合的伤口，又不得不被重新撕开，然后再残忍地撒上一颗颗沾染着绝望的盐粒。好像唯有这样，方能让她明白，这一场“或行或止。难得相聚喜”的奢侈，总是要拿痛心入骨来付出代价的。而从簟席上传来的如秋水般寒凉的感触，女子似乎都不能确定，究竟是暮春的朝露浸染了整张簟席的暖和，还是自己心底彻骨的寒意染透了全部簟席的温度。

无意再睡也无法入睡的无奈，让她只得将思绪抛出窗外，任其挥洒在清晓来临时的寸寸清寒中。天将亮未亮的时刻，总是给予人莫名的忧伤。那裹挟在团团迷雾中的骄阳，恰似那藏在无尽未知中的希望一样，人们总是不知道它是否能冲破阻隔，明晃晃、亮晶晶地出现在期望的守候里，带给人照耀的活力，也赐予人向上的魔力。所以，女子只能自欺欺人地忽略掉梦醒黎明前清晓的那股迷惘，专注地聆听远处寺庙的钟声传递出来的静谧和祥和。似乎只有这样，那份残存在她脑海中的余梦，才可以退去忧伤的光环，还即将到来的一天，一个安好晴朗的开始。

只是，这涤荡心灵的钟声总是来得太快，去得又太早。悠忽一阵过后，就被满室隐涩的月光给代替了。“月光斜，帘影动，旧炉香”，月影婆娑，帘帷晃动，沉香摇曳，其实并没有什么特殊。只是，从来没有这么认真的，以这么寂静的态度去品尝夜半梦未醒的味道。事实证明，这样的品尝，最终剩下的只能是满嘴的苦涩和挥之不去的酸楚。

当相思成为情绪最执著的坚持后，所有的寻常事物似乎都能成为宣泄最肆无忌惮的出口。譬如，去年今日的景色；再如，旧炉里袅袅升起的残香。用情太深总是让人疲惫不堪，可偏偏女子还甘之若饴，每每感伤于触景生情的沉沦中，又庆幸着自己还拥有回忆的甜蜜。矛盾又楚楚可怜，似乎铸就了关于女子的这种无法磨灭的形象。

所以，当梦中那一丁点儿的甜蜜被现实完全毁灭后，接踵而至的悲伤，迈过先前一小段的缓冲期，如滔滔江水般直直地将她逼入黯然销魂的境地。眼泪，便这样顺着纤纤玉手，一点一点地濡湿整个无眠的夜。其实，如若不想，便能无梦。可，女子却宁愿在每个午夜梦回的时候，一点一滴地拼凑关于郎君的样子，然后在醒来后，拼装自己的失魂落魄，也不愿让半生的忆念折磨自己，成为“为伊消得人憔悴”的光荣典范。毕竟，只有“三夜频梦君”，才能“情亲见君意”啊。

如若感情也要经得起这般的折磨，才能换来花好月圆、良辰美景。她愿意夜夜受此折磨，以期拥有以后的幸福、安康如繁花似锦。女子其实不怕像黑夜一样难熬的等待，她只是怕跟在那后面的黎明，在她耗尽流年光景后，依然漫漫无期。

惊断碧窗残梦

岸柳拖烟绿，庭花照日红。数声蜀魄入帘栊。惊断碧窗残梦，画屏空。

（张泌《南歌子》）

寥寥几笔的勾画，不需要什么特别的词语来衬托，张泌就将那个躲在悲情幽怨背后的女子，尽情地给彰显了出来。他甚至可以让整篇词作的一丝一缕都不涉及女子，只是描写关于景色的颓靡或灿烂，关于天气的晴好或阴沉。可是，每一个读过这首词的人，都能从花的摇曳生姿中知晓女子的韶华将逝，从雨的淅淅沥沥中明白刻在女子心中的相思究竟有多缠绵婉转。

于是，从此知道，真正催人老的不是时光刻痕的毫不留情，而是女了看尽花开花败后，心却不能随着云卷云舒自由缱绻，只能在这种不停来回的时光周期中，患得患失。这就是属于张泌的工笔细雕，每一寸爱情的细腻，都能在他的抒发中，见微知著。毕竟，属于那个时代的女子，从来都不会让自己的一举一动透露太多的深情厚意，道德不会给她这样的宽容，当然她自己也不想让只属于他们两人的情意绵绵，成为别人窥探的窗口。所以，唯有通过张泌的精雕细琢，人们才能明白，属于一个女子的矜持和深情是怎样完美融合在一起的。

“岸柳拖烟绿，庭花照日红”，这一红一绿的绝妙搭配，似乎只有仲春的明媚光景才能赋予绿肥红瘦最真实的意义。“姹紫嫣红总是春”的奢华烂漫，其实用不着世人特意地寻觅，就这样被一个简单的“拖”字给演绎出来了，仿佛这世间最清亮的绿色都被这一岸的烟柳给点缀出了难续的芳华。这些垂柳以它们独特的身姿，摇曳出了关于绿色所有的梦想，轻而易举地将一弯护城河岸变化成了梦幻的境地，载动的不仅是人们对于春天的向往，更是无数颗绽放在春日梦景中的少女心。

而这些足以支撑起整个刹那芳华的心，却在绝大多数情况下，只能在那方寸之地完成一生的欣赏与衰颓。她们总是徘徊在她们自己的那一处香闺之所，看着窗外的杨柳岸，徐徐起舞，或是庭前的万紫千红缓缓盛开，这是她们的眼眸唯一能清晰捕捉到的事物。自然这些翠柳、红花的开和落便成为了她们希望和哀怨的传达物。所以，当曦阳的光辉寂静又耀眼地洒落在那一簇娇羞可爱的花骨朵儿上时，女子似乎感觉到自己的灵魂也有了炫彩的姿态缓缓升起，然后成为反照日光的力量，让这世界都见证属于一个女子绽放的魄力。

只是，这样的光彩夺目再怎么闪耀，终归只是一个人的表演，舞台下面空荡荡的一片，多么像她心底那缺掉的一块啊。恍惚中，她似乎又通过这片炫目的红色，看到了她和他的过往，明艳不可方物。风景再美，青春再好，没了那个人，便也失了欣赏的所有情绪。如果，相思够迫切，或许还能在无数个飘过的瞬间，有了慰藉的片段。可是，相思这条路，一旦开始，便自此步入了漫漫长路的境地。如无解脱，便只能坠落。

或许，终是因为那样的未来太过辛酸，连天上的子规鸟也感同身受了吧。它们一路飞来，飞过她的帘栊，然后再一路高声嘶吼着“不如归去，不如归去……”飞向他的去处，似乎想要把女子心中最深的眷恋和最后的乞求带给那个远方的人，不如归去，不如回到那个可怜人儿的心里，回到能给彼此一个长相厮守的身边。

当然，如此凄厉的叫声，也同时唤醒了守在窗边那抹遥想的期望。“惊醒碧窗残梦”，惊醒的究竟是对于美好无限的期望，还是那个依然预见结局的悲凉。而沉思入梦的女子，其实脑海里闪现或是闪过的，与往常并没有什么不同。只是今日春光太好，引发出来的幻梦似乎也有了丝丝甜蜜的味道。不过，先前的甜蜜有多厚重而深沉，被惊醒后的茫然失措就有多撕心裂肺。当那份即使虚幻，也能成为最大慈悲的幸福已然摆在了触手可及的地方，她却要被生生地唤回现实，接受这个残忍意境中所有残缺的希望。就算那盘旋在自己香闺周围的子规鸟，道出了自己最悲哀的心思，可她终归不舍放弃那一丁点儿的游离。

与很多同样等待在时光缝隙中的人一样，女子其实等候的与其说是良人的归来，不如说是在守候着自己内心的那份坚持不会在流年飞逝的摧残下，慢慢消磨掉所有的光辉与灿烂。因为，爱一个人，从来都不是一件很难的事，而真正艰难的却是，你那份所谓的爱恋是否熬得过时间的检验以及距离的考量，更甚者是这世间最没道理却又最为权威的世俗道德的评判。这样一个或短暂或遥远的确定，总是需要用等待来维持，而在这期间人们又总是希冀着自己爱的那个人能在生

活一页一页游走过后，还能如初见般珍惜、珍爱，“人生若只如初见”，想要维持的是那份单纯的美好。可实际上，人们似乎总是忘了自己爱他或她的心，是否能让坚持成为一种习惯，习惯到自己都不曾意识到。那份总以为自己矢志不渝的懵懂，是不是总是要到最后才能知晓，关于世事无常的讽刺。

而那个拥有残梦，拥有怅惘的女子，她以及身后无数个的她，她们似乎才是那个矢志不渝最好的诠释者。当她对远在他方的良人存有的爱恋，成为生命中不可或缺的习惯后，她在一日复一日的守候中，一步步地降下了关于祈望的高度。最开始，期望他能如她一样，一日不见，如隔三秋，让红豆挂满相思，一串串地带回热恋的尘土和味道。然后，时间继续，等待继续，希望就只是他的安全和偶尔的思念。再然后，便只剩下无怨无悔的乞求，乞求他能安然归家，他的佳人是不是她似乎已无所谓，“你若安好便是晴天”，从来都不是说说而已。

真正到了那时，她的容华成为那场爱恋最光荣的牺牲者，她的爱恋也成为她相信的最鲜明的嘲笑者。她会不会明白“画屏空”，空掉的究竟是她的青春，还是他的誓言……

晓莺啼破相思梦

晓莺啼破相思梦，帘卷金泥凤。宿妆犹在酒初醒，翠翘慵整倚云屏，转娉婷。

香檀细画侵桃脸，罗袂轻轻敛。佳期堪恨再难寻，绿芜满院柳成阴，负春心。

（顾敻《虞美人》）

清晨的晓光似乎从来不曾吝啬过它的普照，给予人们一日中最初美好的同时，也给予了整个世间一个最温情的早安问候。这样的问候带着朝露的纯洁无瑕、旭日的洋洋洒洒、呼吸的沁人心脾，施施然地去迎接从好梦酣眠中清醒过来的人们。

而这样一番美妙体验的托付，无论从何种角度来说，都不会收到以辜负的名义带来的回报。人们以最诚挚的期待去赋予每个清晨的来临，然后用嘴角不可抑制向上翘的弯度，倾诉他们的感激和珍惜，感惜着清晨所赋予给他们的一切。

不过，这样的感激和珍惜也并不是所有人的共性，譬如，那些拿白天的耀然换取黑夜阴晦的，再如，当那些魂牵梦绕的人儿带着回忆的印痕进驻梦境时，又有谁愿意让清晓的晨光成为敲碎梦寐以求的凶手呢？

而“晓莺啼破相思梦”的骤然拜访，似乎让这个不愿意成为了无

可奈何，毕竟，自然的规律从来都不是凭着某个人的希冀或排斥，就能随意控制的。所以，那个在梦中尽抒相思意的女子，尽管再怎么不舍得、不愿意，终究还是要在声声莺啼中，知晓名为梦醒时分的迷惘和不知所措。

梦醒了，那么余下的情思绵延有几多荡气回肠，苏醒后的不能释怀就有几多方寸万重。所以，就算睡意已经被折腾得殆无孑遗，但女子却怎么都不愿意起身，似乎在贪恋被窝的温度，亦或只是为了方才的相思梦有某种继续残存的可能。

她就这样任凭视线飘浮，落在哪一处，哪一处便不得不承载一朵哀怨之花的盛开。彼时，窗外有和煦如温玉的阳光暖暖照耀，屋内有馥郁芬芳的青烟袅袅飘散，清风卷起帘帷低低地旋转，印在帘帷之上的金泥彩凤凰在如此情境的滋养下，似乎也有了展翅高飞的冲动。

周遭的一切是那样的美好，可欢喜都是它们的，她什么都没有，只有从心底滋生出来的冰凉，似冬日九寒天气中的凄厉北风，一吹就是一片美好的轰然倒塌。

可，轰然倒塌后，生活却并没有走向完整的结束，只是带着丝丝残缺的荒诞感，催促着身在废墟的人们，一步步走向重建的历程。所以，躺在床上，看着阳光一点一寸霸占室内阴寒的女子，最后还是只能拖着昨日纵酒的后果，昏昏然地开始梳妆打扮。

可当她看到铜镜中那个“宿妆犹在酒初醒，翠翘慵整倚云屏”的人儿时，女子却没来由地想给她一个奖励的微笑。只因昨日的晚妆还带着几分油彩的艳丽，几分胭脂的淡雅，却偏偏让一夜的睡痕渗透了其中的独特，融合出别样的景象来。

秀发上莲翘的翠钗和它的主人一样，带着三分慵懒，三分倦怠，三分意兴阑珊以及最后一分的天生丽质，斜斜地插在云髻中，如同那个懒懒地倚在云屏前的人儿一样。这样的美丽带着几丝慵懒，几缕迷离，娉婷得不可方物，散发着不可言喻的诱惑，又悄无声息地竖起只可远观不可亵玩的篱笆。

不过，这样的美丽足以支撑她淡薄的自嘲，却难以继续维持她深沉而纯粹的等候。所以，最终还是要拿粉妆玉琢来捍卫属于崭新的等待，那个最美丽的自己，她总是期望着有这样的面貌来迎接他的归来的。“香檀细画侵桃脸，罗袂轻轻敛”的精雕细琢，似乎会让人不经意地就想到“人面桃花相映红”的娇羞模样。

她先用傅粉轻轻地拍打在自己脸颊周围，本就柔嫩白皙的皮肤渐渐地透出吹弹可破的姿态，接着再细细地匀上桃红的胭脂，挑出一份诱人的欲说还休，又用香檀勾勒出“朱唇一点桃花殷”，让每一次的叹息和欢笑都通过这一点樱桃小口完美展现，最后就剩下柔柔地妆饰了：贴上花钿，让饱满的天庭充满“犹抱琵琶半遮面”的羞敛；描上黛黑，让弯弯的蛾眉露出“青山含黛远”的妩媚。

然而，单单的妆容修饰在那颗急迫的芳心面前，肯定是太过单薄了。所以，势必要拿出散花水雾绿草素衣罗裙来锦上添花，再轻轻地将衣袂间的褶皱压平铺好，如此一番精心的涂抹后，楚楚动人的女子也就可以安心地带着花容月貌恬静地开始新一天的守候了。

当女子重新回归她自己以外的事物时，方发现自己眼眸所到之

处，早已是“绿芜满院柳成阴”。一丛一丛的绿草拿庭院当画布，有条不紊地铺上娇艳欲滴的青翠色，仿佛想让每一个目睹过它们向上姿态的人，都能知晓希望就在前方的触手可及。而远处河堤上的烟柳，携带着一股遥相呼应的味道，散发出浓郁的春日气息，颇有一种大地回春的气魄。

可望眼欲穿的女子却丝毫感受不到这些气魄中的希望与流光溢彩，她期望的是“死生契阔，与子成说”的白首不相离，这无关季节的草长莺飞或是银装素裹。摆在她眼前的现实却是“金风玉露一相逢，便胜却人间无数。柔情似水，佳期如梦，忍顾鹊桥归路”的遥遥无期。相逢的回忆经过太多次年华的剥落，早已变得面目全非。她完全丢失了再寻佳期的机会，只能在忧恨、哀怨中感慨命运的捉弄。

“花谢香红烟景迷，满庭芳草绿萋萋”，女子不知道究竟是自己辜负了这春日最灿烂若尘的景色，辜负了自己最繁花似锦的青春年少；还是，那远在他方，漂泊不定的良人，狠狠地辜负了她的一片痴心，辜负了她千娇百媚的红颜坠落。“负春心”，花独落。

梦难成

宝檀金缕鸳鸯枕，绶带盘宫锦。夕阳低映小窗明，南园绿树语莺莺，梦难成。

玉炉香暖频添炷，满地飘轻絮。珠帘不卷度沉烟，庭前闲立画秋千，艳阳天。

（毛文锡《虞美人》）

午后零星几点倦，便胜却流年无数。“一日之计在于晨”阐发的那份生机勃勃、精力无限，在经过一上午的全神贯注后，便自然而然地步上了慵倦的路途。只因那时的天光时明时暗、似有似无，足以撑起大地最基本的春和景明，却让昏昏欲睡主宰了整个俗世红尘。人们甚至可以觉察到呼吸中的空气，带着某种停滞不前的意味，鼓励着他们的软绵绵、懒洋洋。于是，床榻成为躺下最奢华的温室，阳光成为“煽风点火”最充沛的动力，就连萦绕在周围的花香鸟鸣也都成为“放心大胆”最惬意的证据。

而那个头枕“宝檀金缕鸳鸯枕”，身穿“绶带盘宫锦”的女子，自然也是逃不过如此“明目张胆”的诱惑的。况且，闲来无事的她，也没那么多的花样来消磨寂寥的时光，还不如就此躺下，静候梦中那份相遇的光临。

然而，就算她曾眼睁睁地见识过从昨晚夜凉如水缠绵到今日清晓冰寒的漫漫时光，就算周遭的一切都被烘托成了昏昏欲睡最炽烈的暗示，她终究还是孤枕难眠、夜不能寐，只能在床榻上翻来覆去、辗转反侧。脑中的画面早已来来回回走了太多遍了，却始终不知疲倦，她甚至开始怀疑自己眼前的这些锦鸾彩凤、绶带盘锦只是梦里的华丽与幻彩，而那个现实中的自己，一定有着安好的睡眠、晴朗的生活。

自欺欺人从来都只能带来昙花一现的片刻安慰，剩下的时间太多漫长，女子知道自己无法用这样的理由去换回余下的所有安心。于是，只能抬头静静地看着目所能及的天边，看着余晖洒过多情的河水、痴情的山峦，然后再一点一点地落在自己闺阁的小窗上。几多明净，又几多苍凉。

涌上心头的，是一股莫名的仓皇感。明明是如此风轻日暖的暖黄色，可当这样的色彩穿过纸窗的苍白、掠过窗帷的单薄，直直地落在她眼前时，她却没来由地感到心悸了。这样的颜色在经过反复的重叠、削弱后，呈现在女子眼眸中，便只有令人难安的昏黄如豆了。

先前准备入睡，是因为日光氤氲成的慵懒太过明显，所以选择顺其自然，也乐得偷得浮生半日闲。而现在，她自己都不知道躺了多久，心里的惬意早就被不断郁结的懊恼给代替了。窗外层层叠叠围绕的“南园绿树语莺莺”，早已不复从前的翠莺婉转、绿树成荫。心境越渐烦躁，女子看待事物的眼光生生地失掉了往日的优雅，郁郁葱葱的景色成了映衬她容颜微衰的亮丽风景，娇莺恰啼的空灵成了嘲笑她形影相吊的讽刺。她自知自己有多无理取闹，可抑制不住的哀伤加上难以入梦的失望，可叫她如何是好？

女子只有勉强支起身子，试图寻找其他的事儿来安慰这满天满地的无所事事。可当她真正起身了，才发现，属于夕阳的那份霞光万丈、落日熔金，似乎让她更难以寻觅到心安的出路。因为，这样的景象太过磅礴，又过于残酷，她总怕自己一不小心，就被这如血的残日吞噬，再无翻身之日。

于是，她转向屋内，转向那个不断喷发出袅袅轻烟的暖炉，希冀能从那里得到些许的暖和以及安定。可人是坐在那里了，心却不知道飘荡到了什么地方，她只知道手在机械地往玉炉里添香炷，而思绪却随着窗外洋洋洒洒的柳絮，飘荡开去了。

这样的时节，似乎大地万物都约好了似的，它们不约而同地选择了绵远柔长来书写春日的点滴和角落。柳絮飘散开来，散去了漫天的千回百转；春风吹拂过来，吹皱了一池春水荡漾；百花齐放过来，芬芳了满世界的馥郁绵绵……而这些，守在深阁中的女子，她看到了、触摸到了、闻到了，可又能怎样呢？这些草长莺飞、春江水暖、卉木萋萋没了足够的喜悦来承载，也就只能徒增伤悲罢了！

幸好，还有这珠帘懂她的酸楚和闲慌，悄悄地藏起清香四溢，不让整个闺房都沾染上陶醉的滋味。只是这样的“欲盖弥彰”，似乎让女子藏在心底的小猫，有了越发抓狂的念想。毕竟，这种似有似无的芳香，加上窗外似明似暗的光景，再配上她的无所事事，仿佛越加证明了她的无奈和无绪了。

她重新踱步到窗边，彼时，殷红色的夕阳带着最后一抹的余晖，徐徐地照在山上，洒过世间的熙熙攘攘。就在那须臾间，她仿佛感觉

到自己被这如火焰般的艳红给完全笼罩住了，无悲无喜、心如止水。然而，这样美梦就如轻纱般虚无，一晃就是一场梦境的陨落。一刹那的美好过后，付出代价的，也许是一世的怅惘殆然。

人世间的真实在那个瞬间过后，再度侵占了女子的脑海，池鱼归渊、炊烟唤子，一切有关世俗的人情世故开始缓缓步入正轨。而这些天伦之乐却不是她的，没有人要如倦鸟归林般投入她的怀抱，她也没拥有可以期待的归人。如此这般，还不如有个征人带走她的思念和情丝，让她的夜不能寐有个可以托付的借口，也好过每日每夜的胡思乱想，却始终停留在原地，无所依傍又百无聊赖。

庭外那架随风徐徐晃动的秋千，没了当初那个明眸皓齿少女的姗姗倩影，似乎秋千也生出寂寞来了。倘若非得要问她，这样一个“一道残阳铺水中，半江瑟瑟半江红”的午后，自己怎么就坠入了无尽的慌乱和无聊之中了，她真的无言以对，一切来得莫名其妙，却又走得太匆匆。也许，只能让这一切的解释随着“泪眼问花花不语”的无奈，落入“乱红飞过秋千去”的感叹中吧。